潘文国 著

诗词读写初阶

上海古籍出版社

图书在版编目(CIP)数据

诗词读写初阶 / 潘文国著. —上海：上海古籍出版社，2023.5（2025.5 重印）
ISBN 978－7－5732－0696－1

Ⅰ.①诗… Ⅱ.①潘… Ⅲ.①古典诗歌－诗歌创作－中国②古典诗歌－诗歌欣赏－中国 Ⅳ.①I207.2

中国国家版本馆 CIP 数据核字（2023）第 068762 号

诗词读写初阶

潘文国　著

上海古籍出版社出版发行

（上海市闵行区号景路 159 弄 1－5 号 A 座 5F　邮政编码 201101）

（1）网址：www.guji.com.cn

（2）E-mail：guji1@guji.com.cn

（3）易文网网址：www.ewen.co

山东韵杰文化科技有限公司印刷

开本 787×1092　1/32　印张 15　插页 5　字数 211,000

2023 年 5 月第 1 版　2025 年 5 月第 2 次印刷

印数：3,101—4,150

ISBN 978－7－5732－0696－1

I・3721　定价：68.00 元

如有质量问题，请与承印公司联系

序

文国兄新作付梓，嘱我为序，颇为踌躇：一则恐载重舟轻，辜负托付；另则因话题投机，又想借此机会说上几句。

近几年，国民学习旧体诗词的热潮渐起，但大多还逗留在记忆与背诵的层面。其实，学习旧体诗词，记忆与背诵只是初级阶段，尚需在此基础上进而理解其思想主旨或情感内容、欣赏其艺术手法与表达优长、认知其形式特征及规矩要素，直至动手践行写作。而从写作的角度来说，掌握诗词格律尤为重要。因为任何一门艺术，它的审美快感，它的生命活力，都与其形式规矩密切关联。譬如交谊舞。探戈，拉丁，伦巴，就都有其独自的节奏、步伐、姿势，背离了这些形式要素，所跳的舞就不伦不类。同理，旧体诗词中的句式、句数、平仄、粘对、节奏、叶韵等规定，合成了其形式特征，认识、了解这些要素，阅读才能通透，吟诵才能流畅，鉴赏才能中肯，写作也才能循规矩以成方圆。文国兄著《诗词读写初阶》一书，意图及功用即在于此。况且，他还认为，诗词格律是我们民族文化的优秀传统，已经融化进我们民族的血液，重视诗词格律，属于思想认识层面对传承弘扬民族文化传统的"一种内在自觉"。

宋朝严羽的《沧浪诗话》在谈及学习前代诗歌时，曾有一句名言叫"入门须正"。亦即起步时，一定要跟从好的老师，学习优秀的作品。否则，就会因入错门而走错路。这对于学习旧体诗词写作来说，委实警醒，可作为座右铭。自王力先生的《汉语诗律学》问世，几十年来，陆陆续续，出版了不少谈论诗词格律的书籍。其间良莠不齐，龙鱼混杂，甚至有南郭先生滥竽充数。初学者"入门须正"，就务必要跟对老师选对书。

就著述诗词格律这类书籍而言，看似教授入门功夫，其实还真不容易。作者至少应该具备两个方面的前提条件：一是有全面系统的专业知识，二是有经年累月的实践经验。缺乏前者，难免盲人摸象，顾此失彼；缺乏后者，难免纸上谈兵，强作解人。

文国兄乃华东师大中文系古音韵学专家史存直先生的高足，研究生毕业后留校任教，数十年来辛勤耕耘，在汉语音韵学、汉语构词学、汉英对比研究、汉语字本位理论、哲学语言学等方面均卓有建树且具重要影响。换句话说，他科班出身，术有专攻，具备厚实的专业知识。因此，本书在讲授格律知识时，非但系统全面，还有相当专业的观念显现及学理支撑。这是本书的一个亮点。这里仅举其第一章第三节说《韵》为例。诸如作者指出："韵"的繁体字是"韻"，"韻"即"圆"，蕴含着"圆满"的文化意义；近体诗的叶韵系依从"韵的本质就是圆"，作"有规律的循环，让同一声音反复出现"；"在中国诗律中，韵是第一位重要的因素""甚至可说诗韵就是诗律的组成部分"；"岑参体的特点是句句押韵，两句或三句一转韵"，这种写法源于"梁简文帝的《东飞伯劳歌》"；"岑参最著名的代表作《走马川行奉送出师西征》"，"仿照前辈诗人富嘉谟的《明冰篇》，创用了三句一转韵的体式"等等。其中既不乏各居要津的具体知识，更具有明辨事理的学术意识和贯通前后的文学"史识"。这在以介绍入门知识为旨归的同类著作中是难得一见的。

多年来，文国兄在游冶或应酬之际，也时或作诗填词，而且数量不菲，浸淫颇深。以此而论，他又可算作是"行伍出身"，有实战经验。他把自己的创作体会融入本书的第三、四两章，慷慨与读者分享，形成了本书的又一亮点。他在搜集、辨析、取舍前人有关言论的基础上，根据自身的创作经验，提出作诗填词应努力于"三有"和"五择"，即"有物，有序，有意境"和"择意，择体，择韵，择语，择炼"，并援引相应的名家名作一一示范例证，力图为读者提供切实有效的帮助。而且，他还把自己游历徐州步韵苏轼词《永遇乐·彭城夜宿燕子楼梦盼盼》时如何构思、祝贺徐中玉先生百岁华诞时为何选择阎典史与苏东坡的典故、为小朋友证婚时何以集中药名称而成"天雄夜合红娘子，远志当归黄帝经"一联的具体思考，和盘托出，现身说法，为读者践行写作殷勤指引门径。凡此，都体现出他的良苦用心和本书的独特风貌。读者阅览后自有体会。

当然，对本书的一二说法，我也有不完全认同之处，如其对"言"内涵的界定，对"绮靡"一词的阐释。但这属于对学术问题的不同见解，适宜与文国兄私下商讨，在此就从略了。俗话说，"树老皮多，人老话多"，我自顾年将古稀，也常犯此病，敬祈文国兄和读者诸君多多宽容。

周圣伟

辛丑巧月于沪上鼠饮斋

前　言

　　本书专为爱好旧体诗词尤其有志于创作者而作。当今社会上有不少人喜爱诗词，还有一些人热心于学习创作，但苦于不得其门而入，一些谈"诗词格律"的书又过于繁琐，令人望而生畏。而对格律的由来又不明所以，一些人总想"突破""创新"；而不赞成者心知不对，又说不出个所以然。本书之作，有几个目标，首先就是正本清源，把格律问题说清楚。这应该是传统诗词的灵魂：不谈格律，何来传统诗词？对其的由来，发展、成熟、演变，其切合汉语汉字的特点，及其"文化性"作了系统的梳理和介绍。其次，本书的写作一定程度上参照了传统诗话的方式，也是对历来"诗话""词话"之作的一个仿效和发展。诗话之作，一般认为始自北宋欧阳修的《六一诗话》，其实这只是就名称而言。究其实，则南北朝钟嵘和唐代司空图先后写作的《诗品》就已是其滥觞，编《历代诗话》的何文焕更把诗话的起源上推到据说是孔子弟子子夏作的《毛诗序》，那更有2 500多年历史了。

从内容上看，诗话大体有三种，一种是评诗论诗的，包括论诗人、诗作、诗事，以及诗歌一般理论，上面提到的《毛诗序》、两《诗品》，及欧阳修之后的大部分诗话都在其中。第二种是讲诗歌形式特别是诗歌格律的。这方面的著作最多的是两个时期，一个是初盛唐，一个是清初。介于两者之间的则不多。何以会出现这样的情况？我的猜想，是因为中唐以后诗律已经成熟，人人能诗，格律俱在不言之中，因此可以把议论集中在"戴着镣铐"情况下如何跳好舞，而不必讨论"镣铐"本身。而初盛唐是格律的形成和逐步成熟期，清以后试律诗更趋严格，因此对格律的讨论就比较多。唐代有大量的"诗式""诗格"之作，清初则有不少"诗律"的总结性探讨。诗话的第三种内容是讲诗词写作法的。晋代陆机的《文赋》开了头，唐代的"诗格"和宋以后的"诗话"中也有一些，但大多比较零散，集中的讨论可能开始于元代杨载的《诗法家数》，特别是清代袁枚的《续诗品》，后来有不少仿作。

本书所谓对前人"诗话"的仿效和发展，主要是融上述三种内容为一炉，既谈格律，也谈赏析和创作，而且提炼出一些规律。此外，结合传统的"蒙学"和文字游戏，提出一些从起步练习写诗的方法和步骤，可能是前人诗话所没有的。

潘文国

2021 年 5 月

目　录

第一章　诗词格律

第一节　格律的意义和要素

一、为什么诗词要讲究格律？

谈起诗词格律，很多人不以为然，包括一些号称喜欢古典诗词的人。有的人是不懂，有的人是不想懂，以为格律束缚思想，又难掌握。诗词嘛，只要领会意义就是了。诗词可以真的不要格律、不讲形式吗？答案是否定的。我们先来看一个例子：

Xiazhe daxue de yeli，*Sangganhe jinxingle yichang ezhan*；

Kaishang zhanchang de Chang-an budui，*huilai budao yiban*.

Di-er-tian qingzhao，*junyingzhong qiaqiao*

jidao dapi baoguo xinjian,

    Xuduo jiaxin meiyou ren kan，*xuduo mianyi meiyou ren chuan.*

这不是英文，是汉语拼音。大家读起来都很累，可见汉语拼音要变成文字，还有很长一段路要走。那么，回写成汉字怎么样呢？

    下着大雪的夜里，桑干河进行了一场恶战；

    开上战场的长安部队，回来不到一半。

    第二天清早，军营中恰巧寄到大批包裹信件，

    许多家信没有人看，许多棉衣没有人穿。

                 （倪海曙《长安集·夜战》）

这是一位著名的文字改革专家做的试验。我们知道，二十世纪初有两场声势浩大的文化运动，一个是要改文言为白话文，一个是要改汉字为拼音文字。两者其实是相关联的，因为文言文没法拼音

化，例如赵元任编的著名的《施氏食狮史》（"石室诗士施氏，嗜狮，誓食十狮。施氏时时适市视狮……"）如果写成拼音，就只见一连串的 shi shi shi shi shi，根本没有人能懂；因此要拼音化只有先把文言改成白话。这在当时的推行者如钱玄同等人看来完全不成问题，因为在他们眼里，中国传统文化都是要扔到历史垃圾堆里去的，根本不足惜。到了解放以后再谈拼音化，有人就提出传统文化的保存问题。文改派们就说这根本不用担心，可以先把古文翻译成白话文，再改写成汉语拼音。而且他们做了很多试验，上面就是他们认为很成功的一例。但我们如光看汉语拼音的译文，可说完全不知所云。看完白话文的例子，也会觉得作者不过是用日常语言在叙述一件事情。如果不是分行书写以及押韵，还会以为是一篇极为普通的报道的片段。根本感觉不到其中有什么诗意。然而它恰恰是从一首著名的唐诗翻译过来的，原诗是许浑的《塞下曲》：

夜战桑干雪，秦兵半不归。
朝来有乡信，犹自寄征衣！

原诗十分凝练、含蓄，音节整齐，平仄协调。这多半要感谢原诗的形式和音律之美。

美国诗人 Robert Frost 说："什么是诗？诗就是在翻译中失去的东西。"这"失去的东西"就是原诗的形式美，而不是意义（上面这首诗的"翻译"，意义不但没失去，反而补充得更完整，把话都说完了，因而也就更味同嚼蜡）。不仅在不同的语言之间诗不可译，就是在同一语言内部不同时代和不同地域也几乎不可译，要译也只能如闻一多先生曾说的，"把它毁了了事"。再简单的诗，比如李白的"床前明月光"，或王之涣的《登鹳雀楼》，我们试译成白话试试，肯定会像白开水一样乏味。而且，所有这些诗的原文人们很容易记住，译成白话背出来就要难得多。不妨去调查一下，不论是大人小孩，能背出几十首、几百诗唐诗宋词的肯定大有人在，中央电视台热播的"中国诗词大会"，据说有的选手能背一万首诗。但如能背五十首新诗的人就少得多。最有名的如徐志摩的《再别康桥》，或者戴望舒的《雨巷》，大概绝大多数人背了开头两节就背不下去了。可见，形式是诗的生命。新诗提倡了一百年，虽说也有几首让人印象深刻的诗（如上面提到的两首），但总体来说成就远不及旧诗，原因之一是因为形式问题没有解决。因此，一些新诗提倡者如郭沫若、臧克家，晚年都回归到了旧诗；还有的人如闻一多、何其芳、郭小川等，一直在致力于探讨新格律诗的建立。一些外国诗歌翻译者如卞之琳、江枫、杨德豫、黄杲炘等主张"以顿代步"，企图建立翻译诗的规则，也体现了对诗歌形式重要性的认识和重视。这是我们强调要懂诗词格律的第一个原因。

二、格律是写出好诗的助产士

第二个原因，许多人认为格律是束缚、是累赘，格律是影响诗词写作的拦路虎，其实恰恰相反，格律是写诗、特别是写出好诗的助产士。闻一多曾经把写格律诗比作"戴着镣铐跳舞"，说只有在这种情况下跳得好才算有本事。其实一定的形式限制对做任何事都是有益的。譬如写文章，我们可能常有这样的体会，头脑里有很多想法，思绪万千，但一拿起笔，就不知从何写起。因为写文章也有"形式"要求：先写什么，后写什么，哪个要详写，哪个可略写，这个论点放哪里，那个例子怎么显示，都要认真考虑甚至事先想好，甚至具体到每一句话；还要受语法和逻辑的限制，动宾要搭配，关联词语要配合。我们总不能拿起笔来就写吧？作诗就是高一层次的写文章，有比一般写文章更高要求的限制。格律诗的要求就更高了，某处非得押韵，某处非得要用平声或仄声，某处最好要对仗，你更得想方设法去满足：替换某些字，调整某种句式或语序。很多情况下，在调整过程中会发现比原来所用的要好得多的字或词句，有时更会有意想不到的收获。这实在是写诗过程中的一大乐事。比如王安石的《桂枝香·金陵怀古》：

登临送目，正故国晚秋，天气初肃。千里澄江似练，翠峰如簇。征帆去棹残阳里，背西风酒旗斜矗。彩舟云淡，星河鹭起，画图难足。　念往昔，繁华竞逐。叹门外楼头，悲恨相续。千古凭高对此，谩嗟荣辱。六朝旧事如流水，但寒烟衰草凝绿。至今商女，时时犹唱，《后庭》遗曲。

王安石虽是唐宋八大家之一，但并不善词，他留下来的词中最有名的大概是这一首。前人评价这首词，特别赞赏这个"矗"字。这字在古代是个冷门字，其字义本来是挺拔地"直立"，与"斜"插的酒旗也不甚吻合，但正因为用得不合常理，才受到人们的赞叹。而据我看，这个字最初就是为了凑韵，无意中找出来的，恰好成就了这首词。我甚至怀疑词中的"簇"字也是这样来的，不用这个韵，一般人是想不到用这个字的。

当然，格律的限制也确实会带来无奈。我们读前人的作品，有时会发现某处或某个字用得不好，很可能是因为格律限制造成的。例如毛泽东诗《送瘟神二首之二》之"春风杨柳万千条，六亿神州尽舜尧"，按时代顺序及重要程度，明明应该是"尧舜"呀，说成"舜尧"，就是为了要押韵的缘故。至于古诗词或古文里，因为字数限制，把司马迁说成"马迁"，把诸葛亮说成"葛亮"，削足适履，那就更是无奈的事了。也有的诗人不愿受格律的束缚，故意违律，从而造成某种"拗体诗"的产生。但违律的前提是懂律，你懂得它的格律，故意去违背，那就是创新。历史上拗体诗写得最好的是杜甫，而格律诗写得最严格的也是杜甫，这就可见其中的关系了。我们现在有些人根本不懂格律，而美其名曰"创新"，曰"不受限制"，那就有点罔顾事实了。就好像"五四"时期批判传统文化、批判文言文的，都是一些从小熟读四书五经的饱学之士，他们的批判是事出有因。而后来、包括现在的人，古书也没读过几本，古诗文也写不通，却跟在后面批判，就只能说是"瞎起哄"了。

三、格律是民族诗歌的优秀传统

第三个原因，诗词格律本身是历史形成的，是我国优秀的文化传统之一，具有无可替代的汉语独特性。

文学与语言有着十分密切的关系，最独特的文学形式往往与这个民族的语言特点有关，而在诗律上表现得最明显。世上各个文明古国的诗歌无例外的都是格律诗，但其构成格律的材料不同。拉丁与希腊诗律的基础是长短律，英语诗律的基础是轻重律，而中国诗歌是平仄律。意大利语和法语诗歌都喜欢押韵，英语诗一度不怎么看重，而汉语特别注重押韵。这些都是跟各种语言的音韵特点有关的。美国语言学家萨丕尔把这种音韵特点叫作语言的"动力系统"。希腊和拉丁语为什么以长短律为基础？因为在它们语言的元音系统里有严格的长短音的对立。英语为什么以轻重律作为诗律的基础？因为英语中音节重读与非重读的对立是所有语言中最明显的。汉语没有元音长短音的对立，轻重读的区别也不明显（除了北京话等少数方言，多数方言几乎感觉不到轻声的存在），在声音四要素（音长、音强、音高和音色）中只剩下音高可以利用，而汉语声调反映的主要正是音高及其变化。因而在长期的发展中，我们的先辈发现并利用了平仄对立作为诗律的基础。

中国的诗歌有悠久的历史，为什么我们格律诗的成熟要迟至唐初？这是因为，虽然声调的区别早在《诗经》时代人们就已感觉到了，但中国字的声调太多，不能构成长、短和轻、重那样的简单对立。现代汉语普通话有阴阳上去四个声调，古代说是有平上去入四个声调，其实由于各声调还可分出阴阳，实际上有八个声调。现在的绍兴方言还完整保留着阴平、阳平、阴上、阳上、阴去、阳去、阴入和阳入八个声调。广州方言有九个声调。而这些声调各地读音又不相同，例如普通话的去声在山东方言中听起来就像上声，因此"济南"要读作"几南"（普通话正音时说这是"名从主人"，但这是很奇怪的，因为山东方言中所有去声字听起来都像上声，并不只是"济"一个字）。普通话的上声在湖北方言里听起来就像阳平声，因此京剧里碰到上声都可以挑高一下。如《空城计·我正在城楼观山景》这一唱段里，"打（听得）""等（候了）""早（预备）"几处都有挑高的唱法。这样复杂的情况使得构成诗律对立的因素比希腊文、拉丁文要难。直到南朝的齐梁时才想出办法，把这些复杂的声调归结为两类，即"平"和"仄"。"平"包括现在的阴平和阳平，是一类，声音始终保持在同一高度上，所谓"平声平道莫低昂"（现在普通话的阳平声调值为 35，即俗称的第二声，是升调，已经不"平"了）；其余的上去入统统归为一类："仄"，"仄"就是不平，不管是升是降，还是先降后升。因此平仄的对立，其实是平与不平、或者说有起伏与没起伏的对立，而不是高低升降的问题，在"音高"要素的利用上可说是别出心裁。这样把字分成两类之后，正好平声的字和仄声的字加起来总数又比较平衡。于是建立在平仄基础上的诗律就产生并成熟起来了，经过唐朝三百年科举考试的推波助澜，就形成了绵延一千多年的传统。

我们强调这是"传统"，就意味着这已成为一种内在自觉，已经融化在民族的血液中，是不需要再加论证的。比如过年放爆竹，北方人吃饺子，南方人吃年糕，过元宵放花灯、吃汤圆，人们很少去问为什么，只是照着习俗做就行了。格律也是如此，不必从"科学"上去多加论证。

四、传统不可随意"修正"

现在喜欢、特别是学作旧体诗词的人大致有三种。一种是坚持依照传统的平仄韵律的规定；一种是只在字数和押韵位置上模仿，比如写了七言八句就自称是律诗；第三种是也知道旧体诗词的格律，但因为平仄特别是四声中的入声难以掌握，因此提出一种"中华新韵"的主张，认为可以依据旧诗词格律，但用普通话的四声去定平仄。他们认为这更加符合"与时俱进"的原则，也便于在年轻人中普及。拿"旧瓶装新酒"作比方，"新酒"是新的时代内容，"旧瓶"是旧的形式。但第一种"旧瓶"是仍承其旧，第二种是仅具其形，第三种则是承其形，但改换了材质，如不用陶瓷而用玻璃或合成塑料，说还是"旧瓶"，实际已经非常牵强。

为什么现代"旧体诗"不能用新的读音呢？论者以为，语音变了，以"平水韵"为代表的四声平仄已不能反映当前读音，因此必须得用最新的普通话标准。其实说到韵书与实际读音有距离，并不自今日始，早在唐末，李涪《刊误》对此已有批评，说陆法言的《切韵》与实际读音不符，要求朝廷不要以之为考试标准。但他的意见没有被接受。为什么呢？因为本质上《切韵》（诗韵的前身）是中国人的一项伟大文化创造，是为了在方言极其错综复杂的情况下统一书面读音标准的一项成功实践。唐代以诗赋取士，诗赋都有格律（所谓律诗和律赋），其基础是平仄，因此必须要有统一的读音标准。但统一读音谈何容易，在今天强大的政治、教育，加上科技和传播条件下，推广普通话在全国范围内还只能达到55％，要指望在唐朝时就能做到全国普及一种标准化语言，不啻是天方夜谭。但诗赋用韵又是考试的基本要求，对全国学子而言可说性命攸关。于是，聪明的古人设法搞出了一个综合系统（具体过程这里不展开），以官话（洛阳话）为基准，综合了古今南北的音韵系统。它的分类不符合任何一个方言，但任何一个方言都能据此找到与标准音对应的办法，即使他在实际上读不出，但在写作时却知道这是平还是仄，可以跟什么字押韵。实际上这是一个专为写诗文服务的文学语音系统，解决了为考试服务的基本功能。这就是为什么从唐初至清末，除了元朝的某段时间以外，只要有科举考试，就一定用这个诗韵做标准，而无须考虑实际语音发生了多大的变化。对于每个人来说，由于他说的话与韵书不大相应，他要做诗文，必须学会这一套，因此就有了个统一的标准。唐朝有无数外国人，学了中文后都能做诗，其原因也在此。近现代学中文的外国人，学了以后也能写诗。倒是学了汉语拼音、汉语现代语法的外国人，连文章都写不通，不要说做诗了。其中有很多问题值得思考。

回到本题。只有坚持传统标准的才能叫传统诗词，否则你就是自外于传统，学了也没有用。譬如，古代押入声的诗词，因语音的变化，今读全部变成了阴阳上三声，若全依今读，那声律还和谐吗？而且，用今读读古人诗作读起来也不押韵、不和谐，有些人不知道是读音发生了变化，还以为是古人写诗不合律呢！

写到这里，想起有个"骑"字，古代有平、去两读，早先的《新华字典》等也一直注明作名词时"旧读 jì"，但新出的一些辞书取消了这一异读。这样人们用平声，读到"一骑红尘妃子笑"，或"千骑卷平冈"时，就会以为是杜牧、苏轼出律了。个别字如此，成体系地改动就更可想而知了。

五、汉语文体美的形式配置

现在我们从正面来讲讲格律。格律的本质是什么？说到底，是创造美的形式上的配置。

西方哲学家认为，美是有意味的形式，因此美一定讲求形式。古希腊的黄金分割，中国传统人物画中面部的三停五眼，这都是形式。音乐、绘画、建筑、传统戏曲等等都讲形式。美需要形式，不讲形式就不可能有美。文学是语言的艺术，文学的美也必然通过语言的形式美来体现。而语言的形式美必然充分利用不同民族语言的不同资源，并将其作用发挥到最大。因此文体美必然具有强烈的民族性。

　　文学的形式表现是文体。中国是世界上文体最丰富的国家。在三千年前的《尚书》中已记载有"典、谟、训、诰、誓、命"等十种文体，以后晋代挚虞《文章流别志论》、陆机《文赋》、南朝梁萧统《文选》、刘勰《文心雕龙》等，代有增加，至明代吴讷《文章辨体》分为59体，徐师曾《文体明辨》分为127体而蔚为大观。在徐师曾的书里，"诗"只分了25体，到了民国胡才甫编的《诗体释例》，竟分出169体。这些文体、诗体，除了"依风格分体""依地域分体"以及某些以内容分体的以外，都与语言形式有关。那么，怎么把握这些复杂的文体、诗体呢？经过仔细观察，我发现中国文体的形式虽多，但从语言要素的配置上来看，却只有四项基本要素，就是"韵""对""言""声"。根据这四项的分布及配置，就可以以简驭繁，从总体上把握古代所有文体在形式上的要求。

韵，就是押韵。根据押韵与否，《文心雕龙·总术》把所有文体分为两大类："文"与"笔"。所谓"无韵者笔也，有韵者文也"。今天讲某人"文笔不错"，其源盖出于此。

对，就是对仗。根据是否要求对仗，又可以把文体分成骈文和散文两大类，前者要求全文对仗，后者虽不排除对仗，但文体上无此要求。

言，指的是一个音节，也就是一个字。一音一形一义，这是汉字非常重要的特点，可以造成声韵谐和、形式整齐的特点。"言"主要用于诗词和骈文，也可分为两类："齐言"和"杂言"。"齐言"是各句的字数相等，如四言诗、五言诗、七言诗等；"杂言"是字数不等，诗有杂言诗，有从一字句到九字句的不同，词别名"长短句"，句子长短不等。骈文中有一类名叫"四六"，即以四字句和六字句为主。

声，就是声调。古代是四声八调，即平上去入四声各分阴阳。四声有两种分类法，一种是平仄对立，平是平声，仄是上去入三声的总称，这种分法用途最广。另一种是舒促对立，促是入声的又一别名，舒是平上去三声的统称。舒促的区别主要见于词律，《词林正韵》19 部中前 14 部是舒声韵部，后 5 部是促声韵部。现代普通话中，已没有了促声。

以上四项都有非常明显的汉语特点。易于押韵是汉语最大的特点之一，以现代汉语为例，普通话 18 个韵部，假设常用字是 3 600 个，则平均每个韵部可摊到 200 个字，这对押韵是非常有利的。这是音节构成复杂的其他语言（如英语）所望尘莫及的（英语由于是多音节语，其韵部数几乎难以统计，每个韵部少的只有几个词，多的也不过几十个，因此写诗不得不频繁换韵）。对仗，别的语言，如英语也有，但不像汉语都是单字，英语词是多音节，语法上有时不得不添加上在汉语中可以省略的虚词（冠词、介词、连词等），因而对不到那么整齐。言更不用说了，汉字的方块形保证了它横排竖排都能整整齐齐，像对联那样的形式，别的语言大约只有羡慕的份儿（同样采用方块形式的韩语可以排整齐，但又受到别的限制）。至于四声、平仄，那更是汉语的特色。

将这四个方面进行调配，就可以了解汉语各种文体的基本格式和规律。比如"赋"主要利用了"韵"的因素，其中的"律赋"兼采"对"和"声"。骈文主要采用"对"和"声"的因素，对联则在此基础上加上"言"的因素。而四个因素都发挥作用的文体，只有诗词。谈诗词格律，则可以从这四个方面着手。

第二节　言

韵、对、言、声四个因素可以概括中国传统文学在形式上的全部特征，了解并注意这些特征，是学习、理解、欣赏乃至创作中国传统文体的第一步。反过来说，无视这些特征，或者随心所欲地想改变这些特征，就不可能真正理解和欣赏中国文学；至于背离这些因素搞创作，那只能搞出形式上不合格的作品来。这个观点还可延伸到翻译，在把中国传统文学作品翻译成外语的时候，如果完全无视这些因素，并不设法在外语里实现某种转换，那就不能说是完全"忠实"的翻译。比如说，现在绝大多数的中国古典诗词英译，从《诗经》《楚辞》到唐诗宋词，不管四言、五言、七言，还是长短句，英语都是一种风格，那怎么能说向世界介绍了中国诗歌的丰富多彩呢？

四种因素在各种文体中的利用和配置都不一样，其中利用得最全面的就是诗词。我们可以从这四个方面来对诗词格律进行介绍。

韵、对、言、声的次序是从文体分类学的角度来讲的。具体到诗词，为了讲说的方便，我们调整一下讨论的次序：言、韵、声、对。言放在最前面，因为这最容易看出，也最容易理解和接受。韵、声、对的次序，是从格律的严格程度来排列的。

"言"的要求，简单地说，就是字句固定。这个要求，可说直接就区别了诗、词和曲。传统诗有古体诗和近体诗两种。这两个名称中，先有"近体"的说法，是唐代人用来称呼当时流行的新体诗，也就是现在所说的格律诗。有了"近体"的说法之后，就把不符合近体诗要求的其他诗歌形式一概叫作"古体诗"或"古风"，其中包括唐代以后开始流行起来的七言歌行。因此，"古体"和"近体"不是时代的概念，而是有无格律的概念。凡"近体"必讲格律，首先必须字句固定，诗有定句，句有定字。凡"古体"就无此要求，只要大体是五言、七言、甚至杂言，长短也不拘，只要用字较文，读起来像古诗就可以了。现在有些人反对讲格律，不愿遵守格律，但又要写古诗，那你就不要把自己的诗叫作律诗、绝句，就叫"古体诗"好了。（当然，"古诗"也有其写作要求，有时不比写近体容易。后面会说到。但至少它不需要严格讲究平仄，押韵也相对随便。）

现在还有一个"旧体诗"的说法，那是相对于"五四"以后的"新诗"而言的，包括了所有的传统诗词形式，格律的和非格律的。近体诗是最严格的格律诗。其形式只有律诗和绝句两种，字数只有五言、七言两种。合起来一共四种。五言绝句五言二韵（这里的"韵"指上下两句）二十字，五言律诗五言四韵四十字，七言绝句七言二韵二十八字，七言律诗七言四韵五十六字。除此以外都不算严格意义上的近体诗。其中有两种情况可以讨论。

一是"言"即字数不是五或七的，例如四或

六。有没有四、六言的绝句和律诗呢？以前有过六言绝句的说法，也有人举过例子。特别是宋代以后，有人喜欢用六言诗来题画，如黄庭坚《题郑防画夹五首》之一：

惠崇烟雨归雁，坐我潇湘洞庭。

欲唤扁舟归去，故人言是丹青。

但由于六言的节奏比较单调，不易安排平仄格律。比如黄庭坚这五首六言诗的平仄就各不相同。因此我们不把六言四句的诗看作近体诗。它仍属于"古体"。

二是"句"数不是二韵、四韵的。近体诗的句数要求必须是二韵和四韵。那超过了怎么样呢？同字数不许突破不一样，句数是可以突破的，只要平仄、对仗合律，超过了也还是近体诗，叫作排律。理论上也是近体诗。但因为这种近体诗除首尾两联外，中间无论多少联，都要求合平仄、讲对仗，创作难度很大，因此除非为了炫耀才气，如杜甫写过五言百韵也就是两百句的排律。元稹和白居易唱和过七言百韵的排律，一般人很少做。即使做了，质量高的也不多，包括杜甫。不过后代诗人聚会联句做排律的不少。例如《红楼梦》里，无论是芦雪庵的即景联句，还是凹晶馆林黛玉和史湘云的月下联诗，都是排律。

排律中还有两种最特殊的，一种五言六韵、一种五言八韵，分别是唐代和清代科举考试的规定范式，又叫试律诗或试帖诗，要求极严。但除科举考试外，平时没有人写。留下来的佳诗也不多。最有名的是唐代钱起的《湘灵鼓瑟》：

> 善鼓云和瑟，常闻帝子灵。冯夷空自舞，楚客不堪听。苦调凄金石，清音入杳冥。苍梧来怨慕，白芷动芳馨。流水传潇浦，悲风过洞庭。曲终人不见，江上数峰青。

算是为试律诗争了一点名誉。

词又名长短句，看似字数句数可以长短不定，其实更严格，如《菩萨蛮》词牌的字句只能是"七七五五，五五五五"；《虞美人》的字句只能是"七五七九，七五七九"。不过这是我们从今天的词谱角度着眼的。词原来是可以合谱歌唱的，在演唱时本来没有那么严格，可以增字减字。但词的曲谱失传以后，后人只能根据前代名家的词作来整理，就不敢越雷池一步。前人偶有不同，后人也不敢擅自改动，只好列为"又一体"。这是为什么现在看到的《钦定词谱》里，有些词牌下有那么多"又一体"的原因。

元曲也是如此，只是因为曲谱还在，两相对照，看得出哪里是原谱规定的，哪些是演唱时增加或减少的字句。这就显得与词相比，曲的衬字更加普遍，因而长短有些不定的样子。其实从曲谱要求来看，还是很严格的。如关汉卿的《【南吕】一枝花·不服老》：

攀出墙朵朵花，折临路枝枝柳；花攀红蕊嫩，柳折翠条柔。浪子风流。凭着我折柳攀花手，直煞得花残柳败休。半生来折柳攀花，一世里眠花卧柳。

其中用小字的都是衬字，而别处的字句数都是严格规定的。

第三节 韵

一、说"韵"

　　"韵"不但在诗歌里、甚至在整个中国文化中，都是一个非常重要的概念。"韵"的繁体写作"韻"，从音从员，员亦声。"员"这个偏旁不但为"韵"字提供了读音，还提供了意义。"员"即"圆"，说明"韵"与"圆"有关。中国文化是个强调"圆"的文化，所谓"天圆地方"是对自然界的基本认识，"外圆内方"是对做人的基本要求。太极图画成一个圆，阴阳鱼在不停地旋转。而整个《周易》六十四卦就是个周而复始的过程，也是个圆。"圆"代表着美满，因此阖家团聚叫"团圆"。中国的戏曲绝大部分以"大团圆"结束，一些悲剧、惨剧也会设法使它有个圆满结果。如《梁祝》的化蝶、《西厢记》的张生考中，《白蛇传》的许梦蛟也高中状元，甚至《窦娥冤》最后也要六月飞雪，三年大旱，最终由窦娥父亲窦天章来昭雪冤狱。因此在艺术上，"韵"也是中国文学、艺术最高的追求。中国古人的最高享受，大约一是吃，一是听音乐，因此最高的艺术境界就用"韵""味"两个字来表示。其实"味"的最高境界也不是当时好吃，而是以后的"回味"，因此也是一种"圆"。文学和音乐要有"韵味"，做人要有"韵致"。南北朝谢赫《古画品录》记录中国绘画的"六法"，第一条便是"气韵生动"，就是要有精神、有韵味。然后才是"骨法用笔，应物象形，随类敷彩，经营位置，传移模写"。西洋画法最重的构图和色彩，在谢赫六法里只占第五、第四的位置。

韵的本质就是圆。有规律的循环，让同一声音反复出现就是"韵"，这是汉语"韵"的词源意义。而西方的"韵"（如英语的 rhyme、法语的 rime），都来自希腊语的 rhuthmos，与节奏 rhythm 同一来源，意思是有节律的运动，与汉语很不相同。因此西方诗歌更重节奏，韵甚至可有可无，但中文诗却视韵为生命。学习传统诗歌诚然应当明白这一点，有志于创造和发展汉语新诗的人也不能忽视这一点，否则在诗歌形式的民族性上不可能取得成功。

在中国诗律中，韵是第一位重要的因素。在科举考试中，韵的要求是最严格的，做诗出了韵，再好也不及格。而历朝历代政府决定采取科考制度后做的第一件事也是颁布官韵，规定用韵标准。唐代的官韵就是陆法言的《切韵》，宋代增补为《广韵》，但实际考试用的是其简本，叫《礼部韵略》。《切韵》分部一百九十三，《广韵》和《礼部韵略》分部两百零六。其中光平声韵部就有五十七部，考试的人"苦其苛细"，要求放宽标准。但韵部的任何改动必须要得到皇帝的批准。从唐至宋，从武则天到宋仁宗，允许了某些韵部"就近通用"。但韵部总数一直是两百零六，没人敢动。直到金宣宗元光二年（公元 1223 年），"平水"官王文郁编了一部《新刊韵略》，大胆地把皇帝同意"通用"的韵合并起来，这样两百零六韵被归并成了一百零六韵。其后不久，南宋的宋理宗淳祐十二年（公元 1252 年），山西平水人刘渊做了类似的事，他编成《壬子新刊礼部韵略》，把两百零六部归并为一百零七部。刘是"平水"人，王是"平水"官，都带着"平水"二字，元初阴时夫编了一本《韵府群玉》，采取了两家的说法，分部一百零六，称为"平水韵"。这部书到清初被收入康熙皇帝下令编写的《佩文诗韵》和《佩文韵府》，这就是七百年来中国科举考试的押韵标准，也是文人做格律诗的标准，也就是我们现在习惯上说的《诗韵》。由于"就近通用"的做法从唐代武则天时就开始了，因此这一百零六韵的用韵习惯甚至可以上溯到八世纪初，也就是说，"诗韵"的传统实际上有一千两百年之久。

一千两百年里面，实际语音不可能不发生变化，因此现代有人说旧"诗韵"不合现代普通话，应予废除，改用适合现代语音的普通话，不是没有道理。但是他们不知道的是，诗韵与口语不合并不自今天始，从唐代就已如此了。甚至在《切韵》编纂的时候就开始了。因为这部书本来就不是为记录口语、推广标准长安话而编的，而是为了确定诗文用韵的一个书面标准。这在幅员广大、方音分歧严重，又没有现代推广普通话那种条件和技术的古代，实在是了不起的发明。所谓"书面语标准"，就是不管你嘴巴上怎么发音，读了这本书就知道什么字是什么声调什么韵部，可以跟什么字押韵。这样一来，不管是哪个地方的人，尽管口上说着不同的话，但是做诗文的标准却是统一的。这就在书面上达到了全国语音的统一，可以说其功用不亚于秦始皇的"书同文"。

近体诗是在唐初形成的。初唐律诗的代表就是沈佺期、宋之问的律诗，这两人正是武则天时代的人。可见，诗律的成熟和诗韵的产生是同步的，甚至可说诗韵就是诗律的组成部分。讲诗律，不能不依《切韵》以及它的后身"平水韵"。这是在讲押韵规则前必须明白的道理。

二、近体诗的用韵

近体诗的用韵规则有四条：

（一）偶句用韵。亦即绝句的第二、第四句，律诗的二、四、六、八句用韵。由于每两句就必然出现一个韵脚字，因此旧时把两句也称作一"韵"，排律尤其如此。跟"偶句用韵"相对应的，就是"奇句不入韵"，即每首诗的一、三、五、七……句不得入韵。这中间有一个例外，就是每首诗的第一句，其末字可以入韵，也可以不入韵。大体上来说，七言以首句入韵的为多，五言以首句不入韵的为多。为什么会出现这个不同？这跟诗歌的发展成熟有关。中国最早成熟的诗歌是四言诗（以《诗经》为代表），后来是五言诗（以汉乐府和《古诗十九首》为代表），七言成熟得最晚。而且跟四言、五言隔句用韵不同，七言诗一开始是句句押韵的（其原因大约是五言诗两个韵字之间只隔十个字，而七言如偶句用韵，两个韵字之间要隔十四个字，古人可能以为隔得太远了）。诗歌史上第一首成熟的七言诗一般认为是曹丕的《燕歌行》二首。下面是其中第一首：

> 秋风萧瑟天气凉，草木摇落露为霜。群燕辞归鹄南翔，念君客游思断肠。慊慊思归恋故乡，君何淹留寄他方。贱妾茕茕守空房，忧来思君不敢忘，不觉泪下沾衣裳。援琴鸣弦发清商，短歌微吟不能长。明月皎皎照我床，星汉西流夜未央。牵牛织女遥相望，尔独何辜限河梁。

不但句句押韵，而且一共十五句，打破了五言诗成双出现的规律，显示出其单句独立的因素。因此我们也不能按习惯排成两句一行，而只能连在一起。这个传统造成了近体诗七言首句可以而且经常入韵的特色。五言近体诗因为没有这个传统，就以首句不入韵为常态。至于也有入韵的，那是反过来受了七言的影响。

（二）一韵到底，不得转韵。既不允许平声韵互转，也不允许仄声韵互转，更不允许平仄韵互转。一旦转了韵，就不再是近体诗。例如王勃的《滕王阁诗》：

> 滕王高阁临江渚，佩玉鸣鸾罢歌舞。
>
> 画栋朝飞南浦云，珠帘暮卷西山雨。
>
> 闲云潭影日悠悠，物换星移几度秋。
>
> 阁中帝子今何在？槛外长江空自流。

这首诗的平仄基本合乎律诗要求，对仗也很严格。但是因为换了韵，就不能称作律诗，只能说是古体诗。

一韵到底对一般的律诗、绝句不是难事，因为无非只是四个韵脚字而已，在汉语中是很容易满足的。但对排律、特别是长的排律来说，要一韵到底就很考验能力和知识储备了。但这偏偏是不能违背的。我们看《红楼梦》五十回"芦雪庵争联即景诗"的长排联句，一共70句，35韵，用了35个韵脚字，一韵到底，都是"诗韵"下平声"二萧"韵的字，甚至不会用"三肴"和"四豪"韵混押，尽管，在现代汉语看来韵脚都是-ao。那些女孩子争抢得激烈（宝玉不是对手，早早退出了），以至薛宝钗向史湘云挑战说："你有本事，把二萧的韵全用完了，我才服你。"

（三）限用本韵，不得出韵。近体诗的"一韵到底"有严格的标准，这个标准就是诗韵（或叫平水韵）的一百零六部。这一百零六韵的韵目和顺序我们附在后面。需要注意的是，由于这一百零六韵在古代深入人心，是每个读书人必备的常识，因此连顺序号都有了意义，通常人们都是连序数带韵目名称一起说的，如"一东二冬""一先二萧"之类。《红楼梦》七十六回"凹晶馆联诗悲寂寞"里，林黛玉和史湘云联诗，先要限定韵部。林黛玉说："咱们数这个栏杆上的直棍，这头到那头为止，他是第几根，就是第几韵。"数下来是十三根，于是确定为"十三元"。

所谓"限用本韵，不得出韵"，是因为有可能"出韵"的情况。为什么呢？因为正如我们一再说的，从唐朝起，诗韵就和实际语音不合，这"不合"可能是读音不一样，但更多地是体现在"音同韵异"上。就是说，诗韵的韵部分得比实际语音要多，口语里一个读音，在韵书里要分作好几部。譬如口语押"-ong"韵的平声字，在诗韵里就分别在上平声"一东""二冬"两部，前者包括"东同中风红"等字，后者包括"农从龙松峰"等字。在作诗的时候，用了"一东"韵，就不许出现"二冬"韵的字。又如口语中押"-ao"韵的平声字，诗韵里分别在下平声"二萧""三肴"和"四豪"里。上面《红楼梦》赏雪联句限定"二萧"韵，就不得出现"三肴""四豪"的字。

由于科举考试也要依照诗韵，古人作诗当然不敢随便违背，以免考试时犯规被黜。但不是考试的场合，古人就有可能遵守得不是那么严格。我们注意到有两种场合，古人会更多地按照自己口里的实际读音来写诗，一种是写古体诗的时候，一种是填词的时候。因此我们要了解唐朝以后某个时代的实际读音，就可以利用词和古体诗的押韵情况。近体诗反而不能作数。

（四）一般用平声韵，用仄声韵的比较罕见。近体的律诗一般都用平声韵，仄声律诗是极个别的。绝句中七言绝句一般也不用仄韵，只有五言绝句由于历史的原因，常有人爱用仄声韵，如柳宗元的《江雪》、孟浩然的《春晓》及王维的一些诗。但这种五言绝句，许多人认为应该属于"古绝"，即不算近体诗。更彻底的，甚至有不少人认为凡用仄韵的都不算近体。

以上关于近体诗用韵的规则都很严格，一般不得违反，违反了就要被取消近体诗的资格。只有一种情况也许是例外，在宋代以后甚至成了风尚。这就是首句用"邻韵"的问题。所谓"邻韵"就是"音同韵异"的韵，如"一东二冬""二萧三肴四豪"等。由于近体诗押韵以"韵"为单位，首句不算，是否入韵也可随便，因而诗人们就在这上面讨了巧：故意不按本韵去押，而借用所谓的"邻韵"。

例如苏轼的《题西林壁》：

横看成岭侧成峰冬，远近高低各不同东。

不识庐山真面目，只缘身在此山中东。

全诗用"一东"韵，而首句借用了邻韵"二冬"韵
的字。

三、词曲的用韵

词曲与近体诗一样讲求格律，但讲求的方面很不
一样。有的地方比近体诗严，有的地方比近体诗宽。
就用韵而言，有时简直与近体诗正好相反。比如：

（一）近体诗要求隔句用韵，词曲却不一定，有
句句用韵的，有隔一句的，也有隔二、三句的，更
有隔四句的，如《沁园春》。下面是毛泽东的《沁
园春·雪》，我们按韵脚分行：

北国风光，千里冰封，万里雪飘。

望长城内外，唯余莽莽；大河上下，顿失
滔滔。

山舞银蛇，原驰蜡象，欲与天公试比高。

须晴日，看红妆素裹，分外妖娆。

江山如此多娇，
引无数英雄竞折腰。
惜秦皇汉武，略输文采；唐宗宋祖，稍逊风骚。
一代天骄，成吉思汗，只识弯弓射大雕。
俱往矣，数风流人物，还看今朝。

而曲则经常都是句句押韵。如马致远《天净沙》：

枯藤老树昏鸦，
小桥流水人家，
西风古道瘦马。
夕阳西下，
断肠人在天涯。

究其原因，主要是因为词曲是用来唱的，要跟着音乐的需要走。而近体诗主要是用来吟诵的，只有七言绝句在唐代有时也拿来唱，但其音乐与词曲音乐并不一样。

（二）近体诗要求押平声韵，词曲却不一定。不同的词牌，有押平声韵的，如《忆江南》《浪淘沙》《水调歌头》《沁园春》等；有押仄声韵的，其中还分习惯通押上、去声的，如《如梦令》《渔家傲》《青玉案》《贺新郎》等，以及习惯押入声的，如《忆秦娥》《满江红》《声声慢》《念奴娇》等，不一而足。更有平仄韵通押的，例如《西江月》，通篇押平声，但上下阕的最后一句却必须押仄声。如辛弃疾《西江月·夜行黄沙道中》：

> 明月别枝惊鹊，清风半夜鸣蝉。稻花香里说丰年。听取蛙声一片。　　七八个星天外，两三点雨山前。旧时茅店社林边。路转溪桥忽见。

词中"蝉、年、前、边"都是平声，但上下阕的最后一个字"片"和"见"都是仄声。

元曲取消了入声，平上去入四声变成了阴阳上去四声，曲中四声是可以通押的。如前举的《天净

36

沙》里，"鸦、家"是阴平，"涯"是阳平，"马"是上声，"下"是去声。短短一支曲里，四声都齐备了。

（三）近体诗要求不得换韵，词却可以换韵。比较常见的是平仄韵的转换，熟悉的词牌有《菩萨蛮》《清平乐》《虞美人》等。如李白的《菩萨蛮》：

平林漠漠烟如织 (仄一)，
寒山一带伤心碧 (仄一)。
暝色入高楼 (平一)，
有人楼上愁 (平一)。

玉阶空伫立 (仄二)，
宿鸟归飞急 (仄二)。
何处是归程 (平二)？
长亭连短亭 (平二)。

更有平仄韵错综的，如《诉衷情》《相见欢》《定风波》等词牌。如苏轼《定风波·三月七日》：

莫听穿林打叶声（平声韵），

何妨吟啸且徐行（押平声韵）。

竹杖芒鞋轻胜马（转仄声韵一），

谁怕（押仄声韵一）？

一蓑烟雨任平生（回到平声韵）。

料峭春风吹酒醒（转仄声韵二），

微冷（押仄声韵二），

山头斜照却相迎（又回到平声韵）。

回首向来萧瑟处（再转仄声韵三），

归去（押仄声韵三），

也无风雨也无晴（最后回到平声韵）。

实际是在平声韵中穿插了三对仄声韵。为什么会有这种奇怪的押韵法？我们也不知道，只能说也许跟这首词的音乐有关吧。由于音乐失传，我们现在也说不清。但如果今天要填这个词牌的词，我们只能按照它的押韵方式。

与词不同，元曲一般要求一韵到底。

（四）近体诗规定必须严格遵守平水韵，不得出韵。除首句外，还不得用邻韵。词却没有这个限制。

其实这正是词韵跟诗韵的最大不同。诗韵韵书成型时间早，用来作为科举考试用韵的标准。标准一定，不能越雷池一步。每个小改动都是大事，要由国家考试部门（礼部）乃至皇帝钦定。由于科举考试不考词，更不考曲这些古代不登大雅之堂的文体，因此就没有这种严格要求。作者可以根据自己做词曲的习惯，也可以用自己的方言押韵。现在看到的词韵（如清人戈载编的《词林正韵》）是后人根据宋人词作的用韵情况整理出来的，可以作为参考，但并不需要严格遵守。比如毛泽东《西江月·井冈山》：

山下旌旗在望，山头鼓角相闻。敌军围困万千重，我自岿然不动。　　早已森严壁垒，更加众志成城。黄洋界上炮声隆，报道敌军宵遁。

其用韵就有明显的湖南话痕迹。这在格律诗中是不允许的，在词中却没有问题。

曲韵一般用的是元人周德清作的《中原音韵》，他是在关、马、郑、白等前辈大家作曲的基础上结合自己的实践编写的。其最大特点是取消了入声，把入声派入了平、上、去三声。

四、古体诗的用韵

先有近体，后有古体，古体是近体产生后出现的名称。严格说来，所谓的"古体"又有两种，一种是近体产生以前的古体，我们叫它"真古体"，主要是四言和五言；一种是近体产生以后不按近体格律的"非近体"，我们叫它"新古体"，主要是七言和杂言。这两种诗的用韵虽然不像近体诗那样有明确的规定，但也有自己的习惯和特点。欣赏时需要注意这一点，创作时也可有意无意地向它靠近。

"真古体"的特点有三，一是通常一韵到底，中间很少换韵。这可以说是四、五言古诗和七言古诗的一个最大区别。四言诗的榜样是《诗经》，五言诗的榜样是苏武、李陵的《赠答诗》及《古诗十九首》，因此，尽管古代也不乏换韵的四、五言诗如《孔雀东南飞》，但近体诗产生以后，人们写的四、五言诗却常一韵到底。四言如司空图的《二十四诗品》。其第二首《冲淡》是：

素处以默，妙机其微。饮之太和，独鹤与飞。
犹之惠风，荏苒在衣。阅音修篁，美曰载归。
遇之匪深，即之愈希。脱有形似，握手已违。

从押韵来看，不但一韵到底，而且严格按照《诗韵》（这首诗用的"五微"韵是所谓"窄韵"，字数很少）

五言如岑参的《与高适薛据登慈恩寺浮图》：

塔势如涌出，孤高耸天宫。登临出世界，
磴道盘虚空。突兀压神州，峥嵘如鬼工。四角
碍白日，七层摩苍穹。下窥指高鸟，俯听闻惊
风。连山若波涛，奔走似朝东。青槐夹驰道，
宫观何玲珑。秋色从西来，苍然满关中。五陵
北原上，万古青濛濛。净理了可悟，胜因夙所
宗。誓将挂冠去，觉道资无穷。

即使诗再长，如杜甫的《秋日夔府咏怀奉寄郑监李宾客一百韵》长达一千字、一百个韵，但全诗用一先韵，没有出韵的。

第二个特点是因为真古体产生在《切韵》之前，不必受到《切韵》分韵的约束，可以像宋代的词人那样，或者按照前人押韵习惯来押，或者按照自己的口语来押。从《切韵》的角度看，其"出韵"和"合韵"的情况就特别多。例如上面岑参的诗，通篇用一东韵，但其中的"宗"是"二冬"，出了韵，但古体诗没问题。

又如杜甫的《自京赴奉先县咏怀五百字》，一共用了五十个韵字。原诗太长，我们这里引开头十个韵：

> 杜陵有布衣，老大意转拙（屑）。许身一何愚，窃比稷与契（屑）。居然成濩落，白首甘契阔（曷）。盖棺事则已，此志常觊豁（曷）。穷年忧黎元，叹息肠内热（屑）。取笑同学翁，浩歌弥激烈（屑）。非无江海志，萧洒送日月（月）。生逢尧舜君，不忍便永诀（屑）。当今廊庙具，构厦岂云缺（屑）？葵藿倾太阳，物性固难夺（曷）。
>
> ……

十个字就用了三个韵。全诗共用了"质、物、月、曷、黠、屑"六个韵的字。但由于这六个韵部的入声古代都以"-t"收尾（今天在广东话里还是如此），因此可以通用。（《词韵》中这六个韵大多在十七部，是对的。但"质"韵入了十六部，与收尾为"-k"的韵混在一起，而"十六叶"收尾是"-p"，不该在十七部。可见《词林正韵》的入声韵部问题很大，大可不必依据它）。

"真古体"更大的特点是第三，由于古诗产生在近体之前，其时不但不受《切韵》约束，还保留着更古时代的读音。例如《离骚》的开头几句：

> 帝高阳之苗裔兮，朕皇考曰伯庸。摄提贞于孟陬兮，惟庚寅吾以降。皇览揆余初度兮，肇锡余以嘉名：名余曰正则兮，字余曰灵均。

今天读"-ong、-ang、-ing"甚至"-un"的，在《楚辞》时代都读到一起去了。汉代这个读音还保留着。例如扬雄的《解嘲》中有"今子乃以鸱枭而笑凤皇，执蝘蜓而嘲龟龙"两句，也是以"-ong、-ang"相押。后代人写诗赋，为了显示其"古奥"，也会故意用这样的方式押韵。不过这多见于辞赋，诗中较少见。这里举一个例子，韩愈《进学解》中的一段：

> 方今圣贤相逢，治具毕张，拔去凶邪，登崇峻良。占小善者率以录，名一艺者无不庸。爬罗剔抉，刮垢磨光。盖有幸而获选，孰云多而不扬？诸生业患不能精，无患有司之不明；行患不能成，无患有司之不公。

也是"-ong、-ang、-ing"（《诗韵》在"冬、阳、庚、东"等韵）通押。这可说是仿古仿到家了。

五、七言诗的独特用韵

由于七言诗与近体诗几乎同时形成，因此七言古风的真正成熟是在近体产生以后。一方面要与近体乃至传统古体（主要是四言、五言）刻意拉开距离，另一方面又不可避免地受到近体思潮的影响。这就使这种新"古体"逐渐发展出了自己的特色。从押韵角度看，近体诗和传统古体的基本特点是偶句押韵和一般不转韵。七言古诗的基本状态也应如此。在唐代，这种诗的数量不少。即使长如韩愈的《石鼓歌》、李商隐的《韩碑》，前者33韵462字，后者26韵364字，都是偶句押韵，一韵到底。但要创新就要有突破，突破了这两条，就形成了几种独特风格的七言古诗。从"非偶句押韵"看，主要是柏梁体和太白体。从转韵角度看，主要是岑参体和元和体。柏梁体还有点承古，其他则完全是创新。

"柏梁体"的名称来自汉武帝，据说他在柏梁台大宴群臣，要每人作一句七言诗"述职"，把各人作的合起来就成了一首诗。其特点一是每句七言，二是句句押韵。有人认为这是七言诗之始。但也有人认为真正完整的七言诗应是个人独立完成的，那就是曹丕的《燕歌行》，它也是句句押韵的。进入唐代以后，这种形式受到了注意。一方面，唐太宗、唐中宗等都模仿汉武帝搞过这种柏梁体联句。另一方面，个人也用这种方式进行创作。最有名的应该是杜甫的《饮中八仙歌》：

知章骑马似乘船，眼花落井水底眠。汝阳三斗始朝天，道逢曲车口流涎，恨不移封向酒泉。左相日兴费万钱，饮如长鲸吸百川，衔杯乐圣称避贤。宗之潇洒美少年，举觞白眼望青天，皎如玉树临风前。苏晋长斋绣佛前，醉中往往爱逃禅。李白一斗诗百篇，长安市上酒家眠，天子呼来不上船，自称臣是酒中仙。张旭三杯草圣传，脱帽露顶王公前，挥毫落纸如云烟。焦遂五斗方卓然，高谈雄辩惊四筵。

柏梁体的起源是七言的单句性，不像五言诗一定是两句一个意义组，这首诗里写知章、苏晋、焦遂三人用了两句，写汝阳、左相、宗之、张旭四人各用了三句，写李白用了四句，就很能体现七言诗的特色。创造性地运用柏梁体单句、七言特色的是金庸先生。他写的《倚天屠龙记》一书，全书40章，每章用一句七言诗作回目。把40句回目合起来，就成了一首柏梁体诗：

天涯思君不可忘，武当山顶松柏长。宝刀百炼生玄光，字作丧乱意彷徨。皓臂似玉梅花妆，浮槎北冥海茫茫。谁送冰舸来仙乡，穷发

十载泛归航。七侠聚会乐未央，百岁寿宴摧肝
肠。有女长舌利如枪，针其膏兮药其肓。不悔
仲子逾我墙，当道时见中山狼。奇谋秘计梦一
场，剥极而复参九阳。青翼出没一笑扬，倚天
长剑飞寒芒。祸起萧墙破金汤，与子共穴相扶
将。排难解纷当六强，群雄归心约三章。灵芙
醉客绿柳庄，太极初传柔克刚。举火燎天何煌
煌，俊貌玉面甘毁伤。百尺高塔任回翔，恩断
义绝紫衫王。四女同舟何所望，东西永隔如参
商。刀剑齐失人云亡，冤蒙不白愁欲狂。箫长
琴短衣留黄，新妇素手裂红裳。屠狮有会孰为
殃，天娇三松郁青苍。天下英雄莫能当，君子
可欺之以方。秘籍兵书此中藏，不识张郎是
张郎。

柏梁体通常押平声韵。押仄声的不多，但并非不可
以突破。南宋人陈棣就作过一首《读豫章集成柏梁
体》，全首四十句，通押上声的"六语""七麌"。
2017 年 3 月 25 日，我游览了北京香山双清别墅，
也曾试作过一首仄韵的柏梁体诗：

六八年前春来早，红旗簇拥香山道。夹路桃花白且夭，红梅初绽枝头俏。六角古亭净未扫，双泓泉清横荇藻。伟人入驻月方皎，来青轩外松柏绕。笑言进京赶朝考，甲申旧事当远绍。万里之行步始肇，务必虚心戒骄躁。晨踏山月聆百鸟，夜策鸿猷军书草。霸王之仁岂足道，誓越天堑行天讨。雄兵百万黄龙捣，江南传驿新捷报。覆地翻天王师矫，诗人笔端舞龙豹。四方频吹进军号，摧枯拉朽冰山倒。静宜园里春易杳，青山踏遍人未老。长鞭挥处向京兆，天安门楼看晴昊。我来追忆往事邈，儿童嬉戏乐鱼沼。楼外喜见春意闹，极目遥天思情悄。

全诗三十二句，押的是-ao韵的上去声。

另一种有所继承而更显狂放的风格，前人称为"太白体"，因为李白是最典型的一个。他继承的可能是古乐府《上邪》那样的风格，但放得更开。他的《蜀道难》《将进酒》《梦游天姥吟留别》《鸣皋歌送岑征君》等可说完全打破了自有诗歌以来的各种格式和传统，其意境、结构、字句、韵式等别具一格。以书法作比，柏梁体就像隶书，而太白体就像狂草。别人甚至很难模仿得来，因此贺知章读了他的《蜀道难》要惊为"谪仙人"。这里举一首《公无渡河》作例子：

> 黄河西来决昆仑，咆哮万里触龙门。波滔天，尧咨嗟。大禹理百川，儿啼不窥家。杀湍湮洪水，九州始蚕麻。其害乃去，茫然风沙。被发之叟狂而痴，清晨临流欲奚为。旁人不惜妻止之，公无渡河苦渡之。虎可搏，河难凭，公果溺死流海湄。有长鲸白齿若雪山，公乎公乎挂罥于其间。箜篌所悲竟不还。

可见传统诗歌的风格其实非常多样。我们一向以为，传统诗歌只有近体诗讲格律，古体诗形式完全开放，现在看来，古体诗也有形式要求。喜欢旧体诗而害怕格律的朋友不妨在古体上作一些尝试。

六、创新的七言古风

更具创新风格的七言古诗是岑参体和元和体。

其共同特点是转韵，而且常是平仄韵有规律地互转。

岑参体的特点是句句押韵，两句或三句一转韵。这种写法的起源是南北朝梁简文帝的《东飞伯劳歌》，唐人多有仿作，如张柬之的《东飞伯劳歌》：

> 青田白鹤丹山凤，婺女姮娥两相送。谁家绝世绮帐前，艳粉红脂映宝钿。窈窕玉堂裹翠幕，参差绣户悬珠箔。绝世三五爱红妆，冶袖长裙兰麝香。春去花枝俄易改，可叹年光不相待。

这就是句句押韵，两句一换的形式。但唐代诗人岑参用得最淋漓尽致，因此后人以他的名字来为这一风格命名。岑的创新在于两句一转韵的最后，留下两句不转，从而与前面两句合成一首七言绝句的形式。如他的《轮台歌奉送封大夫出师西征》：

> 轮台城头夜吹角，轮台城北旄头落。羽书昨夜过渠黎，单于已在金山西。戍楼西望烟尘

黑，汉兵屯在轮台北。上将拥旄西出征，平明吹笛大军行。四边伐鼓雪海涌，三军大呼阴山动。虏塞兵气连云屯，战场白骨缠草根。剑河风急雪片阔，沙口石冻马蹄脱。亚相勤王甘苦辛，誓将报主静边尘。古来青史谁不见，今见功名胜古人。

前面十四句都是两句一转，最后四句却是一首七言绝句。岑参甚至还仿照前辈诗人富嘉谟的《明冰篇》，创用了三句一转韵的体式，那就更有特色了。如他最著名的代表作《走马川行奉送出师西征》：

君不见走马川，雪海边，平沙莽莽黄入天。轮台九月风夜吼，一川碎石大如斗，随风满地石乱走。匈奴草黄马正肥，金山西见烟尘飞，汉家大将西出师。将军金甲夜不脱，半夜军行戈相拨，风头如刀面如割。马毛带雪汗气蒸，五花连钱旋作冰，幕中草檄砚水凝。虏骑闻之应胆慑，料知短兵不敢接，车师西门伫献捷。

后来学此法的人有宋代的苏轼。见他的《次韵黄鲁直画马试院中作》：

> 少年鞍马勤远行，卧闻龁草风雨声，见此忽思短策横。十年髀肉磨欲透，那更陪君作诗瘦，不如芋魁归饭豆。门前欲嘶御史骢，诏恩三日休老翁，羡君怀中双橘红。

从句句押韵的柏梁体到两三句一转韵的岑参体，是七言古诗形式的一个发展。而岑参体结尾的绝句形式又为后人启发了新思路，从而产生了元和体。

元和是唐穆宗的年号，那时正是元稹和白居易合作最活跃的时代，他们两人特好此体，以此创作了《长恨歌》《琵琶行》《连昌宫词》等著名作品。元和体的特色在内容上是长篇叙事，在形式上就是平仄交替、四句一换韵，整首七言古风好像是一首首平仄韵绝句的叠加。但严格来说，这种风格在《长恨歌》《琵琶行》等里面运用得并不彻底。而且他们二人也不是最早的创始人。在他们以前有不少人用过，如张若虚的《春江花月夜》、高适的《燕歌行》，还有更早的初唐四杰的作品。而这种形式运用得最纯熟的作品还包括王维的《洛阳女儿行》和李白的《把酒问月》等。这里举高适的《燕歌行》为例：

> 汉家烟尘在东北，汉将辞家破残贼。男儿本自重横行，天子非常赐颜色。摐金伐鼓下榆关，旌旆逶迤碣石间。校尉羽书飞瀚海，单于猎火照狼山。山川萧条极边土，胡骑凭陵杂风雨。战士军前半死生，美人帐下犹歌舞。大漠穷秋塞草腓，孤城落日斗兵稀。身当恩遇常轻敌，力尽关山未解围。铁衣远戍辛勤久，玉箸应啼别离后。少妇城南欲断肠，征人蓟北空回首。边庭飘飖那可度，绝域苍茫更何有。杀气三时作阵云，寒声一夜传刁斗。相看白刃血纷纷，死节从来岂顾勋。君不见沙场征战苦，至今犹忆李将军。

这首诗不仅是五首七言绝句的叠加，而且就每句而言，它都是符合律句的平仄要求的。特别是几处押平声韵的，如最后四句，去掉"君"字，就是一首工整的七绝。这种做法，前人叫作"运律入古"，王力先生把它叫作"入律的古风"。王维其实是做得最早最好的，可惜他在五律、五绝上的成就太大，压过了这一领域。李白的古风则更以狂放著称，人们也忽略了这一方面，从而将代表这一风格的元和体的名声给了元、白；更把"运律入古"这一技巧作为将近一千年之后的吴伟业风格的特征。吴伟业号梅村，因此"运律入古"的风格又被称为梅村体。吴伟业最有名的诗是《圆圆曲》，这也是这种用韵风格在元稹、白居易之后最有名的作品。

上面我们曾把柏梁体和太白体比作书法中的隶书和狂草，仿此，则岑参体可比作讲求端正的楷书，而元和体就是最风行的行书。

第四节　声

一、"平仄"是历史形成的传统

现在要说到汉语文体配置的第三个要素"声"了。"声"指声调，虽然汉语有四声八调之说，但对文体配置而言，最基本的要求就是辨平仄。平仄不辨，格律就无从讨论起。因此在讲诗律的平仄配置以前，有必要先讲讲辨"平仄"。第一个、也是人们最关心的问题是：能不能不管古代读音，直接按现在普通话的读音去理解和运用平仄？如果不能，为什么？

我的回答是"不能"。为什么？有两个原因，第一，这是个传统；第二，这是种文化。

先讲一。说是传统，就是承认，第一，它是历史的产物；第二，它有传统的力量，不轻易随历史而变。

平仄的基础是四声，四声存在有多久？至少三千年，在《诗经》时代就有了。怎么证明？音韵学家史存直先生作过细致考察，统计出《诗经》中四声分押（即平押平、上押上、去押去、入押入）的比例占全部押韵单位的 82.2%。可见上古对四声的认识已很清楚，运用也很纯熟。但只是用于韵脚，还没有意识到可以作为构成文体的元素用到诗文中去。说南北朝周颙、沈约发明了四声，是不对的，但说他们最早发现四声可用于文学写作，是对的。

四声是客观的存在，但发现四声、为之命名，并力主用于写作是他们的功劳。另外，沈约也是平仄最早的提倡者，虽无其名，而有其实。他写的《宋书·谢灵运传论》里有一段非常重要的话："欲使宫羽相变，低昂互节，若前有浮声，则后须切响。一简之内，音韵尽殊；两句之中，轻重悉异。妙达此旨，始可言文。"这里出现了五组对立的概念："宫羽；低昂；浮声切响；音韵；轻重"等等。据后人考证，这些对立的概念指的就是"平仄"。这一理论一经提出，马上风靡诗文学界，其后数百年，整个文坛简直就是声律的世界，直到唐初，形成了律诗、律赋等严格的文体形式。有意思的是，平仄对立如此深入人心，但"仄"这个字出现却很晚。唐初讨论诗文声律，都是把"上去入"直接与"平"对立，后来出现了"侧"字，这个字最早出现在日本和尚释空海留学回国后写的《文笔眼心抄》一书里，释空海是唐代最有名的日本留学僧，是日语中平假名的发明者，他在中国认真研究诗学，整理各家诗论写了一本《文镜秘府论》，《文笔眼心抄》就是《文镜秘府论》的简本。在《文镜秘府论》里，他用的还是"上去入"，可见这个"侧"字产生很新。《文笔眼心抄》发表于公元820年。其时上距沈约的时代（441—513）已有三百多年，可见平仄的概念从提出到应用，再到稳定成熟，经过了相当长一个历史时期。公元820年是唐宪宗元和十五年，在此前后，释处忠发表了一本《元和韵谱》，其中第一次谈到了四声的调形："平声哀而安，上声厉而举，去声清而远，入声直而促。"就是说，平声是平的，"安"是安稳、不高不低的意思。上声比较高亢又有向上举的感觉，应该是个升调。去声是一种向远处送的感觉，应该是个降调。而入声是个一发即收的短促的声调，可能升降不明显。简言之，四声就是"平、升、降、短"四个调子，后面三个都不平，因此合称为"仄"或"侧"，与"平"相对。平仄的理论也最终完成。

但它马上迎来了第一个考验。因为在"平仄"这个对立里，上声，即升调，是归在"不平"即"仄声"里的。这在平声不分阴阳的时候当然没有问题。但等四声变成八调，平声分出阴阳之后，阴平阳平的调形就不可能一样，其中只有一个能保持平声不变，另一个肯定要变。以现代普通话为例，阴平的调值是 55，不高不低，符合"平"的要求，而阳平的调值是 35，一个升调。实质上已经不能算"平"了。因此，当平声分出阴阳后，把阳平仍放在平声里，已经不符合"平仄"对立的本来意义了。也就是说，一旦四声分出八调，或者即使只有平声分出阴阳，平仄的分别就只有形式上的意义，而跟实际读音无关了。那么，在此以后，坚持平仄之名，而无平仄之实，这就只能叫作坚持传统。因此现在有人提出能不能不按古代平仄，而依据今天的四声来讲"平仄"，就是个从"名"还是从"实"的问题。很多人以为这个问题今天才有，其实比我们想象的要早得多。早到什么时候？早到比描写出四声调形的《元和韵谱》还要早。

就在《元和韵谱》成书前半个世纪，唐玄宗天宝十载，公元 751 年，有位孙愐修订《切韵》，编成了一部《唐韵》，在《唐韵序·论》中他说："必以五音为定……引字调音，各自有清浊。若细分其条目，则令韵部繁碎，徒拘桎于文辞耳。"这里的"清浊"就是后人说的"阴阳"，"各自有清浊"，就是四声各可分出阴阳。四年以后，唐玄宗李隆基亲自主持，编了一部《天宝韵英》，原因是："上以自古用韵不甚区分，陆法言《切韵》又未能厘革，乃改撰《韵英》，依旧为五卷"。我们知道，作为唐代官韵的陆法言《切韵》，分韵一百九十三，已经够细了，但唐玄宗还批评他"不甚区分"，孙愐则指出"区分"的办法是"各自有清浊"，即把韵部各分出阴阳调。这说明，当时的实际语音已经有了分阴阳调的可能。但最终，孙愐没有做，因为他怕这样一来，"徒拘桎于文辞"，诗文更难做了。唐玄宗的书因为随即发生安史之乱，也没能传下来。不管怎样，第一次挑战没有成功，平仄的传统还是得到了继续。

但实际语音还是在变。到了元代泰定元年（1324年），周德清打破《切韵》传统，根据实际语音编了一部《中原音韵》。该书在声调上有三个特点：平分阴阳、浊上变去、入派三声。"平分阴阳"，其中一个肯定不"平"了；"入派三声"，取消了仄声的一个成分；派入平声的入声更打乱了原来的平仄之分。十二年之后，元顺帝至正二年（1336年），刘鉴编了一本《经史正音切韵指南》，在这本书的序里，刘鉴举例肯定了"浊上变去"的语音事实。这两件事本来可以形成对平仄体系的第二次挑战。但有意思的是，尽管刘鉴承认实际语音的变化，他整本书的编写却是根据《切韵》的音韵体系，其目的从书名就可以看出来：为了延续"经史正音"，即正统的读书音。更有意思的是，在他这本书的最后，不知什么人附了一个释真空和尚写的《玉钥匙歌诀》，这时时间又过了几年，已进入明代了。《歌诀》里又一次、在历史上也是第二次描写了四声的调形："平声平道莫低昂，上声高呼猛烈强，去声分明哀远道，入声短促急收藏。"仔细读这四句话，发现它的描写与《元和韵谱》完全一致，好像从唐代元和年间到明代，五百多年间语音完全没有变化似的。可见传统的力量之大。因此这第二次挑战，至少在传统诗文领域，平仄体系完全没受影响。

现在我们面临的，也许可以说是第三次挑战吧。结果会如何？我们从前两次也许可以得到一点启发。

二、"平仄"是一种文化

"平仄"是一种传统，作为一种传统，我们只有无条件地遵从，有时甚至不必问为什么。比如学唱京剧传统戏，就必须懂得湖广腔、中州韵，学会尖团音、上口字；学唱评弹、越剧、川剧等各种地方戏，都必须学会用当地方言，否则地方戏就不像地方戏了。作传统诗采用传统平仄标准也是如此。

但平仄的意义还不仅在此，它之所以有那么顽强的生命力，关键还因为它已经成了一种文化，甚至还是构成中国古典文学这个文化的基因和遗传密码。我们把构成中国传统文体形式配置的基本要素归结为言、韵、声、对四项，就意味着这四者是中国文学不可或缺的组成部分。离开了它们，中国文学就不成其为文学。这四种要素的被发现、被认识、被自觉应用到文学创作乃至一般写作中去，是有一个过程的。早在《诗经》时代，这四种因素就已有了萌芽，但变成中国人自觉的认识却并不同时。"韵"的发现在魏晋，"声"的发现在齐梁，"对"和"言"都是刘勰最早发现的，但成为自觉的因素都要到初唐。唐代实行"以诗赋取士"以后，诗、文都"律化"了，"律"就是"法律"的"律"，也就是有了严格的规则。自唐代以后，"言、韵、声、对"就成了中国文学的基因，全面植入中国文学各种文体，而不仅仅是诗赋。本来不需要讲格律的古体诗、所谓的古文，直至宋以后的对联、明清以后的八股文，全部受到这四种要素的影响。我们读唐宋以后的古文，如唐宋八大家的散文，会明显地感到与先秦两汉的散文不一样，就是因为它们更讲声韵。以至清代桐城派古文家姚鼐要说："诗、古文，各要从声音证入。不知声音，总为门外汉耳。"（《与陈硕士》）而自南北朝至清末，一千多年间诗文讲的"声音"，就是以《切韵》为代表的读书音体系。由于定平仄依据的标准是《切韵》，诗文声律的平仄与《切韵》就从而形成了一个内循环，或者说形成了一个系统。凡古诗必讲平仄，凡平仄必依《切韵》。反过来，离开《切韵》，就谈不上平仄，也就不能施之于古诗文。古诗文与《切韵》的平仄四声可说是一个荣枯与共的整体。我们要学习古诗文，要欣赏古诗文，要继承古诗文，要学做古诗文，只有依据古代的平仄。有人认为，现在时代变了，现代人写诗词可以不依古代的平仄。这是一种非常浅薄的想法，因为平仄问题不是孤立的。学诗词不能不有所继承，不能不有所学习，我们也许可以随心所欲地写，但却不可能随心所欲地读。不懂平仄，其实无法欣赏传统的诗词。那自我作古写出来的所谓"诗词"，也只能是脱离了"传统"的伪"传统诗词"，实际上是在整个大厦之外的。我读到一些用普通话"新韵"写的所谓"诗词"，深为作者可惜，因为这些作品不伦不类，可以说完全不会有生命力，他们的努力功夫是白费的。

平仄已经深入到中国人语言文化的血液里。我们还可举个例子来证明，这就是四字格成语，如果我们稍微留心一下，就会发现短短的成语中就往往体现了这四种要素的配合。比如"生龙活虎"这个成语，四个字的整齐形式是"言"，"生龙"与"活虎"相对是"对"。而"生龙"是"平平"，"活虎"是"仄仄"，整个成语的音韵是"平平仄仄"，正是某种"律"。这大概是许多成语的音律。"龙腾虎跃""鸡飞狗跳""前言后语""横冲直撞""枪林弹雨""之乎者也"等等都是如此。估计符合这个"律"的四字成语要占全部四字成语的一半以上。当然也有反过来"仄仄平平"的,如"古往今来、地老天荒、耀武扬威"等等,还有其他格式的,这里就不说了。总之,绝大多数四字成语都符合一定的平仄配置规律,只是我们没留意而已。由于人们从来没有为成语制定过什么"律",因而这种"律"的自然产生,只能用平仄声韵深入人心来解释。

但这个"平仄"只能按照传统的标准,按照现代普通话就不行了。比如"生龙活虎"的"活"读入声,就符合"仄";如读成普通话的阳平声,就不合了。同样,"青红皂白""飞砂走石"都是平平仄仄,"白""石"是入声,如果"白""石"按今读,为平声,就不谐了。

那么今天写诗文就不能用今音了吗?其实第二次"挑战"时古人已经经历过了。元明时代,新文体("曲")和新的文艺形式(元杂剧、明传奇)产生,旧的传统已不完全适应新的需要。新编反映当时口语的《中原音韵》又与传统不合。那怎么办?古人的处理办法是各行其道,两不相误:做诗文照样采用《切韵》体系，编曲词则采用《中原音韵》体系。由于"平仄"的概念是深化在当时文人的血液中的，因此操作起来毫无困难。他们需要做的只是要掌握两套标准，以便随时进行切换。其实仔细想来，按照我们前面的分析可知，早从唐代起人们就已经在使用两套标准了：说话用一套，做诗文用一套。元人只是继承唐宋人的传统而已。我想，这对我们今天是有启示的。就是说，我们也可以建立两个标准：创作旧体诗词的标准，和写新诗写新歌的标准。当然，如果加上传统戏曲和曲艺，那就更多元了。然而，文化的多元，不比硬性定于"一尊"要好吗？

据悉，有的地区语文课改革，要求初中学生就学一点诗词格律知识。我非常赞同。要让学生尽早学习古四声与今四声的对应关系，掌握平仄知识，这对于学习传统诗文，继承文学传统，是个非常重要的基础。小时不学，长大了再跟着人喊，要废除古四声，让古诗文服从普通话的要求，那就为时太晚了。

三、平仄的本质

平仄的本质到底是什么？它在古诗词格律中究

竟发挥着什么作用？做旧体诗不讲平仄行不行？这是人们关心的另一个问题。

这是因为有些人发现，在平仄问题上存在着两种对立的意见。一种人认为平仄是中国诗歌声律的最重要的元素，正是平仄的高低起伏、抑扬顿挫造成了诗歌的声律美，不讲平仄诗歌就没法形成中国诗歌独特的美；而另一种人强调，平仄作为诗歌韵律的要素只是在近体诗形成之后。在近体诗形成之前，中国的古体诗并无严密的格律。近体诗形成之后，也有不需要讲严密格律的古风。难道那些诗就没有诗歌的形式之美和韵律之美吗？这个问题问得非常之好，是值得我们思考的。

我的回答是：第一，中国诗歌之美确实并不一定需要平仄，或者换个说法，中国诗歌之美，平仄并不是唯一的要素。在我们提到的文体形式四个配置要素"言、韵、声、对"里，"声"排在第三位，可见它并不是决定性的要素。造成中国诗歌节奏、使"诗"成为"诗"的，首先是"言"和"韵"。因此平仄不合的不排除是诗，而音节不整齐没规律的和完全不押韵的，在中国却不大可能是诗，至少感觉上很不像诗。从实际看，近体诗以外的中国古体诗，在这两方面并不比近体诗差，其中有很好的诗，这是不容否定的。而长短句的诗和词，尽管句子不整齐，但它的音节组织有自己的规律，因此也是很好的诗。平仄在声律中起的是第三位的作用，但它的有意安排和合理配置使汉语的音韵美和声调美得到更充分的发挥。这是中国诗歌韵律的重大创造，我们也没有理由排斥不用。

以上这个意见不完全是我的发明。更早，美国语言学家爱德华·萨丕尔就说过类似的话。而他的用语更"科学"，更具有世界范围内的普遍意义。我们知道，声音有四个要素：音长（也叫音量）、音强（也叫音势）、音高和音色。音色不同，造成不同的元辅音，形成各种语言独特的语音系统，这是语言学家们都注意到的。而其他三个因素的处置不同，造成不同的韵律，从而影响各民族诗歌的形式，却是萨丕尔最早发现的，他把这三个因素称为语言的"动力特点"，说：

大概没有别的东西比诗的声律更能说明

文学在形式上依靠语言。总起来说，拉丁和希腊诗依靠音量对比的原则；英语依靠音势对比的原则；法语依靠音节数目和押韵的原则；汉语诗依靠数目、押韵和声调对比的原则。这些节奏系统，每一种都出自语言的无意识的动力习惯，都是老百姓嘴里掉出来的。仔细研究一种语言的语音系统，特别是它的动力特点，就能知道它发展过哪样的诗。要是历史曾经跟它的心理开过玩笑，我们也能知道它本该发展哪样的诗，将来会发展哪样的诗。（《语言论》206 页）

他对汉语有更具体的看法，说：

汉语的诗沿着和法语差不多的道路发展。音节是比法语音节更完整、更响亮的单位；音量和音势太不固定，不足以成为韵律系统的基础。所以音节组——每一个节奏单位的音节的数目——和押韵是汉语韵律里的两个控制因素。第三个因素，平声音节和仄声（升或降）

音节的交替，是汉语特有的。（同上书 205 页）

平仄的本质是什么？萨丕尔说是平声（也就是不升不降）和仄声（或升或降）的交替，因此属于声音四要素中的"音高"，他认为这是汉语所特有的。

然而进一步的思考使我们对萨丕尔的结论有点不满足。因为无论是希腊、拉丁的音量（即长短音）对比也好，英语的音势（即轻重读）对比也好，都是二项对立，而汉语的平仄对立，即音高的变与不变，却不是简单的二项对立，其中的"变"至少还可分出两项，或者是上升，或者是下降。"平"与"升"的交替与"平"与"降"的交替是同一性质吗？为什么不能出现"升"与"降"的交替呢？这还是假设平声只有一个调形（"平声哀而安"或"平声平道莫低昂"）的时代。而当近体诗成熟的时代（近体诗正式形成于武则天朝，至唐玄宗时出现高潮），如我们以前分析的，实际语言中平声已经开始分化成阴阳平，阳平如按后来读音，本身已经成了"高呼猛烈强"的升调了，这"平与不平"的对立还能维持下去吗？

因此，根据我们读古诗的体会，平仄不仅仅是音高的变与不变的对立问题，而且还有音长的问题。仄声中有一个调是"入声"，它的调形短到无法画出来，与其他三声形成明显的对立。而上去声的或升或降理论上也是有时限的，因为"升"或"降"不可能无休止地进行，因而相对于可以无限延长的平声，它们也是相对"短"的。因此平仄实际是个综合的因素，既有音高的问题，也有音长的问题。实际上，古今诗人和读书人吟哦的实践，对平仄的处理更主要是长短的处理。遇到平声就拉长（尽管后来的阳平已是升调，照样拉长），遇到仄声就缩短（入声尤其突出，如果我们听过苏州评弹，对此当有体会）。这样就把诗味读出来了。在近体诗中，由于平仄的安排非常有规律，因此读起来特别舒服；而不合律的诗句，因为不合已经训练出来的习惯（例如一个平声处在习惯是仄声的位置，或者一个入声正好处在平声的位置），就会感到非常别扭。这可以解释为什么在盛唐时还能产生李白那样不拘一格的古风，而中唐以后，古风却越来越向律诗靠近，形成"入律的古风"了。

这些年古诗文的吟诵也越来越引起了人们的兴趣。由于这项技法已近于"失传"，依靠偶而流传下来的老人的吟法，又往往是用各地方言读的，很难传播开来。其实只要懂得平仄兼有音高对比又有长短对比的性质，加以适当夸大的处理（包括用颤音等），甚至用普通话也可吟诵。当然，其前提是把现在已读成平声的古入声字还是读成仄声（一般经验是读成类似去声）。

四、辨平仄是一项需要习得的本领

许多人想学传统诗词，但又觉得辨平仄太难，希望最好不用学，就依普通话读音处理，阴平阳平对应平声，上声去声对应仄声，把碍事的入声去掉，那多方便！但现在我们知道了，平仄之分并不这么简单，它是一种传统、一种文化。简单化处理虽无不可，但得貌遗神，反而成为"四不像"。

从根本上来说，传统的诗词格律是带有相当"人为"因素的东西，是来自实际又高于实际的一种艺术升华。凡是人为的东西都需要学习才能掌握。我们到学校去，所有课程都需要学习，没有什么是可以不学而会的，因为所有的学问都是人为的。但人们在数理化、在外语上花再多的气力都觉得理所当然，唯独觉得学语文不应该花气力。所有针对中小学教材偏难偏深的指责，几乎都是冲着语文课去的。好像语文就应该永远白如开水，稍微增加点难度，如多学几个字、多加几篇文言文，就会有家长和学生开始嚷嚷要"减负"。因此教改的结果，往往是数理化、外语等越改越深，语文课越改越浅。其结果就是国人的语言能力不断下降，很多民国以前十一二岁小孩会的东西，我们到了大学还像天书一般。写作就更不用说了。分平仄就是古代儿童从小就学会的基本功，是中国语文的基础。到今天恐怕还是如此。平仄都分不清，说自己学过语文，都应该觉得不好意思。

平仄与现代普通话不对应，学起来当然有一些难度，但这并不是只对现代人的，古时也是如此。四声的区别自古就有，但自觉地意识和运用始自南北朝的周颙和沈约、谢朓等人，一时非常风行。然而与沈约、谢朓等齐名的文学家萧衍就不懂。萧衍后来当了皇帝，就是梁武帝。有一次他问周颙的儿子周舍："何谓平上去入？"周舍脱口便回答："天子圣哲。"这四个字正好是平上去入四声，又回答了问题，又巧妙地拍了皇帝马屁，但梁武帝居然木知木觉，毫无反应。前人举这个例子是要说明周舍的反应敏捷，但我却从中发现四声并非人人都懂，如果不学，即使像萧衍这样的文学家也不懂。过了三百年，诗歌格律已经成熟，平仄应该也已深入人心，但却出现了一本《元和韵谱》，其中第一次具体描写了四声的调形："平声哀而安，上声厉而举……"等等。为什么会突然出现这样的书？据我看，就是因为四声与当时实际语音不合，而考诗赋的要求又使得人们必须懂得辨别四声。这四句话，其作用其实就类似于今天我们教学生辨别声调用的五度表调法："阴平 55、阳平 35、上声 214、去声51"，区别只在于今天的表述工具更精确而已。又过了五百年，到了元明之交，实际语音变化更大，特别是经过了否定入声的元代，传统的四声更非一般人所能掌握，于是就出现了释真空《玉钥匙歌诀》这样新的四声教材。这些不同时期的教材，其实都是在语音变化了的情况下，对传统的坚持和继承。今天我们强调要辨四声，其实做的是跟他们同样的工作。继承传统，是我们去适应传统，而不是以各种理由让传统适应我们。

时代进步了，学习辨四声平仄也要有新认识和方法。我觉得第一是不能依赖今天描写调值的工具。因为声调的区分，根本上是类的划分，而不是音值的定性。中国的方言复杂，同样的调值在各地所属调类是不同的。比如55是北京话阴平声的调值，正好与古代描述的平声（"平声哀而安""平声平道莫低昂"）相似，我们也许会认为平声念高平调是天然如此。其实并不然。在现代方言里，念55的，只有在北京话、武汉话和厦门话里是阴平，在合肥话和潮州话里却是阳平，在济南话里是上声，在西安话和扬州话里更是去声。同样一个调值，在不同方言里可以分属四个声调，因此用它来辨别四声是靠不住的。

其次，是要认识到不同方言区的人学辨平仄有各自不同的困难，要善于利用各自方言的特长，采取综合的方法。现在讲平仄难的多数是只会说普通话的人，因为普通话里没有入声。其实各地的人学起来都有自己的困难。一千四百年前陆法言在《切韵序》里说，"秦陇则去声为入，梁益则平声似去。"清初的江永在《音学辨微》里说，前一句其实应该是"秦陇则去声为平"。我们看今天的西安话，去声还是读如北京话的平声。在成都话（古代的"梁益"）里，平声还是读如北京话的去声。因而那些地方的人学声调有他们的难处。南方各方言一般都有入声，但有的地方入声的念法并不是"短而促"，感觉上与舒声差别不大，掌握起来当然也有困难。如果说北京人辨平仄难在入声，则上海人辨平仄难在舒声（即平上去三声）。而且这个难是别地方人、包括同为吴方言的苏州人、宁波人等所难以想象的。因为上海的声调简化之快，远超其他方言。原先吴语区四声八调齐全，就像现在的绍兴话那样。后来逐渐简化，如苏州话现在只有七个声调，而上海话只有五个声调。据我的观察，现在恐怕更只剩四个了：就是阳舒、阴舒、阳入、阴入。所谓"阳舒"，包括阳平、阳上、阳去三个声调，上海话早就不分了，如"同、动、洞"三个字在上海话里是不分的。所谓"阴舒"，指阴平、阴上、阴去三个声调，原来阴平还是单独一类，现在也倾向于不分了。因此，"通、统、痛"三个字在上海话里差不多也是同音。上海原来有两条路"大通路、大统路"，因为难以区分，把前一条改成了"大田路"。由于阴平阳平属平、阴上阴去和阳上阳去属仄，上海方言现在无法区分，因此上海人辨平仄的困难一点不比北京人小。最好的办法是扬长避短，加以综合。比方我自己的办法就是一首诗拿过来，先用上海话读一遍，把入声字挑出来。再把剩下的字用普通话读一遍，阴平阳平归入平声，上声去声归入仄声。例如读到王维的《九月九日忆山东兄弟》：

　　独在异乡为异客，每逢佳节倍思亲。
　　遥知兄弟登高处，遍插茱萸少一人。

　　先用上海话读，可知"独、客、节、插、一"五个为入声字，然后用普通话读，辨别平上去三声的平仄。

　　这一办法最简单易行，但前提是需要同时懂得普通话和上海话。如果不懂上海话，懂其他南方方言也行，因为南方方言大都有入声。官话区里，只有下江官话（长江中下游江淮一带的方言如南京、扬州、安庆、芜湖、九江、武汉等地的话）和山西、河北的一部分地方保留了入声。其中太原人最幸运，他们的语音有五个声调，正好是平、上、去，加上两种入声。如果不考虑两种入声的区别，可说是完美地保留了古代的四类声调，那简直是作古诗文的天赋优越条件了。

五、辨别四声平仄的规律和技巧

前面说到"四声八调"，"八调"其实是"四声"的进一步划分，其标准是声母的清浊。凡声母是清声的一律念阴调，是浊声的一律念阳调，四声各分阴阳，合起来就是八调。现代方言里完整保留八个声调的只有绍兴、温州等地，大多方言已经不能齐全了，比如普通话只保留了阴平、阳平和上声、去声四个声调（其中上去声阴阳不分）。苏州话有七个声调，其中上声只有阴上，阳上已经并入了去声。也有超过八个声调的，如广东话有九个声调，其中阴入又分两类。

怎么了解某种方言里有几种声调呢？有一个简便的办法，那就是把八个声调的代表字用自己的方音读一下，看看能分成几类。例如下面就是八个代表字，依次是阴平、阳平、阴上、阳上、阴去、阳去、阴入和阳入：

"梯、题、体、弟、涕、第、惕、笛"

如果周围有来自绍兴、温州、潮州的朋友，可以请他们用家乡话读一读，体会八种不同的声调。用苏州话读，除了"弟/第"没有区别，也能读出七种。

了解了四声八调，我们就可以建立古代四声与现代四声间的对应规律了。从《切韵》到《中原音韵》，其声调的演变归纳为三句话："平分阴阳"，"阳上作去"，"入派三声"。

所谓"平分阴阳"，就是原先在《切韵》里，平声是没有阴阳之分的，到《中原音韵》里分成了阴平、阳平两个声调。这条规律对现在普通话也适用。普通话的一、二声就是古代平声分化的结果。我们可以用声母的清浊去检验，凡与阴阳调对应的就是合规律的，反之则是例外。例如平凡的"凡"

和帆船的"帆"古代同音，都属奉母，是浊音，现代许多方言里都念阳平，这是合规律的，普通话里"帆"字念阴平，这就是破了例。好在这种情况并不很多。

"阳上作去"，就是原先《切韵》里的上声，到了《中原音韵》里也一分为二，其中清声母开头的还是上声，而全浊声母开头的，即所谓"阳上"，就都读成去声。这条规律在今天也基本适用。一些古代全浊上声字，现在普通话里都读成去声，如"上、动、是、待、近、旱"等。上面苏州话例子中之所以"弟、第"不分，就是因为阳上混入了去声。不过在诗律中"上、去"都属仄声，因此这条规律可以忽略。

"入派三声"，是《切韵》中的入声在《中原音韵》里被分别派到了平、上、去三声。当时周德清的分配很有规律，即按声母来分，全浊声母一律入阳平，次浊声母一律入去声，清声母一律入上声。所谓"全浊"就类似于英语里的"b，d，g，z"等，所谓"次浊"指的是鼻音、边音等如"m，n，l，r"。这条规律到今天要说成"入派四声"了，为什么呢？因为入声不但归了周德清说的三声，还有归入阴平的，那就显得非常没有规律，也成为今天人们辨别入声的最大困难。

入声的问题要专门讲，这里先说说在一般情况下怎么辨平仄。由于辨平仄并不是今天产生的一个新问题，历史上人们采用了很多办法。这里我们举出几个供参考：

（一）韵目记诵法。

《切韵》按四声分卷，同音异调的韵目有一定联系，连起来读，可以形成练习四声相承的口诀。平水韵中一共有十七句这样的口诀："东董送屋、冬肿宋沃、江讲绛觉、真轸震质、文吻问物、元阮愿月、寒旱翰曷、删潸谏黠、先铣霰屑、阳养漾药、庚梗映陌、青迥径锡、蒸拯证职、侵寝沁缉、覃感勘合、盐琰艳叶、咸豏陷洽"。

（二）四声顺读法。

与上法类似，同时也是从"天子圣哲"得到的启发，即用四声组成四字的一句话来帮助记忆。如"平上去入、欢喜快乐、从小诵读、花草树木、浓彩重墨、庐顶面目、无比快活、生死对决、天广地阔、三九二七、低首拜佛、财酒气色"等。

（三）四字成语法。

利用四字成语。上面两个办法适合辨四声，但很多的情况下我们不需要辨四声，只要分平仄就可以了。那就可以利用四字成语。四字成语，特别是前后可分两截的四字成语里，"平平仄仄"的格式占了一半还要多。为什么会出现这样的情况？因为成语的本来意思就是"现成话"，是从古代诗文中摘取下来的。而古代诗文常会自觉不自觉地运用声律，体现为成语多有合律的，"平平仄仄"更占了大多数。如："千山万水、乘风破浪、高瞻远瞩、张冠李戴、嘘寒问暖、悬崖峭壁、人情世故、狼心狗肺、横冲直撞、安居乐业、删繁就简、伤天害理、三言两语、高风亮节"等。

（四）阴阳上去法。

由于现代普通话的四声"阴阳上去"从平仄角度看也是"平平仄仄"，因此普通话中常用的四声练习方法，用"阴阳上去"造句也可用来帮助记忆。如："阴阳上去、山明水秀、花红柳绿、鸡鸣狗盗、烧琴煮鹤、生财有道、非常感谢、张王李赵、酸甜苦辣、稀奇古怪、青龙宝剑、千年老树、英雄好汉、飞檐走壁、斯文扫地、诸如此类"。不过需要注意那些转成平声的入声，是需要算成仄声的，如"七侠五义、三国演义"符合今天的"阴阳上去"，但其中的"七、侠、国"是入声，就不合"平平仄仄"。

（五）传统教材法。

利用传统对韵教材。清初李渔的《笠翁对韵》和车万育的《声律启蒙》是几百年来行之有效的儿童学习声律的课本。古人之所以熟谙声律，凡识字者皆能作诗，不是因为他们的语音正好与古代相合，而是因为自小熟读这类书的缘故。这两本书以平水韵分部，采用朗朗上口的对仗韵语，很便记忆。特别是其中的一字对、二字对，平仄完全相对，三字以上也大体如此，因此也可用来帮助辨别平仄。如《笠翁对韵》："天对地，雨对风。大陆对长空。山花对海树，赤日对苍穹。雷隐隐，雾蒙蒙。日下对天中。风高秋月白，雨霁晚霞红。"还有一些诗词的选本有的每字标出平仄，也可用来作为我们的工具。如清代舒梦兰的《白香词谱》和近人喻守真的《唐诗三百首详析》。

（六）最后，古人常用的办法还有在成套的字中记住声调特殊的字。如从一至十的十个数字中只有"三"一个字是平声，天干十个字中只有"丁庚辛"三个平声，地支十二字中只有"寅辰申"三个平声，五行中只有"金"一个平声，四季名称中只有"夏"是仄声，四方名称中只有"北"是仄声。这些都可由各人自己去创造。

六、入声的辨别

毋庸讳言，对今天只学过普通话，连自己方言都不大会说的人们来说，掌握传统平仄的最大困难在于入声。因此我们要专门来说一说。在此之前我们先来了解一下现代汉语的韵部。

没错，我们说的是"韵部"。学过汉语拼音的，也许都能说出现代汉语中有多少声母、多少韵母，但要问普通话有多少个"韵部"？恐怕十有八九不知道。不但没写过诗的答不出，写过诗的也未必答得出。可能有人以为韵母就是韵部。其实不是。韵母是包括介音的，而押韵时介音是不算的。因此现代汉语尽管有 38 个韵母（实际是 39

个，但很多人把 ı 和 ʅ 算作一个），但去掉介音后的韵部只有十七个。这十七个韵部可以分成三组：

第一组，单元音韵部，共 8 个：

（1）a（包括 a、ia、ua 三个韵母）

（2）o（包括 o、uo 两个韵母）

（3）e（仅 e 一个韵母）

（4）ê（包括 ê、ie、ue 三个韵母）（ê 单用只有一个字"欸"）

（5）i（仅 i 一个韵母）

（6）ï（包括 ı、ʅ 和 ɐ 三个韵母）

（7）u（仅 u 一个韵母）

（8）ü（仅 ü 一个韵母）

第二组，复合元音韵部，共 4 个：

（9）ai（包括 ai、uai 两个韵母）

（10）ei（包括 ei、ui 两个韵母）

（11）ao（包括 ao、iao 两个韵母）

（12）ou（包括 ou、iu 两个韵母）

第三组，鼻音韵部，共 5 个：

（13）an（包括 an、ian、uan、üan 四个韵母）

（14）en（包括 en、in、un、üen 四个韵母）

（15）ang（包括 ang、iang、uang 三个韵母）

（16）eng（包括 eng、ing、ueng 三个韵母）

（17）ong（包括 ong、iong 两个韵母）

为什么要分成三组？这与我们认识入声大有关系。

上一节我们举到四声相承的口诀。不知大家是否注意到，诗韵中这样的口诀只有十七句。比如诗韵开头六个韵，"一东二冬三江四支五微六鱼"中，"一东二冬三江"都有四声相承的口诀，"东董送屋、冬肿宋沃、江讲绛觉"，而到了"四支五微六鱼"就跳过去了，后面要接"真轸震质、文吻问物"等，那已是"十一真、十二文"了。为什么会这样？这两组韵的区别在于前者有鼻韵母而后者没有。这就体现了入声的一个重要特质，它总跟着鼻韵母（古代叫阳声韵）走，而不跟元音韵母（古代叫阴声韵）走。其结果是入声与阳声韵势不两立，有你无我，有我无你。因而在三组现代韵部中，第三组带鼻音的五个韵部的字永远不可能是入声。这是一条"铁律"，绝无例外。

第二组是四个复合元音韵部。我们要知道，

入声本质上也是带韵尾的，只是它带的是辅音韵尾（广东话的入声带有［p］［t］［k］三种韵尾，吴方言带的是鼻塞音韵尾［ʔ］），与鼻音韵尾［m］［n］［ŋ］、元音韵尾［i］［u］正好互补，因此理论上这四个韵部的字也不该有入声。实际上也是如此。如果有的话，也属于例外，据我观察，多数是北京或北方的土音，同时它们往往有另一个比较书面化的读音。例如："百、柏、白、拍、塞、宅、摘、窄、拆、色，北、没、得、勒、肋、贼、给、黑，剥、薄、雹、烙、酪、落、凿、着、芍、药、嚼、脚、角、雀、削、钥、轴、妯、熟、肉、六、宿"。不到 40 个字，几乎读这四个韵的字全在此了。如果说第三组五个韵中入声字是"绝无"，这一组四个韵可说是"仅有"，数量非常有限，甚至可以死记。

如果这两组是"绝无""仅有"，那第一组中入声字就是"大量""集中"了。而这八个韵部又可分为三类。

一类是"（6）ï"里的 zi, ci, si, er 四个音节，加上"（8）ü"，几乎可以归在"仅有"里，数

86

量非常有限，前四个音节根本没有入声字。而 ü 韵的入声字只有"律、率、绿、桔、菊、局、剧、屈、曲、戌、续、畜、聿、郁、域、育、玉、狱、欲、浴"等二十来个。

另一类包括"(1) a""(5) i"，以及"(6) i"里的 zhi, chi, shi 三个音节。入声字可说是"大量"。这里就不举例了。

第三类是"(2) o""(3) e"和"(4) ê"，可称之为"集中"，就是说入声字主要集中在这几个韵部里，特别是(3)和(4)，不是入声字的反倒是例外。可以举些例：

e 韵的非入声字只有"者、赭、蔗、车、奢、赊、蛇、社、惹、赦、舍、射、歌、哥、戈、柯、轲、苛、科、棵、颗、可、课、呵、何、河、荷、禾、和、阿、蛾、俄、蛾、娥、峨、饿"等 30 几个，其余都是入声字。

ie 韵只有"爹、皆、阶、偕、街、解、姐、借、介、界、芥、疥、届、戒、邪、斜、谐、鞋、携、写、泻、谢、榭、蟹、懈、邂、耶、爷、也、野、冶、夜"等 30 来个非入声字。ue 韵更只有

"瘸、靴"两个非入声字。

上面是从语音变化的角度来看辨别入声字的规律。我们也可不讲语音学，运用其他一些技巧。最简单的是硬记。跟记四声一样，记一些成套字中的特殊字，如"东南西北"中"北"是入声。"红黄蓝白黑"中"白、黑"是入声，"一"至"十"的数字中"一、六、七、八、十"五个是入声、天干十个字中"甲、乙"是入声、地支十二字中只有"戌"一个入声等。

但更常用的办法是利用形声字的声旁，古人说"秀才识字读半边"，虽不完全对，但还是有一定道理的。因此清代大文字学家段玉裁在考证古韵部时提出了著名论断："同声必同部"。在记入声字时我们至少可以作个参考。例如"白"是入声，从"白"得声的"百陌迫拍泊帛伯箔舶魄"等都是入声；"合"是入声，从"合"得声的"盒颌鸽答搭塔洽恰"都是入声；"畐"是入声，从"畐"得声的"逼、幅、福、辐、蝠、匐"等都是入声等。附录一的《诗韵常用字表》有"入声"一类，大家可以按这办法自行整理。接触多了，就记熟了。

第五节　平仄格式

一、近体诗的基本格

现在我们习惯说"格律"，其实细究起来，"格"与"律"在开始时还是有区别的。"律"是法律、法度，多用作动词，是"律化"，也就是"规定、约束"的意思，唐时有"律诗、律赋"就是"律化"了的诗、赋，是科举考试的法式。英语译作 regulated verse，是非常准确的译法。律化的结果就是"格"，即"格式"。唐代有许多关于"诗格""文格"的著作，只有一本《诗格要律》提到了"律"字。也就是说，"律"指过程，"格"指结果。诗格还有"正格""偏格"之说，后面也会谈到。另外，"格律"包括押韵、平仄、对仗等，这里只讨论平仄，因此采用"格"字。近体诗的"格"可分三个层次来谈，分别为"基本""实用"和"变通"。先说"基本格"。

平仄格式有人觉得很难，有人觉得不难，谁更正确呢？我以为是不难。说难是因为一些书里言之唯恐不详，说得过于琐碎，把简单问题复杂化了，结果使人望而生畏。近体诗的具体格式唐人并没有留下来，记载格式较为具体详备的有清人王士禛的《律诗定体》，他把律诗分为八格："五言仄起不入韵""五言仄起入韵""五言平起不入韵""五言平起入韵""七言平起不入韵""七言平起入韵""七言仄起入韵""七言仄起不入韵"，读起来就像绕口令。现代讨论近体诗格的始于王力先生的《汉语诗律学》等书，后人所作有关平仄的介绍几乎都出自王先生。他们觉得王士禛只谈律诗，没提绝句，而近体诗还应包括绝句，结果在王士禛基础上又加了一倍，成为十六种格式。试想，要背出十六种格式加上绕口令般的标题，那还不难吗？

　　照我的意思，不但现代诗词格律书里那十六种格式不需要背，王士禛的八种也不需要背，甚至在弄懂了律化过程以后，连一种格式都不需要背。我们可以先走简化的道路。第一步，把现代十六种格式中的绝句和律诗合并，只留下绝句，因为律诗无非是"绝句乘二"，绝句格式掌握了，乘以二就是律诗，这样就只需要八种。第二步，把五言七言合并，因为七言无非是五言加上两个字形成的，七言弄清了，五言就不在话下，把前面两个字拿掉就是了。这样就只剩四种。第三步，把"入韵""不入韵"合并，因为两者的区别就在于首句是否入韵，别的完全一样，而入不入韵需要做出的调整很容易说清。这样就只剩下了两种。最后，"平起"和"仄起"无非是一、二两句和三、四两句换一个位置，其平仄没什么不同，这样就只剩下一种！只要把这种平仄格式形成的过程弄清楚，我想根本不必背，就人人能掌握所有格式了。

近体诗律化的过程，简单来说，就是两项原则加上三条规则。两项原则是：

（1）节奏点原则。中国传统诗歌一般以两个字为一个节奏单位，重点落在后一个字上，叫作节奏点。五言、七言的最后一个字本身成为一个节奏，可以理解为一个字后面加了一个休止符号，这个字本身就是节奏点所在。因此五言诗的节奏是"二二一"，七言诗的节奏是"二二二一"，节奏点在"二、四、六、七"几个字上，是诗律考虑的主要因素，非节奏点上的字的平仄一般跟节奏点走。如

91

"一平一仄一平一仄"就是"平平仄仄平平仄"。由于"二四六"（还有"七"）在节奏点上，而"一三五"不在，因此前人讲诗律有所谓"一三五不论，二四六分明"的说法。这两句话，有人说对，有人说靠不住，其实从节奏点角度看，它基本上是成立的。不符合之处一定有它的理由。

（2）奇仄偶平原则。奇句即单数句必须以仄声收尾，偶句必须以平声收尾。中国诗一般都以偶行为单位，偶句还是韵脚所在。近体诗强调押平声韵，因此奇句尾就必须是仄声字。只有一种情况例外，即是首句入韵。此时末字成了平声，但这个仄声不能放弃，必须补回来。补的办法是与倒数第三个字对换。比如本来是"仄仄平平仄"，最后一个字押韵要用平声，必须把倒数第三字的平声改成仄声，以取得平衡，成为"仄仄仄平平"。

在这两个原则的前提下，再记住三条规则，近体诗格式就出来了。这三条规则可归纳为三句话：

（1）一句之内，平仄相间。这就是沈约说的："若前有浮声，则后须切响。一简之内，音韵尽殊。"这样只能形成"仄一平一仄"和"平一仄一平"两种句式，具体是：a."平平仄仄平平仄"，b."仄仄平平仄仄平"。

（2）一联之内，平仄相对。这就是沈约所谓"两句之中。轻重悉异"。如以 a."平平仄仄平平仄"为上句，相对的是"仄仄平平仄仄平"。而如以 b."仄仄平平仄仄平"为上句，由于末字是平声，不合奇仄偶平原则，必须与倒数第三字对换成"仄仄平平平仄仄"，则其对句是"平平仄仄仄平平"。这样，第二条规则只能造成两种联句：

①平平仄仄平平仄　或②仄仄平平平仄仄
　仄仄平平仄仄平　　　　平平仄仄仄平平

（3）两联之间，平仄相黏。如果联与联之间继续采用"对"的方式，则与①相接的还是①，与②相接的还是②，诗就会变得非常单调。因此唐人经过实践，决定采用"黏"的方式。所谓相黏就是下联上句的第二字与上联下句的第二字平仄相同。这样就能造成①②或②①的连接方式。这就是七言绝句的两种格式（五言只要减去前二字），所谓平起式和仄起式：

①②平平仄仄平平仄　或②①仄仄平平平仄仄
　仄仄平平仄仄平　　　　平平仄仄仄平平
　仄仄平平平仄仄　　　　平平仄仄平平仄
　平平仄仄仄平平　　　　仄仄平平仄仄平

　　扩展一倍成①②①②或②①②①，就是律诗的两种格式。

　　如果首句押韵，只要最后一字与倒数第三字对换，就分别形成了律诗的另两种格式，所谓首句入韵式和首句不入韵式。

　　记住以上三句话，只要知道首句第一个节奏点即第二字的平仄，可以立即推出整首诗的平仄。因此说近体诗的平仄很好记。

　　下面我们来做个实验。例如我们看到李白的一首律诗《渡荆门送别》首句"渡远荆门外"第二字"远"是仄声，根据第（1）条规则，知道第一句全句平仄应是"仄仄平平仄"，根据第（2）条规则，知道第二句必然是"平平仄仄平"。这样一、二两句组成了①式联，那么根据第（3）条规则，后面三、四两句肯定是②式联。整首诗是①②①②。

我们可以来验证一下：

渡远荆门外，仄仄平平仄；

来从楚国游，平平仄仄平；

山随平野尽，平平平仄仄；

江入大荒流，平仄仄平平。第一字应仄用了平声。

月下飞天镜，仄仄平平仄；

云生结海楼，平平仄仄平。

仍怜故乡水，应该是"平平平仄仄"，他用了"平平仄平仄"（这是拗救，见后面的论述）。

万里送行舟，仄仄仄平平。

除了第四句的第一字和第七句的第三四二字，全诗平仄完全正确。而这两处并不是不合律，正是我们后面要进一步讨论的内容。

二、近体诗的实用格

上面我们通过提出两项原则和三条规则，总结出了近体诗平仄的两种格式，分别是①②和②①。我们称之为"基本格"，因为这只是开始写近体诗的基础。实际上，几乎没有人会完全按照其平仄规定，一字不差去写的。我们翻遍《唐诗三百首》，在全部律诗、绝句里，只找到一首七绝是一字不差完全按照这个平仄格式的。就是柳中庸的《征人怨》：

> 岁岁金河复玉关，仄仄平平仄仄平
> 朝朝马策与刀环。平平仄仄仄平平
> 三春白雪归青冢，平平仄仄平平仄
> 万里黄河绕黑山。仄仄平平仄仄平

用的是②①式。其余的都有这里那里的不合之处。我们再举一个例子，毛泽东的《长征》诗：

> 红军不怕远征难，平平仄仄仄平平
> 万水千山只等闲。仄仄平平仄仄平
> 五岭逶迤腾细浪，仄仄平平平仄仄
> 乌蒙磅礴走泥丸。平平仄仄仄平平
> 金沙水拍云崖暖，平平仄仄平平仄
> 大渡桥横铁索寒。仄仄平平仄仄平

更喜岷山千里雪，仄仄平平平仄仄

三军过后尽开颜。平平仄仄仄平平

用的是①②①②式。顺便说一句，这也是所谓七律的正格。什么是正格？在绕口令似的十六种格式里，只有以"仄仄平平仄"开头的五律、五绝和"平平仄仄仄平平"开头的七律、七绝叫正格，其余的统统叫"偏格"（"偏"是不正宗或次要的意思）。因为五言的这种格式最能体现"一句之内，平仄相间；一联之内，平仄相对"的原则，别的格式不行。七言是在五言的这个格式前面加两个字，而七言又以首句入韵为正式。

在毛泽东的这首诗里，平仄与基本格不合的只有一处，即"磅"字应仄而用了平声，但这是因为"磅礴"是连绵字，没法拆开。

我们特意举毛泽东的例子，是因为现在一些写旧体诗又不按格律的人常用他来做挡箭牌，说毛主席写的诗也不合律。其实从这首诗可知，毛主席诗在平仄上的合律已到了惊人的地步。那么这首诗格律上有没有问题？有，不过不在平仄，而是在押韵上。"难、丸、寒"在十四寒,而"闲、颜"在十五删,如严格依平水韵,出韵了,这在古代科举考试时是不能容忍的违规,必然要黜落的。但这五个字在词韵里都在同一部。毛常说,他于诗是外行,于长短句的词还有点体会,于此也可见一斑。

既然难以做到完全按基本格的要求写诗,那有些什么地方可以通融呢?那就是我们这里要说的"实用格"。就是说,"基本格"毕竟只是基础,其束缚太大实在使人难以操作,因而人们真正实际使用的是"实用格"。为了简便起见,我们以①②的格式为例,②①的可以举一反三。先把"基本格"抄出来,再看哪些地方可放宽:

平平仄仄平平仄

仄仄平平仄仄平

仄仄平平平仄仄

平平仄仄仄平平

可放宽的有三处:(1)七言的第一字均可不论平仄。(2)凡三个同声调字相连,第一字的平仄可不论。（3）凡两个同声调相连的，仄可以换平，平不可以换仄。

为什么这三处可放宽？分析起来，道理可能是：中国诗的灵魂在韵脚，七言首字是离开韵脚最远的地方，控制力较弱，故可放宽。同样，同调三字连用，从后往前，第一个字也是控制最松的地方。至于为什么同声调二字中，仄可换平而平不可换仄，我想，恐怕因为平声是"浮声"而仄声是"切响"，换平声造成的刺激没有换仄声造成的刺激大。

三处放宽之后，基本格变成了如下的实用格：

<pre>
平平仄仄平平仄
 ⊙   ◎
仄仄平平仄仄平
 ◎ ◎   ◎
仄仄平平平仄仄
 ◎ ◎   ⊙
平平仄仄仄平平
 ⊙   ◎ ◎
</pre>

七绝二十八个字中，用加⊙、◎号的八个得到了解放（其中⊙代表"应平可仄"，◎代表"应仄可平"），占四分之一强。因此我们说，近体诗的格律并没有人们想象的那么严格。相对来说，五绝

99

二十个字中可通融的仅四个，占比五分之一，比七绝就要难些。

下面我们以此来检查古人诗作的实际例子，这种例子比比皆是，比基本格好举多了。五律如杜甫的《春望》：

> 国破山河在，城春草木深。
> 感时花溅泪，恨别鸟惊心。
> 烽火连三月，家书抵万金。
> 白头搔更短，浑欲不胜簪。

不合基本格的两个字"感"和"白"，都是三平调连用的第一个字。七律如李商隐的《锦瑟》：

> 锦瑟无端五十弦，一弦一柱思华年。
> 庄生晓梦迷蝴蝶，望帝春心托杜鹃。
> 沧海月明珠有泪，蓝田日暖玉生烟。
> 此情可待成追忆？只是当时已惘然。

不合基本格的有四个字。其中"一、此"是七言第一字，"月"是三平连用的第一字。都在可放宽之例。"思"字有两读，作动词时念平声，作名词时念去声（如李白《静夜思》的"思"就读去声）。这里是动词，应读平声，李商隐可能是故意利用了"思"字可平仄两读的模糊性。还有一种说法，认为思当解作"悲"，故读去声，可聊备一说。

仔细观察近体诗的实用格，我们还会发现一个有趣的现象，即就"一三五不论"而言，实际情况是越往后越严格，越往前越宽松。第七字最严，完全不可通融；第五字次之，四句中只有一个字可通融；第三字再次之，有三字可通融；而第一字最好说话，完全自由。从第三字、第五字来看，"一三五不论"使用起来还是需要留点儿神的。

三、近体诗的变通格

上回说到近体诗的实用格：

平平仄仄平平仄

仄仄平平仄仄平

仄仄平平平仄仄

平平仄仄仄平平

从中我们看到，近体诗"一三五不论"的说法基本上是对的，真正需要论的只有四处，即第一句的第五字、第二句的第三字、第三句的第五字和第四句的第五字。那么这四处是否真的绝对不能动呢？真正绝对不能动的只有一处，即第四句的第五字，如果这里的仄声改成平声就成了句尾三平声相连，俗称"三平尾"，是近体诗的大忌，也是近体诗与古体诗区别的标志之一。我们看历来诗作，很少有这样的毛病。尽管偶而仍可见，例如前面举的李商隐的《锦瑟》，其中的"一弦一柱思华年"可能就犯了三平调。只是因为"思"字有平仄两读，这里作动词应该读平声，李商隐可能一时借用，读为去声了。

而除此以外的其余三处却都可作变通，平换仄，仄换平，不过需要满足一定的条件，以其他手段来补救。这种变通，在近体诗术语上叫作"拗救"。这样形成的格式前人叫作"拗格"或者"拗体"。

（1）对句相救格。第一句"平平仄仄平平仄"的第五第六两个字本来都应是平声，如果其中有一个字、甚至两个字一起都用了仄声，就违背了格律，这就叫"拗"，补救的办法是对句本来应仄但可平的第五个字强制使用平声。即"平平仄仄平平仄，仄仄平平仄仄平"改成"平平仄仄仄仄仄，仄仄平平平仄平"（下加点表示拗救）。例如杜牧的《江南春》：

千里莺啼绿映红，水村山郭酒旗风。
南朝四百八十寺，多少楼台烟雨中。

第三句本来是"平平仄仄平平仄"，结果第五、第六的"八、十"两个字都用了仄声，在对句第五字"烟"用了平声就救了过来。至于为什么本句平仄犯了错，可以通过改动对句的平仄来相救？前人都未明说。

（2）孤平自救格。第二句"仄仄平平仄仄平"的第三字如改成仄声，叫作犯"孤平"，就是一句内除了韵脚以外只剩下一个平声字。这也是近体诗的大忌。这种拗的救法，只要把本来应仄可平的第五字硬性改成平声就可以了，也就是"仄仄平平仄仄平"变成"仄仄仄平平仄平"。由于这是在本句内完成的，因此也叫"本句自救"。例如贺知章的《回乡偶书》：

少小离家老大回，乡音无改鬓毛衰。

儿童相见不相识，笑问客从何处来。

这首诗用的是②①式，讨论时说的第二句在这里是第四句。这句的第三字"客"字拗了，如果不救就犯了孤平，他在第五字用了平声"何"就救了过来。这个第五字"何"很有意思，它既救了本句的"客"字，还救了对句的"不"字（"不"属于第一种"拗"）。

（3）特殊变通格。实用格第三句"仄仄平平平仄仄"的第五字如改为仄声，成为三仄相连，就要把第六字改成平声来补救，全句成了"仄仄平平仄平仄"，不过此时原来应平可仄的第三字一般就不可改用仄声了。这种句式很有意思，它既不合基本格，也不合实用格，但使用却非常频繁。据王力统计，其频度甚至不低于正常的"仄仄平平平仄仄"

句式。而据我的观察，它在清代似乎更成了常式。有的诗律书上说这种格式是宋代江西诗派以后才流行起来的，实际恐怕不是。唐初就已流行了。如王勃那首著名的《送杜少府之任蜀川》：

城阙辅三秦，风烟望五津。
与君离别意，同是宦游人。
海内存知己，天涯若比邻。
无为在歧路，儿女共沾巾。

我们在前面提到李白的《渡荆门送别》最后两句："仍怜故乡水，万里送行舟"也是如此。再举一首我们熟悉的七言绝句，王之涣的《出塞》：

黄河远上白云间，一片孤城万仞山。
羌笛何须怨杨柳，春风不度玉门关。

七律如杜甫的《咏怀古迹》之三：

群山万壑赴荆门，生长明妃尚有村。

一去紫台连朔漠，独留青冢向黄昏。

画图省识春风面，环珮空归夜月魂。

千载琵琶作胡语，分明怨恨曲中论。

可见这种句式常用在绝句的第三句或律诗的第七句，这也是一个规律。

四、如何看待古人的"不合律"？

讲完了近体诗的平仄格律，有人兴冲冲地拿去对照、阅读前人的作品，结果发现古人的作品并不像我们想象的那么精确，而是常有不合律的地方。有的甚至完全不合。我们最熟悉的几首诗。例如"几千年来中国人心目中的第一首诗"、李白的《静夜思》：

床前明月光，疑是地上霜。

举头望明月，低头思故乡。

用平仄一分析："平平平仄平，平仄仄仄平。仄平仄平仄，平平仄仄平。"好像除了一、四两句都不对呀。再如，同样有名的王维的《渭城曲》：

渭城朝雨浥轻尘，客舍青青柳色新。

劝君更尽一杯酒，西出阳关无故人。

用平仄一分析："仄平平仄仄平平，仄仄平平仄仄平。仄平仄仄仄平仄，平仄平平平仄平。"后两句平仄也有问题。再如韦应物的《滁州西涧》：

独怜幽草涧边生，上有黄鹂深树鸣。

春潮带雨晚来急，野渡无人舟自横。

似乎也不符合基本格。

律诗如所谓"唐代七律压卷之作"、崔颢的《黄鹤楼》：

昔人已乘黄鹤去，此地空余黄鹤楼。

黄鹤一去不复返，白云千载空悠悠。

晴川历历汉阳树，芳草萋萋鹦鹉洲。

日暮乡关何处是？烟波江上使人愁。

第一、三、四句平仄都有问题，如第三句只有

"黄"一个平声字,第四句只有"白、载"两个仄声字。再如有名的祖咏的《终南望余雪》,还是一首应试诗:

> 终南阴岭秀,积雪浮云端。
> 林表明霁色,城中增暮寒。

不仅好几处不合,三、四两句还是所谓的"对句相救格",难道唐代科举考试就允许用拗救了吗?

这些问题怎么看?我想这涉及我们究竟应该怎么看待格律。我的想法是:

第一,格律的成熟有个过程,不是一下子就突然成熟的。从沈约他们提出四声八病之说到唐武后朝宋之问、沈佺期时初步成型,再到杜甫集大成,其间经过了两百多年。这是一个不断探索语言文字之美的过程。这个过程至少可以分成三段,分别可称为齐梁体、沈宋体、盛唐体。

齐梁体阶段的理论主要是沈约等提出的"四声八病"说。"四声八病"其实包含了正反两面。正面的是四声之说,以及我们多次引用的"前有浮声，后须切响。一简之内，音韵尽殊；两句之中，轻重悉异"；反面的有"八病"之说，即要避免的八种声病："平头、上尾、蜂腰、鹤膝、大韵、小韵、正纽、旁纽"。其中"平头、上尾"的作用比较积极。"平头"是指上下句第二字的声调不能相同，"上尾"是上下句尾字声调不能相同。正反面结合奠定了一联的基本平仄形式，即我们说的"一句之内，平仄相间；一联之内，平仄相对"，以及奇偶句尾字不同（但当时没规定一定要押平声韵）。因此齐梁诗的贡献就是对句的律化。但没有解决联与联之间的联系问题，在实践中有采取"黏"法的，也有采取"对"法的。

沈宋体阶段的代表作家是武后朝的宋之问、沈佺期，但其理论的代表是唐高宗时的上官仪和元兢，特别是元兢的《诗髓脑》一书，从正面提出了"换头、护腰、相承"三个理论。其中"换头"指各句第二字应是"平—仄—仄—平—平—仄—仄—平……"，实际上就是黏和对的规则，律诗的基本格自此形成。"相承"指如上句仄声过多，可在下句用三平声相承。实际就是后来的"对句相救法"。

在实践上，沈、宋还把律诗从五言发展到了七言。

盛唐体的代表是盛唐诸家，李白、王维等，而由杜甫集大成。其理论上的代表则是王昌龄的《诗格》，其中重申了元兢的换头说，并称之为"诗律"。同时还首次提出了几种诗格，如五言的平起仄收格等。（他叫作"五言平头正律势尖头"，很拗口，不多举。）

由于律诗到杜甫才最后完成，在此之前可说都是过渡期。因此，早于杜甫的作者如王勃、贺知章、王维、崔颢、祖咏、李白、王昌龄、孟浩然、韦应物、岑参、高适等在实践过程中进行了这样那样的尝试，写出我们今天看来违律的近体诗，就是不奇怪的了，而这些人的诗偏偏又是我们最熟悉和最常听说的。事实上，本节开头举的那些违律诗，用唐初诗律理论处于过渡期的说法都是可以解释的。如王维和韦应物的两首诗就是"失黏"的问题。在杜甫之后，再有意违律的人就很少了。考试中更不可能出现祖咏那样的拗体诗。例如大历十才子之首钱起的《湘灵鼓瑟》，就是中规中矩的试律诗。

第二，现知的近体诗格律是选择和折中的结果。我们一再强调格律是人为的，就包含了这个意思。从沈约到杜甫，诗人们从正、反面提出了许多方案，进行了无数的实践（近代有人在统计《全唐诗》三万多首近体律绝的基础上，竟在常见的十六格之外又提出了1072个新"格式"），我们看到的一些失黏、失对、失调就是这种种实验的结果。而在这些实验中也不仅仅是做减法，也有做加法的。例如"八病"中有一个"鹤膝"，前人解释为五言诗第一句和第三句末一字不得同声调。但这两个位置都是奇句尾，理应都是仄声，这个"病"好像难以避免。但是杜甫把这个同声调理解为四声，即在仄声中还分出上去入，就又可能避免了。他还把这个办法推广到整首律诗，结果创造了一种新的诗体，即律诗的四个单句末一字四声齐全（首句入韵，用平声）。我们不妨举两个例子，如《蜀相》：

丞相祠堂何处寻（平），锦官城外柏森森。
映阶碧草自春色（入），隔叶黄鹂空好音。

111

三顾频烦天下计（去），两朝开济老臣心。

出师未捷身先死（上），长使英雄泪满襟。

又如《宿府》：

清秋幕府井梧寒（平），独宿江城蜡炬残。

永夜角声悲自语（上），中天月色好谁看。

风尘荏苒音书绝（入），关塞萧条行路难。

已忍伶俜十年事（去），强移栖息一枝安。

这是绝大多数人难以做到的。杜甫说他自己"晚节渐于诗律细"，他在诗律上确实下了极大的功夫。杜甫的近体诗是用律最严的，同时也是"拗体"、即有意突破格律的诗体最丰富的。后来大家接受的格律既不是那种失黏、失对等粗糙的，也不取杜甫奇句尾分四声那种最难的，因此是一种折中的结果。在此基础上再保留三种拗救作为补充，可以说是比较理想的，因此千百年来形成了传统。

五、古体诗的平仄

近体诗格律形成以后，产生了四种句式，我们

称之为"律句",这成了后来讨论所有诗律形式的
基础。这四种律句是：

平平仄仄平平仄

仄仄平平仄仄平

仄仄平平平仄仄

平平仄仄仄平平

所谓古体诗的平仄，就可在这基础上讨论。

在齐梁之前，古诗纯出于自然，本无所谓平
仄。例如《古诗十九首》的"西北有高楼，上与
浮云齐"里，前一句是律句（仄仄仄平平），后一
句不是（仄仄平平平）；"涉江采芙蓉，兰泽多芳
草"里，后一句是律句（仄仄平平仄），前一句不
是（仄平仄平平）。这都是自然状态，没有刻意为
之的痕迹。在有了诗律之后，凡不遵守诗律、率
意为之的诗都可称为"古体诗"，这是不少人的
看法。

然而正如近体诗格律是人为的，古体诗格律也
可以人为。有人就鼓吹古体诗也有平仄格律，最早

这么做的还是渔洋山人王士禛，他主张古诗平仄也有规律，如七言的"第五字必平""第四字必仄"等。后来赵执信作了古诗的《声调谱》，提出了更详细的观点。不过我觉得他们有点"简单问题复杂化"，近体诗有格律已经让很多人头痛了，如果古体诗也设计出格律来，那让人怎么活？据我的观察，讲古体诗有严格规则，那是不可能的，讲有一定规律，倒不妨可以探索一下。唐以后的古体诗，多多少少受了近体诗的影响，其出路如同押韵方式一样，只有两条。一是顺应格律诗的路子，大量采用律句，只是采用仄韵，或频繁换韵，以体现其为"非近体"。二是反其道而行之，刻意回避律句句式，甚至与律句针锋相对。前一种就是所谓"入律的古风"，我们在谈韵律时提到过。其实平仄也是如此，如白居易《长恨歌》的开头四句：

汉皇重色思倾国，御宇多年求不得。
杨家有女长初成，养在深闺人未识。

其平仄是"平平仄仄平平仄，仄仄平平平仄仄。平平仄仄仄平平，仄仄平平平仄仄"。完全像一首仄韵的绝句。再如吴梅村《圆圆曲》的开头四句：

> 鼎湖当日弃人间，破敌收京下玉关。
> 恸哭六军俱缟素，冲冠一怒为红颜。

拿本节开头的"实用格"来对照，可说也完全合律。这是我们叫它"入律的古风"的原因。

后一种可称"古奥的古风"。其特点是刻意打破"仄—平—仄""平—仄—平"的律化规则，有意使用近体诗所忌用的"三平尾""孤平"，以及大量使用"四连平""四连仄"等近体诗不可能用的句式。例如岑参的《与高适薛据登慈恩寺浮图》：

> 塔势如涌出，孤高耸天宫。
> 登临出世界，磴道盘虚空。
> 突兀压神州，峥嵘如鬼工。
> 四角碍白日，七层摩苍穹。
> 下窥指高鸟，俯听闻惊风。

连山若波涛，奔凑如朝东。

青槐夹驰道，宫馆何玲珑。

秋色从西来，苍然满关中。

五陵北原上，万古青蒙蒙。

净理了可悟，胜因夙所宗。

誓将挂冠去，觉道资无穷。

其中"盘虚空"等八处用了"三平尾"，"出世界"等三处用三仄尾，甚至还有四字全平和五字全仄的，我们在文字下加"·""。"表示。由于律句是人们千辛万苦从实践中总结出来的句式，读起来比较顺畅，音韵也谐和。硬要与这种句式作对，造出来的句子肯定不如律句谐和，甚至会有生硬拗口的感觉。而这正是写作者希望达到的效果，认为这样才"古朴"，才像古诗。

七言古风可以举杜甫的《哀王孙》为例：

长安城头头白乌，夜飞延秋门上呼。

又向人家啄大屋，屋底达官走避胡。

金鞭断折九马死，骨肉不得同驰驱。

腰下宝玦青珊瑚，可怜王孙泣路隅。

问之不肯道姓名，但道困苦乞为奴。

已经百日窜荆棘，身上无有完肌肤。

高帝子孙尽隆准，龙种自与常人殊。

豺狼在邑龙在野，王孙善保千金躯。

不敢长语临交衢，且为王孙立斯须。

昨夜东风吹血腥，东来橐驼满旧都。

朔方健儿好身手，昔何勇锐今何愚。

窃闻天子已传位，圣德北服南单于。

花门剺面请雪耻，慎勿出口他人狙。

哀哉王孙慎勿疏，五陵佳气无时无。

加"·"号是平声，其余是仄声。同样，我们可以看到大量的"三平尾"，甚至还有四连平、五连平，四连仄、五连仄。第四句"屋底达官走避胡"则是典型的犯孤平。

当然，古体诗的平仄要求并不是强制的，只是可以让我们知道古人创作时在艺术上的追求而已。

不过不管人们怎么想复古，唐以后的古风还是与唐以前不一样。最大的不同在句尾，唐以前像我们前面举的例子"西北有高楼，上与浮云齐"，两个都是平声但不押韵的情况相当普遍。但在唐以后却极为罕见，只在押仄声韵时上句偶可见不同声调的仄声。可见"上尾"之说早已溶入血液，已成自觉的行为了。

六、词与对联的平仄

近体诗平仄格律不仅影响了后来的诗，也影响了其他文学形式，例如词曲和对联。我们知道近体诗的全部平仄律体现为四个律句：

平平仄仄平平仄

仄仄平平仄仄平

仄仄平平平仄仄

平平仄仄仄平平

其实在此基础上我们还可以截得更多的律句形式，以满足句子只有三、四、五、六字时的需要：

三字句：平平仄、仄仄平、平仄仄、仄平平（截取最后三字）

四字句：平平仄仄、仄仄平平、仄平平仄、平

仄仄平（分别截取前四字或后四字）

五字句：仄仄平平仄、平平仄仄平、平平平仄仄、仄仄仄平平（即后五字）

六字句：平平仄仄平平、仄仄平平仄仄（截取前六字）

这些我们也叫作律句。为什么？因为在诗的律化过程中，文也在律化，产生了律化的文，也就是骈文。骈文有其自己的声律，但"二加一"的三字句、"二加二"的四字句、"二加二加一"的五字句，和"二加二加二"的六字句基本都与这里的律句形式是相同的。如王勃《滕王阁序》里的四字句和六字句："渔舟唱晚，响穷彭蠡之滨；雁阵惊寒，声断衡阳之浦"，其平仄就是："平平仄仄，平平仄仄平平；仄仄平平，仄仄平平仄仄"。三字句的"披绣闼，俯雕甍"，"平仄仄，仄平平"，也都与律句相合。

这些是我们认识词的平仄的基础。因为词是在近体诗基础上发展而成的，只是句式有了长短而已。"律化"的影响是显而易见的。词与近体诗有着千丝万缕的联系。早期的一些词调甚至就是格律诗的变种，如刘禹锡的《浪淘沙》：

> 日照澄洲江雾开，淘金女伴满江隈。
> 美人首饰侯王印，尽是沙中浪底来。

就像一首七言绝句。张志和的《渔歌子》：

> 西塞山前白鹭飞，桃花流水鳜鱼肥。
> 青箬笠，绿蓑衣，斜风细雨不须归。

也只是把第三句改成了"平仄仄，仄平平"两个律化三字句而已。到五代以后的小令词，句式有了变化，成了长短句。但基本不出我们上面举到的从三字到七字的律化句式。如李煜不同于刘禹锡的《浪淘沙》：

> 帘外雨潺潺，春意阑珊。罗衾不耐五更寒。梦里不知身是客，一晌贪欢。　　独自莫凭栏，无限江山。别时容易见时难。流水落花春去也，天上人间。

其中五言、七言都是律句。四个四字句都是"仄仄平平"，也是律化句。

北宋以后有了慢词，词调变长了，句式更复杂了，但基本上还是律化句。如柳永的《望海潮》：

> 东南形胜，三吴都会，钱塘自古繁华。烟柳画桥，风帘翠幕，参差十万人家。云树绕堤沙。怒涛卷霜雪，天堑无涯。市列珠玑，户盈罗绮，竞豪奢。　　重湖叠巘清嘉。有三秋桂子，十里荷花。羌管弄晴，菱歌泛夜，嬉嬉钓叟莲娃。千骑拥高牙。乘醉听箫鼓，吟赏烟霞。异日图将好景，归去凤池夸。

其中有三字、四字、五字和六字句，都在上面举到的律化句范围内。唯一需要说一说的是"有三秋桂子，十里荷花"，这是词的一个特殊句式，第一个"有"是"领字"，叫"一字逗"，平仄是单独算的，通常是仄声。"三秋桂子"与"十里荷花"组成一对，平仄也正好相对，是"平平仄仄"对"仄仄平平"，都是律化句。

到南宋后，由于许多懂音律的词人开始自度曲，非律化的句式多起来了，但不管多长的词，还是以律化句为主体。掌握律化句式对熟悉词谱是很有用的。如果说近体诗的平仄规则根本无须记，则词调的平仄必须一个个查、一个个记，因为每个词调都不一样。除了利用律化句，没有太多的诀窍。唯一可以取巧的办法是背熟几首名作，如苏轼的《念奴娇》《水调歌头》、岳飞的《满江红》等，写作时依样画葫芦就行了。

讲了词，本来应该讲曲。表面看曲的情况同词差不多，但因为其音韵基础不再是《切韵》音系，而又难以排除《切韵》的影响，两种影响并存，情况就比较尴尬。从平仄的角度看，非律化句子数量大大增加，更难掌握。这里就不谈了。

值得一谈的是对联。古代留下来的文体中，对联的实用性最大，园林建筑、旅游景点，以及逢年过节、婚丧喜事，对联常常用得上。但贴对联的人多，贴对的人少，经常看到上下联贴反的情况。对联的产生与律化的诗文（包括诗词骈文和律赋）是同步的。一般认为，最早的春联是五代蜀主孟昶写的"新年纳余庆，佳节号长春"。但据张伯驹先生《素月楼联语》考证，比孟昶早一百多年，唐代张祜就在惠山壁上题了对联："小洞斜穿竹，重阶夹细莎。"

对联从宋代开始流行，到明清两代蔚成风气。是中国古代从帝王将相到贩夫走卒、从儿童到文人都喜爱的游戏。宋代的对联大多是单句五言、七言，就好像是绝句的一半，其格律也犹如半首绝句。上面的两个例子都是这种情况，孟昶的联上句"新年纳余庆"，还用了特殊句式"平平仄平仄"。明代以后，对联越写越长，到清代更出了无数"天下第一长联"，互相比赛。从孙髯翁一百八十字的昆明大观楼长联开始，到李善济三百九十二字的四川青城山长联。现在可查到的最高纪录，是清代钟耘舫的江津临江城楼长联，一千六百十二字。但不管联多长，它都要遵守三条规则：

（1）在多数情况下，上联以仄声收尾，下联以平声收尾。贴对联时一定要将上联贴在右手边。

（2）上下联平仄相对，且一般情况下都是用律句，三四五六七言都是如此。特殊修辞需要例外。

（3）如上下联各有多个句子，则需要采用曾国藩说的"调马蹄"手法。所谓调马蹄，是从骈文学来的技巧，即各句末一字依照"仄平平仄仄平平仄……"的顺序，再长也是如此。下面举两个例子：

　　　墙上芦苇，头重脚轻根底浅
　　　山间竹笋，嘴尖皮厚腹中空（解缙）

　　　樽前帆影，槛外岚光，数胜迹重重，都向江头开画本
　　　楼上仙人，阁中帝子，溯游踪历历，又来亭畔吊忠魂（邓廷桢--安庆大观亭）

第一例每边只有两句，但末字是"平仄"对"仄平"。第二例上下联各四句，末字是"仄平平仄"对"平仄仄平"。限于篇幅，更长的就不举了。

七、平仄两读

辨别平仄的困难，一在入声，二在异读。所谓异读，是指平仄两读之字。有三种情况。一是调不

124

同义同，词汇学上叫同义异音词。二是调不同义也不同，而且两个意义相距甚远，实际上是两个词，词汇学上叫同形异义词。三是调不同义也不同，但两个意义间有联系，实际上是词义引申，词汇学上叫派生词。古代叫"四声别义"。

（一）调异义同。

这些字读平读仄皆可，意义没有变化，但似乎古平今仄为多。如"看、望、过、忘、醒、探、俱"等字。现在平时以仄读为主，但在写旧体诗时仍可以作平声用。

例如在李商隐的《无题》诗里：

> 相见时难别亦难，东风无力百花残。
> 春蚕到死丝方尽，蜡炬成灰泪始干。
> 晓镜但愁云鬓改，夜吟应觉月光寒。
> 蓬山此去无多路，青鸟殷勤为探看。

最后的"看"字押十四寒，平声。而同样可平仄两读的"探"字，其格律位置决定其在此读仄声。

杜甫的《新婚别》最后四句是："仰视百鸟飞，

125

大小必双翔。人事多错迕，与君永相望。""望"字与"翔"押韵，同在下平声七阳韵，也是平声。而在白居易的《长恨歌》"君臣相顾尽沾衣，东望都门信马归"里，"望"按律就应读仄声。

毛泽东词《水调歌头·重上井冈山》刚发表时，因为其中有"过了黄洋界，险处不须看"一句，有人批评说毛的韵脚错了，押了仄声。其实是他自己错了，不懂"看"字可读平声。但同样一个"看"字，在毛泽东另一首词《沁园春·长沙》："看万山红遍，层林尽染；漫江碧透，百舸争流"里，却必须读成去声，因为这是格律的要求，词中领字必须是仄声，甚至必须是去声。

这使我们有时很不习惯，但没有办法。特别是有的字我们习惯读仄声，但古代更多时候却读平声，如"俱"字。在杜甫的《春夜喜雨》"野径云俱黑，江船火独明"，和李商隐的《霜月》"青女素娥俱耐冷，月中霜里斗婵娟"里，"俱"字都应读成平声，否则格律就不对了。

（二）调异义殊。

声调不同，意义也不同，古人叫作"四声别

126

义"，有专门的著作对之进行研究，如北宋贾昌朝的《群经音辨》和元代刘鉴的《经史动静字音》，有兴趣者可以去看看。不同声调表示不同意义，但两个意义常用程度不一样。我们依此再分成两类。一类是其中有一个意义今天不常用，那与之相应的声调我们就应特别留意。这一类我们叫作"调异义罕"，这个义罕的字，有读平声，也有读仄声的。这样的字有"正、教、燕、间、吹、思、疏、胜、过、醒、要、令、行、闻、从、王、更"等。如：

正：常读去声。如王湾《次北固山下》：

客路青山外，行舟绿水前。
潮平两岸阔，风正一帆悬。
海日生残夜，江春入旧年。
乡书何处达，归雁洛阳边。

读平声只用于"正月"的意义。如孟浩然《岁除夜会乐成张少府宅》诗：

畴昔通家好，相知无间然。

续明催画烛，守岁接长筵。

旧曲梅花唱，新正柏酒传。

客行随处乐，不见度年年。

这个"正"只能念平声，否则就不协律了。注意这首诗第二句的"间"也是个罕义字，读去声，"无间"的意思是"没有隔阂"。

燕：常读去声，燕子的"燕"。如杜甫《绝句二首·其一》：

迟日江山丽，春风花草香。

泥融飞燕子，沙暖睡鸳鸯。

平声只用于古国名和后来的地名。如骆宾王《于易水送人》：

此地别燕丹，壮士发冲冠。

昔时人已没，今日水犹寒。

"燕丹"指燕国的太子丹，只能是平声。这首诗是初唐的，格律尚不严。一二句失对，二三句失黏，但都是典型的律句，"此地别燕丹"的声调是"仄仄仄平平"。

教：多作去声。唯"使、令"义，读平声，如王昌龄《出塞》诗：

> 秦时明月汉时关，万里长征人未还。
> 但使龙城飞将在，不教胡马度阴山。

这个"教"如读去声，格律就错了。

吹：通常作平声，在表示"吹奏乐"时读去声。如杜牧《题扬州禅智寺》：

> 雨过一蝉噪，飘萧松桂秋。
> 青苔满阶砌，白鸟故迟留。
> 暮霭生深树，斜阳下小楼。
> 谁知竹西路，歌吹是扬州。

"吹"如读平声，就出律了。

胜：一般念去声，但表示"能忍受"的意思时念平声。如杜甫的《春望》：

国破山河在，城春草木深。

感时花溅泪，恨别鸟惊心。

烽火连三月，家书抵万金。

白头搔更短，浑欲不胜簪。

（三）调异义异。

另一类是两个意义都常用，以声调不同来区别。常见的字有"长、调、中、重、间、难、强、冠、荷、和、缝、骑、论、任、华"等。如：

调：作动词念平声，作名词念去声。如唐薛逢的《观猎》：

马缩寒毛鹰落膘，角弓初暖箭新调。

平原踏尽无禽出，竟日翻身望碧霄。

"调"念平声，不然无法押韵。

而杜牧的《扬州》：

炀帝雷塘土，迷藏有旧楼。

谁家唱水调，明月满扬州。

《水调》是隋炀帝制的曲，后来的词牌《水调歌头》出自此。这个"调"字如不念去声，同样会打破单句尾不押韵必须是仄声的铁律。

又如我们以前提到过的"骑"字，前几年正音时把它的仄读正掉了，对读古诗带来很多不便。我们上次举了杜牧《华清宫》"一骑红尘妃子笑"，和苏轼《江城子·密州出猎》"锦帽貂裘，千骑卷平冈"的例子，其实还有一个重要场合必须读去声，即"骠骑将军霍去病"的"骠骑"。唐代戎昱的诗《桂州猎夜》：

坐到三更尽，归仍万里赊。

雪声偏傍竹，寒梦不离家。

晓角分残漏，孤灯落碎花。

二年随骠骑，辛苦向天涯。

"骑"字在单句尾，必须读仄声。这首诗里还有两个异读字。一个"更 jīng"字，在作夜里计时单位时必须读平声。还有一个"骠"字，在"骠骑"里也念去声 piào，它还有一个平读，在名马"黄骠马"里读 biāo。

还有一个容易读错的字，"思"，作名词时读去声，比如李白最有名的诗《静夜思》的标题当读去声，很多人读成平声。这大概也是个被"正"掉的读音。但读平声，读古典诗词有时会不协律。如骆宾王的《在狱咏蝉》：

西陆蝉声唱，南冠客思侵。
那堪玄鬓影，来对白头吟。
露重飞难进，风多响易沉。
无人信高洁，谁为表予心。

"思"读仄声也是格律的要求。又如范仲淹的词《苏幕遮》中有句"黯乡魂，追旅思。夜夜除非，好梦留人睡。"这首词整体押仄声韵，如"思"读成平声就全错了。这首诗里还有个字也是平仄两读的，"冠"，作名词读平声，作动词读去声。"新冠肺炎"的"冠"读平声，而"冠名""冠军"的"冠"读去声。这里的"冠"也是平声。

看来，我们在进行正音工作时，还应充分考虑到文化传承因素才好。

第六节 对

一、"对"是汉语汉字特色又一体现

形成汉语各种文体的第四个要素是"对"。同"言、韵、声"一样，"对"也是汉语汉字区别于其他语言和文字的一个重要特色。

美国语言学家爱德华·萨丕尔从语言的"动力特点"亦即语音的四要素出发，区别了世界上几种语言的诗律，说："拉丁和希腊诗依靠音量对比的原则；英语依靠音势对比的原则；法语依靠音节数目和押韵的原则；汉语诗依靠数目、押韵和声调对比的原则。"（《语言论》206页）"数目、押韵和声调对比"就是我们上面说到的"言、韵、声"，可见这三个特点不是我的发现，外国学者也早就注意到了。但萨丕尔说得还不够明确，他认为"数目和押韵"是汉语和法语共同手段，只是汉语的音节"更完整、更响亮"。但他没有说明这个"更完整、更响亮"是什么，因此也就未能进一步说清汉语和法语的区别。实际上，汉语的言、韵、声与法语、英语等都不同，几乎可说是独一无二的。

"言"指音节。汉语的音节与英、法语等的不同，在于汉语中，音节既是语音的基础，也是词汇的基础。也就是，汉语的词汇除少量的连绵字外，基本上是以单音节为主的，这是汉语在语言学上被称为"单音节语"的原因。相比之下，英语在形成初期是单、双音节同为基础的语言，后来越来越成为多音节语；法语是双音节为主的语言，后来也成为多音节语。甚至日语也是多音节语，这是因为尽管它也以音节为基础，不同于拼音文字语言的以音素为基础，但由于其音节数量过少，因此其词汇不得不以双音节乃至多音节为主。受词的多音节的限制，法语等的诗歌，再重视音节数，也受到很大的限制，远不如汉语那样灵活。这是区别之一。

第二，同样是押韵，汉语与法语等也不一样。在欧洲语言中，法语和意大利语重视押韵，英语在古时不重视押韵，文艺复兴时乔叟（Geoffrey Chaucer, 1343－1400）和莎士比亚（William Shakespeare, 1564－1616）等才先后从意大利语和法语学会了押韵，从而形成了新的传统。然而这个传统并不稳固，因此不时遭到反对，到了二十世纪反对押韵更成了主流。这与汉语自古至今押韵是文学基本要素不同，不但诗歌押，文章也常押。中国有正式记载的最早的诗是《尚书·虞书》里的《赓歌》：

股肱喜哉，元首起哉，百工熙哉。

元首明哉，股肱良哉，庶事康哉。

元首丛脞哉，股肱惰哉，万事堕哉。

这是四千年前的诗，今天读来除第二节语音稍有变化外，还是全部押韵的。比它更早的是《吴越春秋》记载的《弹歌》："断竹，续竹。飞土，逐宍。"也是押韵的。原因何在呢？在于音节的结构本身，也就是萨丕尔说的汉语的音节"更完整，更响亮"。法语和意大利语的押韵比较简单。意大利语的单词几乎都以元音 a，o，i 等收尾，因此押韵非常方便。法语从形式上看比意大利语复杂，有辅音结尾，但实际上词尾辅音是不读出来的，也相当于用元音或卷舌音 r 结尾，也容易押韵。英语天生不容易押韵，因为它的音节构造太复杂。一个音节通常由三部分组成，用汉语的术语来说是"声、韵、尾"。声是声母，一般由辅音组成，汉语中不说辅音，因为有零声母的概念。韵是主要元音，汉语中还包括前面的三个介音 i，u，ü。尾是主要元音后的成分，可以是元音，也可以是辅音。汉语在普通话里只有两个元音韵尾 i 和 u，两个鼻音韵尾 n 和 ng。古音和方言里还要加上一个鼻音韵尾 m 和三个辅音韵尾 p，t 和 k。总的来说，汉语的音节构成是一声一韵一尾，非常简单。而英语的"声"由辅音和辅音组合组成，有单、双，最多可达三个辅音，如 pl（ease），spr（ing）等；中间元音也有单、双、甚至三合元音，如 tired 的读音是 t［aiə］d；韵尾则可能有一、二、三直到四个辅音，如 texts 的读音是 te［ksts］。三种情况综合起来就使英语的音节非常复杂。如前所说，汉语普通话实际只有十七个韵部，传统词韵曲韵各只十九个韵部。诗韵最复杂，有一百零六韵，但近体诗严格押平声韵，也只有三十个韵部。英语复杂的音节加上词构成的多音节，其造成的总"韵部"，我据英语韵书估算，大致在一万以上。有的一"韵"才几个词。这就很不利于使用和控制。

"声"即声调的要素为汉语所特有前面已经说了。这三个声音上的特点加上汉语的"形"就产生了"对"这个要素。

"形"作为语言要素之一在文体中产生作用恐怕只有汉语才有。方块形、不拖泥带水,一个字(词)不管多少笔画,都占同样大小的位置,细想起来这实在是个天才的发明。因此同样数目的音节,中文可以排得整整齐齐,拼音文字就做不到。例如英文十四行诗,格律与中国律诗一样严谨,规定行数(十四行)、音步数(抑扬格五音步)、音节数(每行十音节)都一样,但看起来却是长长短短。方块字还能横排竖排,产生对联的形式,拼音文字就不可能有。甚至诗词中还能产生正读倒读皆可的回文体。其中回文诗比较常见,这里举一首词回文为诗的例子、清代才女张芬的《虞美人·寄怀素窗陈妹回文七律》:

秋声几阵连飞雁,梦断随肠断。欲将愁怨

赋歌诗，叠叠竹影梧移影、月迟迟。　　楼高倚望长离别，叶落寒阴结。冷风留得未残灯，静夜幽庭小掩、半窗明。

倒读成了一首七律：

> 明窗半掩小庭幽，夜静灯残未得留。
> 风冷结阴寒落叶，别离长望倚高楼。
> 迟迟月影移梧竹，叠叠诗歌赋怨愁。
> 将欲断肠随断梦，雁飞连阵几声秋。

　　再举一个对联回文的例子，也很有趣。这是今人刘培璜作的，梁羽生先生在他的《名联谈趣》一书里引用了：

> 山空罩雾松堤曲
> 浦远笼烟柳径前

倒读之为：

前径柳烟笼远浦

曲堤松雾罩空山

这副联还可上下交叉读，即将下联的二四六字嵌入
上联的一三五七间成新的上联，上联的二四六字嵌
入下联的一三五七间成新的下联：

山远罩烟松径曲

浦空笼雾柳堤前

倒读则成：

前堤柳雾笼空浦

曲径松烟罩远山

举这几个例子，是想说明字形在汉语文体中的重要
性。而"对"恰恰是以单字为基础的。

　　既然"对"是汉语特点的反映，因此汉语文章
中出现对是很自然的事情。其实上面举的《赓歌》
《弹歌》已经有了一点"对"的味道。《尚书》的

"满招损，谦受益"、《周易》的"水流湿，火就燥；云从龙，风从虎"都是常举的例子。《诗经》的"昔我往矣，杨柳依依；今我来思，雨雪霏霏"更被誉为"千古对句之祖"。秦汉以来的诗文辞赋，对句异常丰富。但这都可以看作语言特点的自然流露。直到今天，很多人以为这种古代文体元素已经不用了，其实还是非常活跃。不说四字成语和新创语经常以自身对仗的形式出现，如"高谈阔论、头重脚轻、登高望远、扶贫助困"等，非四言的短语也会很自然地使用对句，如"东风吹，战鼓擂""路遥知马力，日久见人心"等。可见这确是语言本色的自然流露。而发现这种特色，自觉用于诗文形式，并且越来越严格，这却是"人为"的行为。

最早自觉认识到"对"这特色并提到理论高度的是南北朝齐梁之际的刘勰，他在《文心雕龙》中专门写了一篇"丽辞"，说："造化赋形，支体必双，神理为用，事不孤立。夫心生文辞，运裁百虑，高下相须，自然成对。"这就把它上升到哲学的高度了。到了现代，语言学大师赵元任也认为汉语词的单音节性可能是造成中国人对立统一思维方式的原因之一，他说："如果汉语的词像英语的词那样节奏不一，如 male 跟 female（阴/阳），heaven 跟 earth（天/地），rational 跟 surd（有理数/无理数），汉语就不会有'阴阳''乾坤'之类影响深远的概念。"

"对"之所以成为汉语文体的重要因素，这是其重要的语言学和哲学背景。

二、"对"的原则

同前面其他要素一样，我们先从"对"的基本原则讲起，然后顺着"趋严"和"变通"两个方向看看它的发展。

"对"以方块形的汉字为基本单位，因此"对"的原则也体现在汉字本身的"形、音、义"，以及实际的"用"四个方面。"对"的原则也可从这四个方面去看。

"形"是第一个要求，即方块字对方块字，数量相等，长短相同。"对"通常叫"对仗"，这个"仗"起源于"仪仗"，帝王官员出行用的仪仗，其使用的牌、旗、扇、戈，及随从人员等，都是左右相对，两两相等的。长短不同的"对"通常是不允许的，只有在特殊场合刻意为之，是为了造成特定的效果。以对联言，从古到今长短不等的对子极少，民国时期袁世凯复辟帝制失败，他死后有人送了他一副挽联云："袁世凯千古，中华民国万年"，表面上是三个字不能对四个字，实际含义是袁世凯"对"不起中华民国，这其实是一种玩笑之作，本不是正经的对联。

第二个原则是"义"，即要求相对的字在意义上属于同一类别"义"。这个要求说起来简单，但要把成千上万字从意义上一一分类，并不是一件简单的事。这一要求促进了类书这一中国特色书籍的产生。中国的同义词典产生很早，第一部同义词典《尔雅》产生的时代不晚于战国时期，这也是世界上第一部词典。但《尔雅》的分类还比较粗，满足了知识的分类，但不合诗文创作之用。齐梁以后出现了文学创造的高潮，于是到唐初武德七年（公元624年）就出现了类书《艺文类聚》，由著名学者、书法家欧阳询领衔主编。该书分为"天、岁时、地、州、郡、山、水、符命、帝王、后妃、储宫、人、礼、乐、职官"以及各种制度、器具、食物、动植物等共46部，下分727子目，每目之下，先录"记事"，即典籍中有关记载；再录文学作品，即诗赋赞表等。这是第一个详尽的知识分类辞典，也是第一个按内容而非形式分类的文学作品汇集，因此叫"艺文类聚"。但由于此时诗赋还未进入科举考试，没有推动力，实用价值就不大。武则天时代开始以诗赋取士，因此《艺文类聚》编成整整一百年之后，唐玄宗命徐坚等又编了一部类书名《初学记》，供他的儿子们学习诗文之用。书分23部，313个子目，比《类聚》要精简，目下分叙事、事对、诗文三类，其中最有特色的便是"事对"，可说是专为练习诗文之用。如"卷一天部·日第二"下的"事对"有"合璧/连珠，火精/阳德，分阴/寸晷，贯白虹/夹赤鸟，夸父弃杖/鲁阳挥戈"等，初学者用来非常方便。因此宋代刘本为此书作序曰："可用以骈四俪六，协律谐吕，为今人之文，以载古人之道。"这本书到现代还有影响。鲁迅的散文《好的故事》一文中就提到过它。这种从"义"出发，为对仗服务的书后来层出不穷，越来越趋实用。例如1922年出版的《诗韵合璧》，所谓"合璧"，就是在《诗韵》外还收了前人编的《诗腋》《词林典腋》《历代赋汇》等完全以义分类的对仗实例，以助诗文创作之用。例如《词林典腋》分为"天文、时令、地理、帝后、职官、政治、礼仪、音乐、人伦、人物、闺阁、形体、文事、武备、技艺、外教、珍宝、宫室、器用、服饰、饮食、菽粟、布帛、草木、百花、果品、飞鸟、走兽、鳞介、昆虫"等 30 门 627 目，每目下有二至四字甚至五字、七字的对仗例子，有的多达一百副。严格的对仗要求在这些义类上能够相符，当然实际上是很难做到的，也未必需要。例如"花"对"草"是最常见的，但在各种对类书里都属于不同的门类。因此适当的变通是必然会出现的。但同平仄律一样，破的前提是要懂，古人的义类知识还是需要有所了解的。

第三个对仗原则是"用"。用现在的话来说就是语法，对仗除了语义同类之外，还要求语法上同构。古人没有语法的概念，它用的概念是"虚实"，所谓"实对实、虚对虚"。而"虚实"的概念既相对，又灵活。例如名词与动词比，名词是实，动词是虚，名加动，如果是"实虚"结构，就要求对句也是"实虚"，如"叶落"对"花开"；如果是"虚实"结构，则要求对句也是"虚实"，如"开窗"对"闭户"。而动词与形容词比，则动词是实，形容词是虚，同样要求虚对虚，实对实。相对于名、动、形，则副词、介词、连词、语气词就更虚了，也一样要求虚实相对。但中国古代的类书，直到《诗腋》之类，都只有名词，只有《词林典腋》在正编之外编附了几种对，如颜色对、数目对、虚字对，有了"虚"的内容。因此这个"用"的内容古人说不清楚，用现代语法术语才比较好懂。

最后一个原则是字的"音"，特指平仄，偶指声韵。所谓特指，是基本要求，要求对仗中平对仄、仄对平；所谓偶指，是额外要求，要求对仗中双声对双声、叠韵对叠韵等，实践中做不到的很多。为什么"音"的要求放到最后？因为这是最后提出的。从上古到南北朝的诗文，"对仗"是自然的流露，如果正好平仄相对，那只能说是巧合，实际中并没有刻意要求。初唐以后，律诗渐趋成熟，平仄要求严格了，则所含的对仗自然也就要求必须符合诗的整体格律，这也就渐渐成了传统。当然这也有个过程。我们看第一部讲对仗的类书，徐坚的《初学记》，其中的"事对"虽然合平仄的较多，但也有许多不合平仄的；而到了《词林典腋》，就全部严格按平仄要求了。当然，这是在对仗严格的文体如律诗、对联里；对仗要求不严的文体如词曲和八股文，平仄就有许多变通。

三、"对"的种类

"对"对于文学创作的意义是刘勰最早发现的，也是他最早对之进行了分类。《文心雕龙》"丽辞篇"上说："故丽辞之体，凡有四对：言对为易，事对为难，反对为优，正对为劣。言对者，双比空辞者也；事对者，并举人验者也；反对者，理殊趣合者也；正对者，事异义同者也。"他提出了两对矛盾。第一种是"言对"和"事对"，核心是要不要用典，他只说了难易，没说好坏，但后来一直成为诗歌界一个争论不休的问题。第二种是"正对"和"反对"，正对等于同一件事说两遍，反对是相反相成，同一个意思从正反两方面说。后来的诗论一般都赞成他的意见，而且作为对仗批评的一个标准。

刘勰谈"对"并不完全针对诗歌，是诗文并举，甚至以文为主。刘勰以后，对"对"的研究特别对诗中的"对"作出重要贡献的是上官仪（608—665）。我们甚至可说他是五律的最后定型人，也是七律的初创人。七律是在五律的基础上增加两个字，初唐七言律很少见。上官仪有一首《咏画障》，却已基本符合了七律的要求：

> 芳晨丽日桃花浦，珠帘翠帐凤凰楼。
> 蔡女菱歌移锦缆，燕姬春望上琼钩。
> 新妆漏影浮轻扇，冶袖飘香入浅流。
> 未减行雨荆台下，自比凌波洛浦游。

除了首尾联平仄不相对，可说完全合律。上官仪的孙女就是中国历史上著名的才女上官婉儿（664—710），她评判宋之问（656—712）与沈佺期（656—715）的诗而令两人心服口服是文学史上有名的典故。而沈宋二人就被认为是七律的完成者，这一过程中很难说没有上官仪的影响。从《全唐诗》所录沈宋两人的诗来看，沈的七律更成熟，而宋之问写过不少貌似王勃（650—676）《滕王阁诗》（见本书第一章第三节之二）那样的"准律诗"，即一首仄韵七绝加一首平韵七绝，只是比较讲究对仗而已，当然还不能称律诗。例如他的《军中人日登高赠房明府》：

> 幽郊昨夜阴风断，顿觉朝来阳吹暖。
> 泾水桥南柳欲黄，杜陵城北花应满。
> 长安昨夜寄春衣，短翮登兹一望归。
> 闻道凯旋乘骑入，看群走马见芳菲。

这样的诗还不少，占了他七言八句诗的一半以上。可见七律成熟前还有过这么一段"准七律"的过程，这过程中对仗的成熟还在诗联的粘对之前。到了沈佺期的七律，就完全合律了。而据宋范温《潜溪诗眼》所说，"老杜律诗，布置法度，全学沈佺期，更推广集大成耳"。整个律诗成熟过程就清楚了。

上官仪在"对"上的贡献有二。一是强调诗文必须属对："故援笔作辞，必先知对。比物各从其类，拟人必于其伦。此之不明，未可以论文矣。"
这就使"对"从"自然流露"进入了"有意为之"
的自觉阶段，是文学写作的一个飞跃。二是最早提
出了"对"的具体分类。后人所辑他作的《笔札华
梁》，把对分为九种。从他开始或在他前后，出现
了多种对的分类。有撰人不详的《文笔式》，分十
三种；托名魏文帝的《诗格》，分八种，实十种。
如果这几部书谈"对"，还诗文不分，则他之后从
元兢（生卒年不详）的《诗髓脑》开始，讨论就集
中到了"诗"上，元兢的对也分八种，但内容与前
人大不相同。之后有崔融（653—706）的《唐朝新
定诗格》和李峤（646—715）的《评诗格》，均分
为九种，两者雷同，应是同一来源，但与前人不尽
相同。再往后，则有诗僧释皎然（720—798）的
《诗议》，他同时提出"诗对有六格"和"诗有八种
对"，但没说两种分法标准有何区别。从内容看，
前六种与前人重复的多，后八种则完全是自出心
裁。以上这些著作，后来多已失传。直到2002年，
当代学者张伯伟编辑出版《全唐五代诗格汇考》，
才使我们约略可知当时情况。

张伯伟编辑《汇考》的重要来源是日本弘法大师所撰的《文镜秘府论》。弘法大师本名释空海（774—835），法号遍照金刚，弘法大师是其尊号。他于唐德宗贞元二十年，即公元804年来华，在华学习五年，于唐宪宗元和四年（公元809年）回国。

弘法大师是在中日文化交流史上贡献最杰出的大师之一，几年前我在西安，专程去了他曾待过的青龙寺，写下《游青龙寺忆日僧空海》一诗，诗云：

> 青龙古刹乐游原，高足名师灌顶缘。
> 西出中华途万里，东播文化越千年。
> 建宗东密弘高法，创字假名诠雅言。
> 更度金针文镜府，重书篆隶续前篇。

他对中日文化交流的贡献是全方位的，包括宗教、佛学、诗学、书法、文字学等等。其中唐代的诗学就藉他所作的《文镜秘府论》得以保存。人们也许会想，为什么作为"诗国"，唐代的诗学在中国本土失传，在异国日本却反而得到了保存？其实原因很简单，中唐以后，诗歌的格律对中国人而言已成了常识，人人皆知，这些入门性知识成了多余。而对外国人来说，《文镜秘府论》可说是日本汉诗学的教科书，对于方法、技巧、格律等讨论不厌其烦，因此特别实用。进入现代，中国人自己对传统变得不甚了了，这种外国人替我们保留的东西就反而显得难能可贵了。

《文镜秘府论》采取资料汇总的办法，对所见资料进行了一番梳理，"弃其同者，撰其异者"，从而提出了"二十九种对"。这当然不是唐代某人的说法而是他的归纳。我们采取同样的办法，把从上官仪到释皎然各家对"对"的分类进行"弃同存异"式的归并，得出的结果是三十种，比释空海仅多一种，可见他的归纳确是有道理的。

而我们更感兴趣的是我们比他多出的、也就是他有意删去的那一种，为什么他要删去？这一格是"头尾不对格"，是上官仪时期托名魏文帝的《诗格》和无名氏的《文笔式》收录，而之后各家都没收的一格。我想这正好说明上官仪前后律诗（包括考试用的排律）已经定型，首尾两联不用对仗的事实。到空海来华时，这一主张已成了定规，可以不言而喻，不再成为需要学习的格式了。他收了与之并列的"总不对对"格（即全诗都不对仗），却没有收这一格，可见是有意的。

我们把这二十九格的名称抄在这里，不需要死记，只是作为以后讨论的基础："的名对、隔句对、双拟对、联绵对、互成对、异类对、赋体对、双声对、叠韵对、回文对、意对、平对、奇对、同对、字对、声对、侧对、邻近对、交络对、当句对、含境对、背体对、偏对、双虚实对、假对、切侧对、双声侧对、叠韵侧对、总不对对"。

"联绵对"在白居易（772—846）的《金针诗格》里称"连珠对"，但空海没提及这个名称，可见两人虽大致同时，但空海回国前，白居易的书恐未写成。

唐代以后，对于"对"的研究仍在继续，据当代学者朱承平的统计，在元、明、清时期，仅在各种诗话中提及的对偶辞格，就有305种之多。他本人于2003年出版了《对偶辞格》一书，"在搜集的374种传统对偶格的基础上，按照现代修辞学的理论，依据诗词修辞方式的异同，总结出99种对偶辞格"，分为"基础、音法、字法、词法、句法、兼格、章法、意境"八个大类，这可说是对偶研究的蔚然大观。作为一般诗词爱好者和写作者，究竟如何看待这个问题、如何处理这个问题呢？这是我们要进一步探讨的问题。

四、"的对"

对偶种类繁多，要执简驭繁，第一步就是要能区别不同文体的"对"，因为文体不同，对"对"的要求也不同。诗的对与文的对，后者就没有前者要求严；古体诗的对与近体诗的对，后者就比前者更严一些；格律要求的对与仅为修辞的对，修辞的对其花样就更多一些。如果全搅在一起，就会觉得非常复杂；如果从基本的格律要求说起，抓大放小，事情就会简单得多。

从格律角度看，其实"对"的问题并不复杂。我们前面一再提到，汉语文体四要素"言、韵、声、对"中，格律的严格程度一个比一个宽。"对"在四者中最宽的，其中最严的也严不过平仄。事实上，对的分类这么多，绝大多数是从修辞角度着眼的。从修辞角度看，对的花样可说没有止境。而从诗文的格律要求看，其严格程度依文体不同可排成一个递减系列：最严的是近体诗，其次是对联，再次是词曲和八股文，最后是古诗和文，文中当然骈文又要严于古文。

最严格的是近体诗。近体诗对仗的格律是什么？只要从《文镜秘府论》弃而不论的"头尾不对格"的反面去看就行了，头尾可以不对，说明中间必须要对，这就是律诗中对仗的格律。掌握了这一条，所有其他讨论哪些联要对哪些联不要对的各种"格"都可不必在意，例如所谓"偷春格"（颔联不对首联对）、"蜂腰格"（只有颈联对）等等。你愿对就对，不愿对就不对；只要看住中间两联就行了。特殊情况下，甚至连中间两联都可不对，还可以美其名曰是采用了"总不对对"格。实际当然不过是遁词而已。

而对的具体标准也只要记住一条，就是二十九格中排名第一的"的名对"，也叫正名对、正对、切对、的对。现在诗律学上通称"工对"，这是着眼点不同，"工"是"工整"，指手段；"的"是贴切，指目标。"工"的手段是就是前文说的"形、音、义、用"四个方面的全方位考虑。既然是全方位，因此所有细节方面的要求都在其范围内。诸如双声对、叠韵对、赋体对，以及所谓"联绵对、双拟对"等等都可以附于其下，因为这些对说到底也只是"形"的问题，词形本身需要两个或相同、或双声叠韵的方块字，对仗时当然也要求一致。"赋体"这个名称比较生，其实就是指叠字，如"朝朝"对"暮暮"。"联绵"与今天的用法不同，指同一个字处在不同结构中而正好相"联"，如《文笔式》的例子："看山山已峻，望水水仍清。听蝉蝉响急，思乡乡别情"中的"山、水，蝉、乡"；"双拟"同样，只是不相联，如上官仪举的例子："夏暑夏不衰，秋阴秋未归。炎到炎难却，凉消凉易追"中的"夏、秋，炎、凉"。同样，《词林典腋》中分的600多种细目，其实都在"义"的范围内，包括它后面附的姓名对、颜色对、数目对、干支对、虚字对等。而"的对"是对仗的最高追求目标，最严时在义类相同的情况下还要兼顾到其他修辞形式。苏轼《问答录》中说到一则"的对"的故事：

> 东坡之妹，少游之妻也。一日妹归集宴，因食煨栗。妹谓坡曰："栗破凤凰见"。坡思之，天下未尝无对，数日竟思，未能还之。佛印来访，问坡有何著述。坡曰："欲琢一对，未能也。"因举前事。佛印应声曰："何不云'藕断鹭鸶飞'?"佛印复云："正如'无山得似巫山秀'，此亦同音两意。"坡即对云："何叶能如荷叶圆。"子由曰："不若曰'何水能如河水清'，以水对山，最为的对。"

"凤凰"双关"逢黄"，因此要对以"鹭鸶"，即"露丝"的双关。这个故事说明人们对"的对"的追求，同时也发现，为求"的对"，有时竟顾不到事实。如黄河水之浊，天下闻名，苏辙为对得亲切，竟用了"清"字，这就是以文害义了。

五、从"的对"到流水对

实际上，完全的"的对"难度很大，特别是"义"如果一定要同类才能对，那就只能像《词林典腋》里的例子那样，可以增长知识，实际写作中如这样做就很容易造成"合掌"的后果。所谓"合掌"，指像左右两只手掌合在一起，比喻完全一样，同义重复。这正是刘勰所批评的"反对为优，正对为劣"中的"正对"，是要竭力避免的。此外，常见的相对待的事物并不一定在一个义类，如上官仪举"天"对"地"，严格地说，天和地就不在一个义类，一在天文，一在地理。同样，常见的"花"对"草"或"花"对"树"，三个字分别在花类、草类、木类，也不属同一类。因此为了保证实现"的名对"，必须作出很多让步或补救。古人的办法是设计了很多相应的"格"，结果搞得繁不胜繁。其实这些"格"，有的还可接受，有的只是强词夺理而已。还可接受的如"异类对"，上官仪举的是"天清白云外，山峻紫微中。鸟飞随去影，花落逐摇风"中，天对山、（白）云对（紫）微、鸟对花、风对影等。但"异类对"用多了，给人的感觉就成了只要是名词便可对仗。有人觉得这样太漫无边际，想加以限制，例如王力就提出了"宽对"的概念，与"工对"相对。还列出了"宽对"的二十类名目，如天文对地理、天文对时令、宫室与器物、草木花卉与鸟兽虫鱼等，实际是把《词林典腋》的分类加以适当归并，并不能完全解释前人对仗跨类的情况，反而给人叠床架屋的感觉。异类对之外，还有几种"对"是通过解决起句问题来解释对句的，如《文笔式》的"互成对"和释皎然的"邻近对""当句对"。说穿了就是采取"各人自扫门前雪"的办法，出句自身或并列、或偏正、或结构对应，对句照办就算完成了，不用考虑义类的不同。如互成对的例子："天地心间静，日月眼中明。麟凤千年贵，金银一代荣"中，天与地、麟与凤都各自成对，便可用来对日与月以及金与银。邻近对的例子："寒云轻重色，秋水去来波"，因"水"与"云"可相对，"秋"与"寒"便可放宽了。当句对我们可以举杜甫《闻官军收河南河北》的例子："即从巴峡穿巫峡，便下襄阳下洛阳"，"巴峡、巫峡"都是峡名，"襄阳、洛阳"都是城名，自我成对，便可相对。

以上还是可以接受的例子。有的就勉强甚至令人感到在强词夺理了。典型的是字对、借对、意对和错综对。字对是利用字的同形异义，如以"桂楫"对"荷戈"，"荷"本是动词"扛"的意思，因与"荷花"的"荷"同形，因此可用来对"桂"。借对也叫声对，是利用同音异字。如"路"与"露"同音，因此可用"晓路"来对"秋霜"。"意对"只是语意相连，字面基本无对，如王昌龄《诗格》举的例子"四顾何茫茫，东风摇百草"，如果这也算对仗，那就可以取消对仗了。"错综对"是因为平仄或押韵等原因，造成句式错综复杂，前人觉得新奇，于是造了个新的名目，最为人津津乐道的例子是杜甫《秋兴八首之八》的"香稻啄余鹦鹉粒，碧梧栖老凤凰枝"那联了。说穿了只是巧立名目。以上这些作为知识了解可以，真在作诗时不必模仿。

但"异类对"达成绝致，上下联义类完全不对，而全诗却可能造成一个特殊的效果。例如李商隐的《蝉》：

　　本以高难饱，徒劳恨费声。
　　五更疏欲断，一树碧无情。

薄宦梗犹泛，故园芜已平。

烦君最相警，我亦举家清。

　　这首诗前三联都对仗，但每一联上下句各字的义类却几乎没有相同甚至相近的。但全诗的效果却非常好，这真是刘勰称赞的"为优"的"反对"。有人借李商隐诗中的"无情"二字，称之为"无情格"。但这个名称后来却被张之洞用到对联上去了，而其所指正好相反。是上下联字义类完全相对，但上下句说的事却完全无关。例子是用"张之洞"的名字来对"陶然亭"这景点。其实更早，明初的解缙以"容易"对明成祖出的上联"色难"也是这个情况。不过当时没用无情对这个名称而已。民国后无情对成了文人间爱做的游戏，也是书塾里老师教学生爱用的手段，就更出名了。不过我们要注意有两种"无情"对，一用在诗里，是字不对意对；一用在对联，是字对意不对。

　　由此可见，真正在诗律中有意义的对仗就只需要一个，"的对格"，这可说是真正的"正格"，是写作努力的目标。其余的作为某种知识了解一下就可以了。

倒是还有一种对格，是二十九种格中所没有的，却很值得提倡。这就是"流水对"。最早指出这一现象的是唐末的王睿，他在所著的《炙毂子诗格》中称之为"两句一意体"，例子是"如何百年内，不见一人闲"，说："此二句虽属对，而十字血脉相连。"后来南宋严羽称之为"十字对"。并引申至七言，称"十四字对"。到明代胡震亨（1569—1645）的《唐音癸签》始定名为"流水对"。为什么我们特别要提出这一对呢？因为对仗要求字字相对，形式、字义都受很大束缚，容易造成板滞的后果，而流水对意脉相连，如流水一气呵成，是对却似非对，造成的句子十分流畅明快。因此从唐初格律形成时起诗人就很爱用，只是没有明确提出来罢了。前引上官仪《咏画障》的末联"未减行雨荆台下，自比凌波洛浦游"就是个流水对。再举唐代一些名诗中的流水对：

　　　　不堪玄鬓影，来对白头吟。（杜审言《在狱咏蝉》）

欲穷千里目，更上一层楼。（王之涣《登鹳雀楼》）

行到水穷处，坐看云起时。（王维《终南别业》）

即从巴峡穿巫峡，便下襄阳向洛阳。（杜甫《闻官军收河南河北》）

野火烧不尽，春风吹又生。（白居易《赋得古原草送别》）

可见人们对它的偏爱了。

六、"非近体"诗文之对仗

近体诗的对仗相对较严。这个"严"包含正反两个方面的意思。正的方面是将其作为格律规定之一，以及对"的对"的追求；反的方面则在对仗中有很多不可触犯的避忌，也就是"的对"做不到，向"宽"的方面倒退的最后界线，越过就无法接受了。这甚至也可看作是格律，不过是"逆"的格律。最重要的"逆律"有两条，一是上下句不能出现相同的字，二是上下句平仄必须相对，不得相同（尤其是节奏点上）。我们可以依此两条区别近体诗和非近体诗文在对仗上的特点。

所谓"非近体",范围相当大,包括近体诗之前的古体诗,近体诗之后的词曲,八股文、长联,以及辞赋、骈文,及秦汉和唐宋各种散文里的骈句。这些地方的对句,本来就没有严格要求,有点像说:"对,是给你面子;怎么对,是我的自由。"与近体诗的严格要求形成了鲜明的对照。为什么会如此?我们可以从文体的发展史上找原因。

近体诗起源于齐梁对四声的发现,到武则天朝实现"律化",到杜甫时代完全成熟。"律化"的时代背景是唐代对"律法"的重视,著名的《唐律疏议》就是高宗朝完成的。大概一个强大的大一统王朝都会要求规范化、制度化、法治化。它的文化背景则是武则天推行"以诗赋取士",考试就必须要有规范的标准。唐代以后,这一强制法变成了习惯法,其影响持续至今。

与"律化"相对的是"自由化",但前后不同。在"律化"之前是"全自由化",在"律化"之后的是半自由化,是有意无意受律化影响的自由化。一如古风有原生态的古风和"入律的古风"。

汉魏六朝的诗文中，其对仗是"全自由化"的，用与不用完全是自然的流露，所谓自然流露，大约是出于铺陈和刻画的需要。我们看汉魏诗歌中凡用对仗的往往是出于这样的场合。例如《陌上桑》刻画罗敷的形象："青丝为笼系，桂枝为笼钩。头上倭堕髻，耳中明月珠。缃绮为下裙，紫绮为上襦。"《孔雀东南飞》描写两家合葬："东西植松柏，左右种梧桐。枝枝相覆盖，叶叶相交通。"《木兰辞》描写她回家以后："开我东阁门，坐我西阁床。脱我战时袍，着我旧时裳。当窗理云鬓，对镜帖花黄。"等等。这些描写都非常自然，作者既不考虑避同字，如《陌上桑》的"为、绮"，《孔雀东南飞》的"相"，《木兰辞》的"我、阁、时"等；也想不到避同声，最典型的是句尾的平声对平声，如"裙"对"襦"，"门"对"床"，"袍"对"裳"等，这是律化后的近体诗不敢想象的。至于正巧大体合律的，这只能说是偶然。如"枝枝相覆盖，叶叶相交通"。

文体"赋"的本义就是铺陈，因此赋中这种对句之多也是自然之事。如《洛神赋》对洛神的描写："（其形也，）翩若惊鸿，婉若游龙。荣曜秋菊，华茂春松。髣髴兮若轻云之蔽月，飘飖兮若流风之回雪。远而望之，皎若太阳升朝霞；迫而察之，灼若芙蕖出渌波。禯纤得衷，修短合度"其特点同样是不避同字，特别是虚字。如"若、之、而"；也不避同声调字对仗，如"鸿，龙；月，雪；霞，波"。骈文以对仗为特色，但其对仗也有不避同字及同调的问题，如庾信的《哀江南赋序》："申包胥之顿地，碎之以首；蔡威公之泪尽，加之以血。钓台移柳，非玉关之可望；华亭鹤唳，岂河桥之可闻。""之、以、可"都重复出现，而且除"闻"字外，所有句末字都是仄声，不合严格对仗的要求。到唐代律赋，句尾声调有了明确规定，但同虚字的问题还是不能避免。

近体诗以后的文体，词与对联产生于唐末五代。词在五代都是小令，至北宋产生慢词，至南宋蔚为大观。对联开始像是从律诗中摘出来的，直到明代以后开始有了长联，至清代尤其盛行。我们讲格律，要区别词中的小令和慢词，也要区分对联中的短联和长联。小令与慢词的区别在于，小令由近体诗发展而来，大都是三、五、七言句，与近体诗格律相差不大；而慢词可说是近体诗与律赋的结合，其五七言句像近体诗，四六言句像律赋，因而兼有两者特色。短联指七字以下，格律基本同近体诗；八言以上为长联，因为一般都会拆成两句。至于更长的就更有"文"的特色了，因此与短联是不同的。讨论词与对联的格律，要注意慢词和长联。

七、词的对仗

相对于近体诗，词的对仗有五个特点：

一、位置的随机性和习惯性。所谓随机性是词的对仗并没有规定的位置，对与不对在于作者的自由选择。有作者一遇到字数相等的地方就会来一个对仗，而有的作者则不对。两者都没有错。所谓习惯性是在长期实践过程中，特别是由名家名作的诱导，有些词牌的特定位置，一般作者都会对仗，尽管不对也不算错。例如：

《鹧鸪天》上阕第三第四句及下阕开头的两个三字句。如辛弃疾的名作：

壮岁旌旗拥万夫，锦襜突骑渡江初。燕兵

夜娖银胡䩞，汉箭朝飞金仆姑。　　追往事，叹今吾。春风不染白髭须。却将万字平戎策，换得东家种树书。

这大概是律诗中间两联相对的痕迹。《南歌子》上下阕开头的两个五字句。如欧阳修：

凤髻金泥带，龙纹玉掌梳。去来窗下笑相扶。爱道画眉深浅入时无。　　弄笔偎人久，描花试手初。等闲妨了绣工夫。笑问鸳鸯两字怎生书？

《浣溪沙》下阕开头第一第二句。如晏殊的名作：

一曲新词酒一杯，去年天气旧亭台。夕阳西下几时回。　　无可奈何花落去，似曾相识燕归来，小园香径独徘徊。

《满江红》上下阕中间的两个七字句。如岳飞的名作：

怒发冲冠，凭阑处、潇潇雨歇。抬望眼，仰天长啸，壮怀激烈。三十功名尘与土，八千里路云和月。莫等闲、白了少年头，空悲切。　　靖康耻，犹未雪。臣子恨，何时灭。驾长车，踏破贺兰山缺。壮志饥餐胡虏肉，笑谈渴饮匈奴血。待从头、收拾旧山河，朝天阙。

这种情况甚多，一时举不尽。要在于多读、多比较。

二、有领字，一般是一个字，也有两三个字的。这大概来源于骈文。骈文在全文对仗中，偶然会插入一两个多余的字。如《滕王阁序》："勃，三尺微命，一介书生。"或者："嗟乎！时运不齐，命途多舛。"到了词里就改造成领字。领字似乎是从慢词开始的，柳永大约是第一个。领字后如有字数相等的句子，一般要对仗。如"**奈芳兰歇，好花谢。**"（柳永《秋蕊香引》）"**有三秋桂子，十里荷花。**"（柳永《望海潮》）下面举一首领字用得较多的词、周邦彦的名作《兰陵王》：

柳阴直，烟里丝丝弄碧。隋堤上、曾见几番，拂水飘绵送行色。登临望故国，谁识京华倦客？长亭路，年去岁来，应折柔条过千尺。　　闲寻旧踪迹，又酒趁哀弦，灯照离席。梨花榆火催寒食。愁一箭风快，半篙波暖，回头迢递便数驿，望人在天北。　　凄恻，恨堆积！渐别浦萦回，津堠岑寂，斜阳冉冉春无极。念月榭携手，露桥闻笛。沉思前事，似梦里，泪暗滴。

这里用了五个领字，其中四个后面都跟了对仗。五个字中除了"愁"字，都是去声。

隔句对，也叫扇面对。就是第一句对第三句，第二句对第四句这样的属对法。隔句对是在上官仪的《笔札华梁》里就出现的属对格，可说是老资格了，但我们在近体诗格律中几乎没有提及。为什么呢？因为它主要出现在辞赋和古体诗里。如古诗《羽林郎》："就我求清酒，丝绳提玉壶；就我求珍肴，金盘脍鲤鱼"；《陌上桑》："行者见罗敷，下担捋髭须。少年见罗敷，脱帽着帩头"，都是这样的对句。《木兰辞》的"旦辞爷娘去，暮宿黄河边，不闻爷娘唤女声，但闻黄河流水鸣溅溅。旦辞黄河去，暮至黑山头，不闻爷娘唤女声，但闻燕山胡骑鸣啾啾"，更是隔了四句，一五、二六、三七、四八分别相对。骈文如《滕王阁序》里，凡是超过两句的对仗，如"渔舟唱晚，响穷彭蠡之滨；雁阵惊寒，声断衡阳之浦""他日趋庭，叨陪鲤对；今兹捧袂，喜托龙门"，都可作如是看。但在近体诗里，这种对式基本用不上。律诗中有少量扇面对。但慢词有了足够的空间，这种本属于辞赋的句式就得到了用武之地，有的还形成了"习惯法"，就是以使用为常。我们最熟悉的是《沁园春》上下阕的第二韵，如辛弃疾《沁园春·灵山斋庵赋时筑偃湖未成》：

叠嶂西驰，万马回旋，众山欲东。正惊湍直下，跳珠倒溅；小桥横截，缺月初弓。老合投闲，天教多事，检校长身十万松。吾庐小，在龙蛇影外，风雨声中。

争先见面重重，看爽气朝来三数峰。似谢

家子弟，衣冠磊落；相如庭户，车骑雍容。我觉其间，雄深雅健，如对文章太史公。新堤路，问偃湖何日，烟水濛濛？

三、三句对，也叫鼎足对。这是词曲所特有的。名称是曲家提出的，"三句对"出自王骥德《曲律》，鼎足对出自朱权《太和正音谱》，但其应用却早在词里就有了。追根溯源，我认为其源起于《诗经》，《诗经》里有许多一唱三叹的诗篇，三章几乎同一句式，《国风·周南》十一篇中有八、九篇是这样的。《螽斯》《芣苢》等都是如此。相传孔子弟子子夏作的《诗·大序》里有"治世之音安以乐，其政和；乱世之音怨以怒，其政乖；亡国之音哀以思，其民困"，这大约是最早三句对的例子。汉诗里，《孔雀东南飞》的"腰若流纨素，耳着明月珰，指如削葱根，口如含朱丹"是四句并列。《古诗·青青河畔草》"青青河畔草，郁郁园中柳。盈盈楼上女，皎皎当窗牖。娥娥红粉妆，纤纤出素手"连用六叠字，至少前三句句式完全一样。以后的赋里这种铺叙的就更多。到了近体诗，这种手法就用不上了，到词里面又得到了复活。用得最好的看来是苏轼。他的《沁园春·赴密州早行马上寄子由》一开头就用了三个平列句："孤馆灯青，野店鸡号，旅枕梦残"，这是别的写同调词的人所未用过的。又如《水龙吟·赠赵晦之吹笛侍儿》有"龙须半剪，凤膺微张，玉肌匀绕"。而他的《行香子》词牌上下阕结尾，更把三句对变成了"准格律"。如《行香子·过七里濑》：

> 一叶舟轻，双桨鸿惊。水天清、影湛波平。鱼翻藻鉴，鹭点烟汀。过沙溪急，霜溪冷，月溪明。　　重重似画，曲曲如屏。算当年、虚老严陵。君臣一梦，今古空名。但远山长，云山乱，晓山青。

又《行香子·茶词》的上下阕结尾是"叹隙中驹，石中火，梦中身""对一张琴，一壶酒，一溪云"。《行香子·丹阳寄述古》的上下阕结尾是"向望湖楼，孤山寺，涌金门""有湖中月，江边柳，陇头云"。后来李清照《行香子·七夕》上下阕的结尾是"纵浮槎来，浮槎去，不相逢""甚霎儿晴，霎儿雨，霎儿风"；辛弃疾《行香子·三山作》是"恨夜来风，夜来月，夜来云……放霎时阴，霎时雨，霎时晴"。都采用了这一"格式"。

元曲中，最有名的三句对是马致远的《天净沙·秋思》：

枯藤老树昏鸦，小桥流水人家，古道西风瘦马。夕阳西下，断肠人在天涯。

四、从不避同字到有意同字。相对于近体诗格律的"强制法"，词的格律更多的是"习惯法"，某位名家创新，其他人跟上，到后来大家都这样写，不这样写反而变得不自然了。上述的《行香子》就是一例，不但同声调，甚至同字。如苏轼的"溪、云"等，李清照的"霎儿"，辛弃疾的"夜来、霎时"等。

词的刻意，有的时候还造成了特定的句式。《行香子》外，可举《一剪梅》为例。最早用此调的是周邦彦和李清照。如李清照：

红藕香残玉簟秋。轻解罗裳，独上兰舟。
云中谁寄锦书来，雁字回时，月满西楼。
花自飘零水自流。一种相思，两处闲愁。此情
无计可消除，才下眉头，却上心头。

这个词牌的特点是由一个七字句加两个四字句
的形式重复四次组成。七字句都是律句，两个四字
句格律都是"仄仄平平"。从"雁字回时，月满西
楼"原作"雁字回时月满楼"（仄仄平平仄仄平）
看，两个四字句恐怕是从七字句增加一个平声字变
来的。而按词的惯例，一见字数相等就想对仗，因
此这四组四字句都是可对仗的，而且属于同声调的
对仗。但周邦彦词各句末字都不重复，李清照最后
两句重复"头"字，受到人们喜爱。受此启发，蒋
捷（1245—1305）的《一剪梅·舟过吴江》将此调
改为句句押韵，末两句是"红了樱桃，绿了芭蕉"，
也很有名。但更有特色的是他的《一剪梅·宿龙游
朱氏楼》：

小巧楼台眼界宽，朝卷帘看，暮卷帘看。

故乡一望一心酸。云又迷漫，水又迷漫。

天不教人客梦安，昨夜春寒，今夜春寒。梨花月底两眉攒，敲遍阑干，拍遍阑干。

四组对句的末三字都相同。此后《一剪梅》的这种格式几乎成了样板，受到许多人模仿。如唐寅（1470—1523）的《一剪梅》：

雨打梨花深闭门，忘了青春，误了青春。

赏心乐事共谁论？花下销魂，月下销魂。

愁聚眉峰尽日颦，千点啼痕，万点啼痕。晓看天色暮看云，行也思君，坐也思君。

从这首词可以看到诗变为词的过程以及词的"格律"形成的轨迹。

但宋人玩弄词的同调同字有时有点过分。黄庭坚开始使用一种特殊的体裁，叫"福唐独木桥体"，即全词押同一个字。他用的是"山"字。后来辛弃疾用过"些"字。到了蒋捷，则变本加厉。他用过"些""也""兮""声"等字。如《声声慢·秋声》：

黄花深巷，红叶低窗，凄凉一片秋声。豆雨声来，中间夹带风声。疏疏二十五点，丽谯门、不锁更声。故人远，问谁摇玉佩，檐底铃声？　　彩角声吹月堕，渐连营马动，四起笳声。闪烁邻灯，灯前尚有砧声。知他诉愁到晓，碎哝哝、多少蛩声！诉未了，把一半、分与雁声。

虽然用得很巧，但毕竟有点过。后人评说，这种词，不可无一，不可有二。这是对的。

八、长联和文的对仗

　　本书主题是诗词格律，长联与文本不在讨论范围，但因为涉及对仗，因此也在此顺便说说，作为谈"对"问题的一个结束。同时可见四大要素对中国文体影响之深之广。

　　对联起源于唐末五代，一直是诗，尤其是近体诗的余绪。在明代以前很少有过八字以上的长联。张伯驹先生在宋代陈正敏《遯斋闲览》中找到一则故事：

　　东坡尝饮一豪士家，出侍姬十余人，皆有

姿伎，其间有一善舞者名媚儿，容质虽丽，而躯干甚伟，豪士特所宠爱，命乞诗于公，公戏为四句云："舞袖蹁跹，影摇千尺龙蛇动；歌喉宛转，声撼半天风雨寒。"妓赧然不悦而去。

此书久佚，现在能看到的是后人辑本，不知真伪。如此条属实，则这大概是中国最早的长联。其后朱熹也喜欢撰联，也有长联，如："鸟识玄机，衔得春来花上弄；鱼穿地脉，挹将月向水边吞。"新奇可喜。明初太祖、成祖均好对联，又有大才子解缙等投其所好，因此明代对联风气特甚，并且出现了专门教对联的书如《对类》，该书除讲属对技巧外，还收有从二字句到十九字句的例子，作为学习样板。如十二字句联有"孤舟双桨片帆，游遍五湖四海；一塔千层八面，观尽万水千山"。十五字句联有"月下瑶琴四五曲，或一曲长，或一曲短；岸边渔火两三家，有几家暗，有几家明"。以后此种书不断，至清代尤盛，如流传至今的《声律启蒙》《笠翁对韵》等，但他们提供的例子一般只到十一字止。明代开始长联，到清代越写越长，不到几百字不肯休。

对联的格律，在七字以内时，只是近体诗律的延伸。超越七字后，跟词一样，开始受文的影响。联越长，受文的影响越大。最基本的长联格律，在平仄上是前文说过的"调马蹄"；在对仗上则是避同字、避同调。但对联"各占一半"的区分太强烈，因此类似"无情对"的手法得到了充分的发挥。到后来越发成为各说各的，只要自己这边照顾好，然后在结构与关键点的平仄上与对方相应，其他方面可以完全不管。以至成了结构相同、一边以仄声收尾、一边以平声收尾的两篇文章。例如窦垿（1803—1865）作的岳阳楼长联：

> 一楼何奇？杜少陵五言绝唱，范希文两字关情，滕子京百废俱兴，吕纯阳三过必醉。诗耶？儒耶？吏耶？仙耶？前不见古人，使我怆然涕下；

> 诸君试看，洞庭湖南极潇湘，扬子江北通巫峡，巴陵山西来爽气，岳州城东道岩疆。潴者，流者，峙者，镇者，此中有真意，问谁领

会得来。

对照来看，"一楼"对"诸君"，"杜少陵"对"洞庭湖"，"五言绝唱"对"南极潇湘"，"诗耶"对"潴者"，都可说完全不通。但分开看，每半边各自都是好文章。然后靠整齐的韵律成为一副好联。

对偶的风气影响到文上，大家最熟悉的当然是八股文。八股文很多人只是听说，没有见过。我们先抄一段来看看。这是明代大文学家归有光写的《吾十有五而志于学》一文中的起二股：

> 故自十五之时，始有志于圣贤之道，而从事于钻研之功。尝以为志之勿立，则无以负荷乎天之所与者，将不免于小人之归。是以始之以立志，而是非之介，取舍之极，盖有所定而不能移也；

> 迫于三十之年，始有得于矜持之力，而取验于德性之定。尝以为守之勿固，则无以凝聚乎性之所钟者，将不免于君子之弃。是以继之以定守，而纷华之变，盛丽之陈，盖有所持而

不可挽也。

看过长联，再来看八股文。这不就是一副长联吗？由此我们可以知道为什么长联到了明代会开始特别发达，因为其背景就是明代的科举考试。

八股不同于长联者，在于长联的两边，好像两段骈文，而八股文的两边，好像两段唐宋散文。其"标配"是大量的虚词特别是语气词，因而如果说长联还在努力避同字避同调的话，不避同字、不忌同调恐怕是八股文的基本特点、必然现象。长联的源头是诗词骈文，那八股文的源头是什么呢？就是唐宋散文加上唐代诗赋的格律。而这两者的结合就在唐代！

清代有人认为八股文的源头在宋代，并且具体举出王禹偁（954—1001）的《待漏院记》，指其为"时文八股之祖也"。例如其中的两段：

> 其或兆民未安，思所泰之；四夷未附，思所来之。兵革未息，何以弭之；田畴多芜，何以辟之。贤人在野，我将进之；佞臣立朝，我

将斥之。六气不和，灾眚荐至，愿避位以禳之；五刑未措，欺诈日生，请修德以厘之。忧心忡忡，待旦而入，九门既启，四聪甚迩。相君言焉，时君纳焉。皇风于是乎清夷，苍生以之而富庶。若然，总百官、食万钱，非幸也，宜也。

其或私仇未复，思所逐之；旧恩未报，思所荣之。子女玉帛，何以致之；车马器玩，何以取之。奸人附势，我将陟之；直士抗言，我将黜之。三时告灾，上有忧也，构巧词以悦之；群吏弄法，君闻怨言，进谄容以媚之。私心慆慆，假寐而坐，九门既开，重瞳屡回。相君言焉，时君惑焉。政柄于是乎隳哉，帝位以之而危矣。若然，则下死狱、投远方，非不幸也，亦宜也。

上下对照，发现两段句法几乎完全相同，所不同者，末句"若然"之后，下段多了三个字。然而我们再往前追溯，会发现更早的源头其实在唐代，在发起古文运动的韩愈。试看他《原毁》一文中的两段：

> 闻古之人有舜者，其为人也，仁义人也。求其所以为舜者，责于己曰："彼，人也；予，人也。彼能是，而我乃不能是!"早夜以思，去其不如舜者，就其如舜者。

> 闻古之人有周公者，其为人也，多才与艺人也。求其所以为周公者，责于己曰："彼，人也；予，人也。彼能是，而我乃不能是!"早夜以思，去其不如周公者，就其如周公者。

上下对照，可说也对得很工，不同处在于人名"周公"比"舜"多了一个字，"多才与艺人"比"仁义人"多了两个字。除此之外。铢两悉称。

为什么韩愈会成为事实上的八股体的源头？韩愈（768—824）的时代，是诗文日趋律化的唐代。不仅考试要考律诗、律赋，政府所有公文也都用严整的骈文和赋。比韩愈略早的陆贽（754—805）就是骈文的大家，所著《陆宣公奏议》是历代骈文的范本。韩愈发起古文运动，矛头所向便是骈文辞赋，他要创新一种文体，当然必须考虑到其取代旧文体后的实用功能。"奏议"便是绕不过去的存在，《原毁》等文，便是奏议文体古文化的尝试。这样一想，我们便能把所有这些文体现象与其演变联系起来了。所有文体之起必有因，其发展成熟必有缘，文体史、文学史，本质上必然是文化史。

第二章　诗词鉴赏

第一节　诗词鉴赏概说

一、诗词鉴赏、诗词格律与诗词创作

　　上一章谈的是诗词格律上的问题。占的篇幅较多，一则因为这是旧"体"诗词的基础，不懂"体"则无所谓诗词。二则因为在此问题上还有些曲解和误解，需要澄清，三则是关于格律形成的历史渊源和语言文化背景，前人说得不多，是造成看法混乱的原因，需要多花些笔墨交代。从本章开始要谈诗词鉴赏，即"品诗"问题。在此之前，想先谈一谈诗词鉴赏、诗词格律与诗词创作三者之际的关系。

　　这三者在古代是三位一体的，本不须区分。中国被称为"诗国"，就是因为识字者人人能诗。而

所谓"能诗",是包含了所有这三个方面的。没有听说过什么人只会鉴赏而自己不会写几句,或者会写几句却不懂格律、一写就出错的人。直到二十世纪上半叶都是如此。五十年代前培养的学者,哪怕是搞理工科或其他学科的,只要受过旧式教育,都会写旧体诗,有的还写得很好。例如物理学家顾毓琇、数学家苏步青、建筑学家陈从周、画家谢稚柳等。我大学读的是外文系,当时的一些老师,如葛传椝、徐燕谋等都会旧体诗,每逢系里搞什么活动,他们都会露一手。只讲鉴赏、不讲写作是五十年代后的教育体制培养的结果。背后的理论根据有二,其一,"中文系不是培养作家的",就是说,它只培养理论家、评论家,可以对文学作品说三道四,但自己从来不需动手。其二,是"五四"以来反传统、解放后十多年"厚今薄古"的结果,不敢让人学写古文古诗。记得当年我在中文系教古汉语课,用的是王力先生主编的在全国有极大影响的统编教材《古代汉语》,劈头第一句话就是"古代汉语课的目的是培养学生阅读古书的能力",而只字不提用古文写作的问题,也没有任何将白话文翻译成文言的练习，就是因为心有余悸。由于我是学外语出身的，当时就很纳闷，学习一种语言怎么可以不要求用那种目的语进行实践？学英文可以要求不写不说英文吗？学拉丁文这种死语言还要求做将英文或中文翻译成拉丁文的练习呢！否则怎么会有这种语言的亲身感受？怎么能够学得好？学游泳不能只教人怎么评价别人的游泳姿势，学唱戏不能光天天坐在那里看戏，指指点点。学所有东西都当如此。因此我教古汉语时，除了文言译成白话，肯定要有把白话翻译成文言的练习；教诗词格律，一定要让学生尝试用旧诗格律写诗。但现在在学校里，肯这样做，以及能这样做的老师已经越来越少了。老师自己不会做，学生就更不屑学了。经过一百年的自我设限和自我放逐，我们已经很难再回到过去。现在社会上喜爱传统诗词的人很多，据我的观察，写旧诗的人可能比写新诗的人还要多，但我们再也回不到原来的辉煌。为什么？因为现在我们对传统诗词的理解已经异化了。在古代认为天经地义的三合一，现在已经变成了三件事，鉴赏、格律和创作被生生割裂开了。在现在大学的中文系，这三者可以有人各司其职：有人只管鉴赏，这是讲作品选和文学史的老师的事；有人只管讲格律，这是讲古代汉语、特别是音韵学的老师的事；还有极少数、甚至只是个别的人，会开一门选修课，讲诗词创作，但这不是中文系教师的分内事，因为"大纲"里没有这样的规定。这样造成的后果，是中文系，甚至研究古代文学、古代汉语的老师也绝大多数不会写作旧体诗词。社会上有些号称写诗词的人不讲格律、一写就错也就不奇怪了。不过这也有个好处，可以用来作为文艺上的"打假"利器，见到一些涉及古代的小说影视作品，只要看它引用的诗词对联合不合律，就可以知道他是不是在胡编乱造了。

其实这三者是密不可分的。创作当然要以格律为前提，不讲格律，那只是胡写，是不会被认可的。有人会说，格律太难了，不要行不行？那就好比在学外语的时候问，外语的语法这么难，不学行不行？学数学的时候问，数学公式太多太难记了，不要行不行？在有的人眼里，学任何学科、任何东西都有必须要掌握的基本知识基本技能，只有语文不需要，诗词不需要。这是正常的吗？鉴赏当然很重要，但是每件事物都有其自身规律和传统，有一些被视为规范和样板的东西，其真正的"好处"只有多读多想才能体会出来，也才能用于自己的实践。读得多才能写得好，才能写出味道来，诗词尤其如此，"熟读唐诗三百首，不会作诗也会吟"。另一方面，鉴赏也要以懂得格律或有过写作实践的为好，这样才能"搔着痒处"，明白一首诗究竟好在哪里，或者这个题目的难处在哪里，作者又是怎么解决的。这就好像听京剧，我们听名家唱来娓娓动听，但如果自己懂得哼几句，就会懂得名家对某些拖腔、气口、高音、低音的处理是如何难能可贵，没有实践过的人可能听不出来。因此才会有"外行看热闹、内行看门道"的说法。不要以为"美的东西人人都会欣赏"，那些不可思议的美丽舞蹈、扣人心弦的惊险杂技，在"内行"和"外行"眼里是完全不同的。对诗词来说，懂得格律，会写几句就是成为"内行"的必要前提。否则其评论不是拾人牙慧、人云亦云，就只能是隔靴搔痒。为什么格律也是必要前提？因为诗词是形式的艺术，有的处理是受形式限制的，那我们在鉴赏时就不会过于强求或者联想太多。比方毛泽东的七绝《为女民兵题照》有两句"中华儿女多奇志，不爱红装爱武装"，发表时有人就浮想联翩了：不是为女民兵题照吗，主席为什么要说"儿女"而不是"女儿"呢？这正体现了主席的伟大胸襟，题的是女民兵，心中想着的是包括男民兵在内的全体民兵，大家都要爱武装。这种分析居然还堂而皇之地登出来，还有许多人接受。其实是曲解。原因很简单，因为七绝的格律要求这里的第四字必须是仄声，"女"是仄声，"儿"是平声，如说成是"女儿"就出律了。而古诗文中，"儿女"也多用作指青年女性，主席是懂诗、懂诗律之人，于平仄处理尤严，当然不会这么做。

二、诗乐合一的传统

说到平仄，这是传统诗律最让人头疼的问题。有人认为，这不是在有意为难人吗？前面我们对此谈了很多，这里不重复，只从鉴赏角度，从平仄谱的来源，谈谈诗与音乐的关系。

人类最早的文学无一例外是诗歌，而诗歌必定跟音乐联系在一起。在西方是行吟诗人。古希腊史诗《伊利亚特》和《奥德赛》的作者荷马据说就是一位眼盲的行吟诗人。中国古代诗歌与音乐的关系更加直接。在第一部历史文献《尚书》的第一篇《尧典》里，就记载着这么一段话："诗言志，歌永言，声依永，律和声。八音克谐，无相夺伦，神人以和。"就是说，诗是用言语表达心中的想法的，歌是用长短高低的声音把这些言语唱出来的，声调是随着这些长短高低而调节的，律吕（即现在说的十二音阶）是配合这些声调的。八种乐器与这些声调配合得十分和谐，彼此不要错位，神和人就能相处得十分和谐了。这里特别值得注意的是"声依永"和"律和声"两句，这大概是中国声乐的特色，是跟汉语特点密切相关的。因为汉语有声调。声调配合歌词而音乐配合声调（实际是字调），这就是所谓"以字行腔"，在尧的时代已经提出，经过 4 000 多年，在今天的戏曲中还是如此。这跟从西方传来的歌曲是不一样的。

由于诗歌与音乐关系密切，因此中国古代的诗歌都能唱。《诗经》、《楚辞》、汉乐府都是合乐的。

到了唐代产生了近体诗，就是所谓的律诗、绝句。多数已不能唱了，但有的还能唱，如七言绝句，因此有人说七绝是唐代的"声诗"。在诗歌配合音乐的过程中，人们发现某些字调的组合特别好听和谐，到了不能唱以后，就用原来跟音乐相配的字调把这些规律记下来，这就是平仄谱。在近体诗不能唱以后，与音乐相配的任务就落到了"词"上，因此唐五代产生的词就起了原来歌诗合一的诗的任务。一直到南宋，整个宋代，词都是可以唱的，因此妓院里才会流行柳永的词，而大词人周邦彦也会成为大晟府（宋代最高音乐机关）的负责官员，而文人如姜夔等也会"自度曲"，即自己创作词，再根据其字的声调"以字行腔"，配上音乐。反过来，人们也可依据词的音乐，配上适当的文词。词乐和文字是完全相配的。

到了宋代以后，词乐失传（其原因可能跟蒙古人的大屠杀有关，就好像西班牙人毁灭玛雅文化，屠杀玛雅祭司，使玛雅文变得不可读一样），后人无法再根据音乐作词，就只能采取一种呆板的办法，依据宋人既有词作的声调来写词，按照声调，严格地讲应该是按照四声、甚至四声八调的实际调值，但这样太复杂，因而就简化成了平、仄两大类。也就是说，后人是把宋词的字数、押韵等用平仄记下来，如《菩萨蛮》第一句，李白写的是"平林漠漠烟如织"，记作平平仄仄平平仄。温庭筠写的是"小山重叠金明灭"，是仄平平仄平平仄，第一第三个字与李白不同，就认为该二字可平可仄。这种记下来的平仄谱就是现在人们说的词谱。有的时候，唐宋人作品本身不一致，如《浪淘沙》，南唐李煜有首名作：

帘外雨潺潺，春意阑珊。罗衾不耐五更寒。梦里不知身是客，一晌贪欢。　　独自莫凭栏，无限江山。别时容易见时难。流水落花人去也，天上人间。

先不说平仄，它的每句字数是五四七七四，五四七七四。然后人们看到柳永也写过一首《浪淘沙》：

有个人人，飞燕精神。急锵环佩上华裀。

促拍尽随红袖举，风柳腰身。　　籔籔轻裙，妙尽尖新。曲终独立敛香尘。应是西施娇困也，眉黛双颦。

各句字数是四四七七四，四四七七四。上下阕第一句的字数与李煜不同。后人当然不能说柳永错了，于是就把它叫作《浪淘沙》的"又一体"。现在词谱中在很多词牌下有许多"又一体"，就是这么来的。因此宋以后直到今天，所谓作词其实并不是真正的"作"，而是"填"，按照词谱规定的平仄"填"词。这可以说是没有办法的办法。这么一来，有人会说，既然词谱是这么机械的东西，我不按它，自由创作行不行？当然可以，但正如丰子恺先生曾经说过的，这样做的话你实际是在写另一首作品，最好不要用原来的名称，比如不要说你写的是《满江红》，你可以叫作"满江黑"，就没人管你了。因此传统这东西，你要继承就不能轻易改，你随意改，真正懂行的人是不接受的。比如京剧虽然叫京剧，但不是北京的地方戏，甚至不是北京土生土长的，它形成的历史传统是"湖广腔，中州韵",也就是武汉一带的发音,依北方河南一带的韵部(所谓"十三道辙")来押韵。这与北京话有很大的出入,例如不分前后鼻音,不分平舌翘舌,要分尖团等,从普通话的角度看,这是个很怪异的系统,但这就是传统,京剧就得这么唱。"文革"前搞现代戏,规定必须用普通话发音,但京剧观众普遍不能接受,觉得这样一来就不像京剧了。

宋代以后词谱失传,词不再能唱,后人的"填词"实际是文人的案头作品。这时诗歌与音乐的配合任务就由"曲"来完成了。元曲、元杂剧都和唐五代的词一样,继承了诗乐合一的传统,是能唱的。其时南方一带,还保留了一些南宋以后还能唱的"南戏"。进入明代,杂剧影响式微,在南戏基础上形成了明代的传奇也就是戏曲,到了晚明更是昆曲一枝独秀,一直繁荣到清朝乾隆五十五年(公元1790年)"徽班进京"以后,逐渐为京剧所取代。而与此同时,诗乐合一的传统在各地开花,形成了几百种戏曲或曲艺的形式,有的一直流传到如今。而乐谱失传的元曲,现代人如果还想创作,也只有利用文字记载下来的类似词谱那样的"曲谱",只不过在记录曲谱的时候,有的曲还能唱,因此"填曲"的难度比"填词"要高,例如有的地方不仅规定用平用仄,仄声中还要规定用上声还是去声(元曲没有入声)。而各地地方戏曲或曲艺,几乎毫无例外地保留了"以字行腔"的汉语特色,即曲调的高低升降与字调的高低有关系。这也是各种地方剧种"本地味"的由来,即其行腔一定跟当地的方言声调特点有关。彼此很难相通。离开方言,比方用北京话唱越剧,用上海话唱川剧,用普通话吼秦腔,用山东话唱沪剧,都唱不出那味儿来。甚至像上海与苏州离得那么近,但就是没法用上海话唱苏州评弹。

三、诗词鉴赏的五个方面

怎么鉴赏诗词?问题简单,回答却不易。这里尝试简单化,把它归纳为五个方面,或者说五个角度。并借用前人的五句话来说明。

第一句话就是上面提到过的"诗言志",出于《尚书·尧典》。

第二句话是"诗者,志之所之也,在心为志,发言为诗。情动于中而形于言"，出自传说为孔子弟子子夏作的《诗·大序》。

第三句话是"诗缘情而绮靡"，出自晋代的大诗人兼文论家陆机，见于他的《文赋》。

第四句话是"诗者，持也，持人情性"，"气以实志，志以定言，吐纳英华，莫非情性"。出自齐梁时的大文论家刘勰的《文心雕龙》，其中前一句见《明诗》篇，后一句见《体性》篇。

第五句话是"文之难而诗尤难。古今之喻多矣。愚以为辨于味而后可以言诗也。"这是唐末诗论家司空图说的，见于他的《与李生论诗书》。

这五句话说明了古人对诗的认识的五个阶段，我把它概括为"志、情、绮、性、味"五个字。第一句话强调诗是内心意志和思想的表达。第二句在第一句基础上增加了"情"的因素，认为诗不但表达意志，还表达感情。第三句强调了表达情的手段是"绮靡"，这是诗与其他文体的区别。第四句强调诗与诗人的"情性"即个性有关。第五句则强调诗本身的"味"即风格。我们鉴赏诗也可从这五个角度着手。

第二节 志

一、诗言志

角度之一是"志"。

诗言志，"志"到底有哪些内容？对此孔子有个更明白的回答，在《论语·阳货》中记载了孔子的一段话：

> 小子，何莫学夫诗？诗，可以兴，可以观，可以群，可以怨。迩之事父，远之事君；多识于鸟兽草木之名。

我认为这就是诗言"志"的六个方面。兴，是激励志气；观，是观察社会；群，是进行社交；怨，是泄发怨愤。这六个方面可以分为三组。第一组是"兴"和"怨"，这是表达思想感情的两个方面，一是积极的，一是消极的。积极的激励自己鼓舞他人，但人总有些不愉快、不愿或不便对人说的消极情绪，那也可以通过诗表达出来。中国古诗里积极的情绪当然也有，如《诗经·秦风》的《无衣》、岳飞的《满江红》、文天祥的《正气歌》等，但好像怨诗特别多，失宠（宫怨），战争和远行造成的分离是怨诗的两大来源。积极和消极加起来，可合称为诗的表情功能。第二组是"观"和"多识草木虫鱼之名"，观是观察社会，如杜甫的"三吏""三别"、白居易的《新乐府》等，识名是观察和认识自然，当然也可以是其他事物，如古代的一些咏物诗词。这两者用现在的话来说是诗的认知功能。第三组是"群"和"事父事君"。"群"就是社交，指自身参与的社会活动或事件。古代有很多应制诗、赠答诗、倡和诗，就是社会交际的手段，到后代发展出酒令、集社、婚庆寿丧，就更不用说了。事父、事君，是服务于家庭和朝廷。有人以为这只适用于古代社会。其实这可以拓展开来看。在《论语·季氏》里有个有名的"庭教"的典故。孔子的儿子孔鲤"趋而过庭"，就是快步从庭院里穿过去，孔子把他叫住，曰："学《诗》乎?"孔鲤回答："未也。"孔子说："不学《诗》，无以言。"于是"鲤退而学《诗》"。学《诗》为什么这么重要?

"无以言"是不是就没话可说？不是的，是说得更有文采，更有技术性，更艺术，也更巧妙。这可以启示我们认识诗的社交功能。

从《左传》可以知道，《诗》在春秋时有两个最重要的作用，一是赋诗言志，引一两句诗，表明自己对某事的态度。例如《左传》第一篇《郑伯克段于鄢》，最后引了一句诗："《诗》曰：'孝子不匮，永锡尔类'，其是之谓乎？"就什么话都不用说，作者对这件事的看法、态度都在里面了。二是作为外交的手段。外交场合上，双方你引一段《诗》，我引一段《诗》，一句多余的话也不要，外交问题就解决了。例如《左传·僖公二十三年》记载晋国公子重耳流亡到秦国，秦穆公把五个同宗女子嫁给了他，之后有一段记载：

> 他日，公享之。子犯曰："吾不如衰之文也，请使衰从。"公子赋《河水》，公赋《六月》。赵衰曰："重耳拜赐！"公子降，拜，稽首。公降一级而辞焉。衰曰："君称所以佐天子者命重耳，重耳敢不拜？"

重耳赋的《河水》，应是《诗经·小雅·沔水》，其首两句是"沔彼流水，朝宗于海"，赋这首诗的意思就是纳忠心，说我像百川归海一样归服于秦国。秦穆公赋《诗经·小雅·六月》，其前两章的最末两句分别是"王于出征，以匡王国""王于出征，以佐天子"。反应灵敏的赵衰（因此狐偃子犯说他"文"即善文辞，推荐他跟随重耳）马上理解为秦国愿意帮重耳回国，顿即要重耳下拜并行重礼。秦穆公降阶还礼表示不敢当，其实是想赖掉刚才说的，但赵衰不让他赖，点穿了他的引诗之意。这是一段很生动的"赋诗外交"。据统计《左传》中这类情况有 68 次之多。因此可说不懂《诗》就无法参与外交活动。孔子说的"无以言"，就是指无法应对这样的场合。这就是诗的最大社交作用。

春秋以后没有了这样的外交场合，但引诗言志的传统还在。中国古代长篇小说，如《三国》《水浒》，开头、中间和许多场合，都要"引诗为证"，以引起读者的共鸣，这其实也是一种"群"。大家最熟悉的可能是《三国演义》开篇引的明代才子杨慎的词《临江仙》，这首词本来写的是秦汉间事，毛氏父子引来表达对三国之事的感慨，但读者从中找到更多对历史兴亡的共鸣：

> 滚滚长江东逝水，浪花淘尽英雄。是非成败转头空。青山依旧在，几度夕阳红。　　白发渔樵江渚上，惯看秋月春风。一壶浊酒喜相逢。古今多少事，都付笑谈中。

当今中国领导人在重要场合也常会引经据典，这也是引诗言志传统的体现。对于一般人而言，在文章、发言中能引几句古诗也是有才华的表现，能增强表达力，也能提升个人形象。所谓"腹有诗书气自华"是也。事父、事君就是这一种用度。因此第三组的这两项内容可以概括为诗的交际功能。

表情、认知、交际，孔子归纳的"诗言志"的这三大功能具有相当大的概括性。后代诗的范围更广了，以元初方回的《瀛奎律髓》为例，他把唐宋律诗的内容分为"登览、朝省、怀古、风土、升平、宦情、风怀、宴集、老寿、春日、夏日、秋日、冬日、晨朝、暮夜、节序、晴雨、茶、酒、梅花、雪、月、闲适、送别、拗字、变体、着题、陵庙、旅况、边塞、宫阙、忠愤、山岩、川泉、庭宇、论诗、技艺、远外、消遣、兄弟、子息、寄赠、迁谪、疾病、感旧、侠少、释梵、仙逸、伤悼"等49类，但仔细看下来，除了"拗字、变体"等涉及文字本身技巧的，基本上也没出孔子的三大功能。

二、节序诗（上）

三大功能中，表情功能放到后面说。认识和交际是诗的主要应用范围，我们学习和鉴赏诗，可以首先从这个角度着手。方回的分类大多是关于这一内容的。诗歌鉴赏，可以从自己的爱好和兴趣出发，集中先读某一类诗，如登临，或怀古，或咏物（方回叫"着题"），等等。

这里举一个例子：节序。

从孔子分的大类来看，"节序"属于"多识草木虫鱼之名"的认识功能。由于时代的变迁，很多古人的节日民俗我们现在已经不甚了了，尤其现在的年轻人，讲到过节，首先是洋节。什么圣诞节、复活节、情人节、感恩节、万圣节，甚至愚人节。而于中国传统的节日，只剩下春节、元宵、清明、端午、中秋、重阳、腊八、冬至几个，还都是跟放假和吃联系在一起。至于别的内容，就不大知道了。读诗可以帮助我们知道这些传统民俗，在适当情况下把它恢复起来。

先从大家熟悉的开始：

春节（这个名称是民国后才有的，以前叫元旦、元日）。如王安石《元日》：

> 爆竹声中一岁除，春风送暖入屠苏；
> 千门万户曈曈日，总把新桃换旧符。

元宵。如欧阳修《生查子》：

> 去年元夜时，花市灯如昼。月上柳梢头，人约黄昏后。　　今年元夜时，月与灯依旧。不见去年人，泪湿春衫袖。

寒食。如韩翃《寒食》：

春城无处不飞花，寒食东风御柳斜。
日暮汉宫传蜡烛，轻烟飞入五侯家。

清明。如杜牧《清明》：

清明时节雨纷纷，路上行人欲断魂。
借问酒家何处有，牧童遥指杏花村。

端午。如欧阳修的词《渔家傲》：

五月榴花妖艳烘，绿杨带雨垂垂重。五色
新丝缠角粽，金盘送，生绡画扇盘双凤。
正是浴兰时节动，菖蒲酒美清樽共。叶里黄鹂
时一哢，犹瞢忪，等闲惊破纱窗梦。

七夕。如《古诗十九首》之一：

迢迢牵牛星，皎皎河汉女。
纤纤擢素手，札札弄机杼。
终日不成章，泣涕零如雨。

河汉清且浅，相去复几许。

盈盈一水间，脉脉不得语。

中秋。如李商隐《嫦娥》：

云母屏风烛影深，长河渐落晓星沉。

嫦娥应悔偷灵药，碧海青天夜夜心。

重阳。如王维《九月九日忆山东兄弟》：

独在异乡为异客，每逢佳节倍思亲。

遥知兄弟登高远，遍插茱萸少一人。

以上是春节、元宵、清明、端午、七夕、中秋、重阳的诗，这些诗我们都很熟，也正因为这些诗才使我们对这些传统节日有所了解。但这个"了解"中也有误会，例如清明和寒食，其实是两个节日。寒食在冬至后第一百零五日，是纪念晋文公大臣介子推的，习俗禁火、只能吃冷食，以及祭扫。清明是二十四节气之一，原先定在寒食后两日，清代初年改为一日，后来就慢慢相混了。从字面来看，清明应该是清和晴明、春暖花开的好日子。习俗是饮酒、赏花。杜牧的诗写了酒和花两个内容，只是他还写了雨。由于这首诗的影响，造成人们以为凡清明节一定都应该下雨似的。这也可见诗的威力。我们再来看几首，就可以知道清明与寒食的不同了。一首是贾岛的《清明日园林寄友人》：

今日清明节，园林胜事偏。

晴风吹柳絮，新火起厨烟。

杜草开三径，文章忆二贤。

几人能命驾，对酒落花前。

另一首是王禹偁的《清明感事》：

无花无酒过清明，兴味萧然似野僧。

昨日邻家乞新火，晓窗分与诗书灯。

后一首《千家诗》里选到过，大家可能较熟。这两首诗都提到了清明节新火、酒、花三个主题，与寒食节情况完全不同。

下面这首是写寒食的，唐代许浑的《途中寒食》：

> 处处哭声悲，行人马亦迟。
> 店闲无火日，村暖斫桑时。
> 泣路同杨子，烧山忆介推。
> 清明明日是，甘负故园期。

"哭声悲"是因为祭扫，这与清明节的"胜事偏"完全不是一回事。

三、节序诗（下）

从上面的例子可知，许多节日之保存流传下来，诗歌起了重要作用。还有些节日，因为留下来的诗没有那么有名，大家知道的就不多了。或者虽然听说过，但对其习俗不甚了了。读些有关的诗，可以增加一点节日知识：

立春。如宋代诗人李远的《立春日》：

> 暖日傍帘晓，浓春开箧红。

钗斜穿彩燕，罗薄剪春虫。

巧着金刀力，寒侵玉指风。

娉婷何处戴，山鬓绿成丛。

又如苏轼的《减字木兰花·己卯儋耳春词》：

春牛春杖，无限春风来海上。便丐春工，染得桃红似肉红。　　春幡春胜，一阵春风吹酒醒。不似天涯，卷起杨花似雪花。

这里记载了立春日的重要习俗如鞭春牛，以及剪彩花、彩幡，装饰在鬓上等。

社日。唐代王驾的《社日》比较有名：

鹅湖山下稻粱肥，豚栅鸡栖半掩扉。

桑柘影斜春社散，家家扶得醉人归。

杜甫也写过《社日》，但不大有名：

秋丰成德业，百祀发光辉。

报效神如在，馨香旧不违。

南翁巴曲醉，北雁塞声微。

尚想东方朔，诙谐割肉归。

社日是古代祭祀土地神的日子。汉以前只有春社，汉以后始有春、秋二社，约在春分、秋分前后举行。社日以祭神为主，并兼有乡邻聚会的意思，有点像现在有的地方还能看到的庙会，在古代是很热闹的场合。上面两首，前一首写春社，后一首写秋社。

人日。隋代诗人薛道衡的《人日思归》很有名：

入春才七日，离家已二年。

人归落雁后，思发在花前。

这首诗虽只四句，但失对又失粘，并不合近体诗的格律，只能叫作古绝。又如南宋魏了翁的词《醉落魄·人日南山约应提刑懋之》：

无边春色。人情苦向南山觅。村村箫鼓家

家笛。祈麦祈蚕，来趁元正七。　　　翁前子后
孙扶掖。商行贾坐农耕织。须知此意无今昔。
会得为人，日日是人日。

人日是个很有意思的节日，据说女娲创造世界的时
候，正月一日造鸡，二日造狗，三日造猪，四日造
羊，五日造牛，六日造马，七日造人。因此正月初
七被称为人日，也叫人日节、人胜节。人胜就是剪
彩或镂金箔为人形，贴于屏风或戴于头上的习俗。

　　花朝。如宋代朱继芳的《次韵野水花朝之集》：

睡起名园百舌娇，一年春事说今朝。
秋千庭院红三径，舴艋池塘绿半腰。
苔色染青吟屐蜡，花风吹暖弊裘貂。
主人自欠西湖债，管领风光是客邀。

　　我们都知道有个中秋节，在八月十五，又叫
"月夕"。但不一定知道古代与"月夕"对应、在其
之前正好半年还有个节日，叫作"花朝"，也叫花
神节、百花生日，在二月十五。宋以后南方因气候

关系，提前到二月十二。"花朝月夕"这个成语，其实说的是两个节日。

上巳。如崔颢《上巳》：

> 巳日帝城春，倾都被禊晨。
> 停车须傍水，奏乐要惊尘。
> 弱柳障行骑，浮桥拥看人。
> 犹言日尚早，更向九龙津。

三月三日上巳节，是古代最有名的春游节日，其俗是到水边去洗濯祓灾。最早的记载是在《诗经》的《溱洧》一诗，已有近三千年的历史。记载了春游和男女相会的习俗。有人称之为中国的"情人节"。《论语》中记载孔子最向往的生活"莫春者，春服既成，冠者五六人，童子六七人，浴乎沂，风乎舞雩，咏而归"，说的也是这件事。王羲之《兰亭集序》记的"修禊事也"，也是这么一次活动。

端午。再看端午节的节俗。宋代词人杨无咎有一首《齐天乐》：

疏疏数点黄梅雨。殊方又逢重五。角黍包金，菖蒲泛玉，风物依然荆楚。衫裁艾虎。更钗袅朱符，臂缠红缕。扑粉香绵，唤风绫扇小窗午。　　沉湘人去已远，劝君休对酒，感时怀古。慢啭莺喉，轻敲象板，胜读离骚章句。荷香暗度。渐引入陶陶，醉乡深处。卧听江头，画船喧叠鼓。

端午节的一些要素，如纪念屈原、赛龙舟、吃粽子、悬菖蒲、佩艾虎、缠红线、挂香囊等在一首词里都写进去了，委实不易。不足的是，赛龙舟的气势没能体现出来，因为作者不在现场，只是"卧听"。刘禹锡的《竞渡曲》就写了整个过程，诗前有小序："竞渡始于武陵。及今举楫而相和之，其音咸呼云：何在？斯招屈之意。事见《图经》。"诗云：

沅江五月平堤流，邑人相将浮彩舟。
灵均何年歌已矣，哀谣振楫从此起。
扬桴击节雷阗阗，乱流齐进声轰然。

蛟龙得雨鬐鬣动，蜘蛛饮河形影联。

刺史临流襄翠帱，揭竿命爵分雄雌。

先鸣余勇争鼓舞，未至衔枚颜色沮。

百胜本自有前期，一飞由来无定所。

风俗如狂重此时，纵观云委江之湄。

彩旗夹岸照鲛室，罗袜凌波呈水嬉，

曲终人散空愁暮，招屈亭前水东注。

七夕。七夕我们最熟悉的是牛郎织女鹊桥相会的故事，因此不少人将之比附于西方的情人节。其实就男女相会而言，上元（元宵）和上巳节更像，七夕离多会少，对有情人未必是好兆。七夕在古代，还是个"女儿节"，又叫乞巧节。其俗是女孩对月穿针，向天女乞巧。这个习俗似乎值得继承。在诗词中的反映，如祖咏的《七夕》：

闺女求天女，更阑意未阑。

玉庭开粉席，罗袖捧玉盘。

向月穿针易，临风整线难。

不知谁得巧，明旦试相看。

重阳。重阳节我们熟悉王维的诗，知道要登高插茱萸，其实还有其他内容。如饮菊花酒、吃重阳糕、骑马、打猎等。宋祁的《九日》反映得比较全面：

商馆冯高爽气浓，露萸千穗亚枝红。

饼餐交遗嘉笾上，蕊菊争吹寿罍中。

击隼厉威平隰阔，戏骖沈响故台空。

何人盛继龙山集，醉帽须防谷郁风。

冬至。传统二十四节气中最重要的是"四时八节"，四时指春夏秋冬四季，八节指春分、秋分，夏至、冬至，立春、立夏，立秋、立冬，合称为"分至启闭"（立春、立夏为"启"，立秋、立冬为"闭"）。其中古人最看重的，立春而外，就是冬至。甚至有"冬至大如年"之说。因为冬至是阴至极点，过了冬至就开始"一阳生"，大地要开始回暖了。杜甫的诗《小至》比较好的记载了这一习俗。除"一阳生"外，还有"添一线"，这是指唐代宫中以女工来计日之长短的习俗，过了冬至，女工要增"一线之工"。还有

"葭琯吹灰"的习俗在冬至也最受重视，因为冬至的"律"属黄钟，是十二律之首。以上种种，在杜甫的《小至》诗中都有体现：

> 天时人事日相催，冬至阳生春又来。
> 刺绣五纹添弱线，吹葭六琯动浮灰。
> 岸容待腊将舒柳，山意冲寒欲放梅。
> 云物不殊乡国异，教儿且覆掌中杯。

腊八节。最后介绍一下腊八节，这是个佛教的节日，但自宋时就有了记载，如陆游的诗《十二月八日步至西村》：

> 腊月风和意已春，时因散策过吾邻。
> 草烟漠漠柴门里，牛迹重重野水滨。
> 多病所须惟药物，差科未动是闲人。
> 今朝佛粥交相馈，更觉江村节物新。

节序诗只是一个小小的例子，说明诗有认知功能。实际上中国诗词历经数千年，阅遍了世界和人生，其内容可说无所不包。我们可以依据我们喜欢的专题，去选择、去收录，读诗会成为一种乐趣，甚至还会有一点学术考证的况味。

第三节　情

鉴赏角度之二：情。

前面几节说的大体属于孔子说的诗的第二、第三组功能：认知和交际。其实对诗来说更重要的是第一组功能：表情。因此《诗大序》在"诗言志"的基础上说"情动于中而形于言"，增加了"情"的因素。这可以成为我们阅读和欣赏诗的第二种角度。

中国诗本质上是抒情的，中国诗的传统是个抒情诗的传统。这一点与西方诗有很大不同。除了《诗经》中的《玄鸟》《生民》《绵》几篇勉强可算外，中国（主要是汉族）几乎没有像样的史诗。中国也很少西方那样的叙事诗。所谓的叙事诗，如《诗经》的《氓》、汉末的《孔雀东南飞》、唐代的《长恨歌》《琵琶行》，如果细读，会觉得它们更像抒情诗。例如《氓》中的：

> 桑之未落，其叶沃若。于嗟鸠兮，无食桑葚！于嗟女兮，无与士耽！士之耽兮，犹可说也；女之耽也，不可说也。

就完全是抒情。《长恨歌》拆开来，就像一首首抒情绝句，如：

> 蜀江水碧蜀山青，圣主朝朝暮暮情。行宫见月伤心色，夜雨闻铃断肠声。……夕殿萤飞思悄然，孤灯挑尽不成眠。迟迟钟鼓初长夜，耿耿星河欲曙天。

抒情的内容，孔子归结为"兴""怨"两类，其实"情"的内容当然不至于此，《礼记·礼运》提到有"喜、怒、哀、惧、爱、恶、欲"七情，《黄帝内经·阴阳应象大论》分别提到"喜、怒、悲、忧、恐"五情和"怒、喜、思、忧、恐"五志，说明七情六欲是人之常情，也是诗歌表现的重要内容。如果我们以情志为标准，也可以对古代诗词的内容进行分类。如表现"思"的（思家、思国、思亲人），表现"忧"的（忧国、忧民、忧天下），表现哀的（哀人生、哀国破家亡），表现"喜"的（喜团圆、喜重逢、喜家国之庆），表现"乐"的（乐山水、乐交游、乐闲适生活），表现"恨"的（家仇、国恨），表现"爱"特别是"恋"的（有趣的是，英语的 love 用得十分普遍以至没了感觉，而中国的"爱"字很少用于具体对象，用"恋"还自然些。如恋国、恋家、恋故乡、恋朋友、恋情人），表现"乐"的（山水之乐、交游之乐、宴饮之乐、嬉戏之乐），等等。有的已成了中国诗歌的"母题"，如伤春悲秋、乐天知命、怀古思今等。

下面我们举几首历史上最美的"情"诗，有的抒朋友之情，有的抒夫妻之情，有的抒家国之情，有的抒对"意中人"之情，还有感叹身世遭遇之情。

李白《送孟浩然之广陵》：

故人西辞黄鹤楼，烟花三月下扬州。

孤帆远影碧空尽，唯见长江天际流。

杜甫《月夜》：

今夜鄜州月，闺中只独看。
遥怜小儿女，未解忆长安。
香雾云鬟湿，清辉玉臂寒。
何时倚虚幌，双照泪痕干。

温庭筠《望江南》：

梳洗罢，独倚望江楼。过尽千帆皆不是，
斜晖脉脉水悠悠。肠断白蘋洲。

李商隐《无题》：

相见时难别亦难，东风无力百花残。
春蚕到死丝方尽，蜡炬成灰泪始干。
晓镜但愁云鬓改，夜吟应觉月光寒。
蓬山此去无多路，青鸟殷勤为探看。

李煜《望江南》：

多少恨，昨夜梦魂中。还似旧时游上苑，车如流水马如龙。花月正春风！

苏轼《江城子·乙卯正月二十日夜记梦》：

十年生死两茫茫，不思量，自难忘。千里孤坟，无处话凄凉。纵使相逢应不识，尘满面，鬓如霜。　　夜来幽梦忽还乡，小轩窗，正梳妆。相顾无言，惟有泪千行。料得年年肠断处，明月夜，短松冈。

晏几道《临江仙》：

梦后楼台高锁，酒醒帘幕低垂。去年春恨却来时。落花人独立，微雨燕双飞。　　记得小蘋初见，两重心字罗衣。琵琶弦上说相思。当时明月在，曾照彩云归。

李清照《声声慢》：

寻寻觅觅，冷冷清清，凄凄惨惨戚戚。乍暖还寒时候，最难将息。三杯两盏淡酒，怎敌他，晚来风急？雁过也，正伤心，却是旧时相识。　　满地黄花堆积，憔悴损，如今有谁堪摘？守着窗儿，独自怎生得黑？梧桐更兼细雨，到黄昏、点点滴滴。这次第，怎一个愁字了得？

陆游《卜算子·咏梅》：

驿外断桥边，寂寞开无主。已是黄昏独自愁，更着风和雨。　　无意苦争春，一任群芳妒。零落成泥碾作尘，只有香如故。

辛弃疾《祝英台近·晚春》：

宝钗分，桃叶渡，烟柳暗南浦。怕上层楼，十日九风雨。断肠片片飞红，都无人管，更谁劝、啼莺声住。　　鬓边觑，试把花卜归期，才簪又重数。罗帐灯昏，哽咽梦中语。是他春带愁来，春归何处？却不解、带将愁去。

吴文英《风入松》：

听风听雨过清明，愁草瘗花铭。楼前绿暗分携路，一丝柳，一寸柔情。料峭春寒中酒，交加晓梦啼莺。西园日日扫林亭，依旧赏新晴。黄蜂频扑秋千索，有当时，纤手香凝。惆怅双鸳不到，幽阶一夜苔生。

这些都是人们非常熟悉的，各种选本都会选到，这里就不分析了。这类诗还有很多，可说举不胜举。

第四节 绮

一、诗缘情而绮靡

鉴赏角度之三：绮靡。

"诗言志"，没有讲"言"的方式；"诗缘情而绮靡"，不但讲"缘情"，而且讲了"缘情"的方式，就是"绮靡"。对于"绮靡"，一般都是从负面去解释的，认为是浮华、艳丽的辞藻，而这又切合六朝的文风，因此是该批评的。但我们还可以从另一个角度去理解。第一，说六朝的文风"绮靡"，主要指的是宋齐梁陈四朝，在此之前还是被称为"魏晋风骨"的时代，而这正是陆机所处的时代。似不能把后来的"绮靡之风"算到前面的陆机的头上。第二，如果我们把"绮靡"拓开一步看，"绮靡"就是要有文采，不要那么直白，那么平铺直叙，我想还是有积极意义的。孔子说："言而无文，行之不远。"这对于诗歌尤其合适。从诗要求"绮靡"的对文来看，赋要求"浏亮"，"浏亮"就是直白，那么相对来说，"绮靡"就是委婉，就是要求宛转。这直接导致了中国诗的一个更大的特点。这可以成为我们鉴赏诗的又一个视角。

上面说抒情诗为主是中国诗歌的特点，而抒情诗的表述方式更是中国诗歌的特点，迥异于西方的传统和当代诗歌。如果说西方的抒情诗是热烈奔放、无阻无拦的，则中国的抒情诗却是含蓄的、自我抑制的，而且中国诗人很乐于受这种抑制，并在这种抑制之下写出最好的诗来。这也是从孔子开始的传统。孔子说过一句有名的话："温柔敦厚，诗教也。"（《礼记·经解》）这已成了读、写中国诗的金科玉律。什么叫"温柔敦厚"？孔子在《论语·八佾》里作了具体的描述："《关雎》乐而不淫，哀而不伤。"无论快乐和悲哀都不能表达得太过分，这是儒家中庸之道在诗歌领域的体现，这八个字也就成了几千年来中国抒情诗的最高标准。诗人追求的正如宋代梅尧臣说的："状难写之景如在目前，含不尽之意见于言外"。为了达到这个目标，中国诗人特别讲究情景交融，通过"景"来写"情"，以"景语"作"情语"，在平平淡淡的景物描写中表现出最深刻的"情"来。陆机的"绮靡"其实就是体会到了中国诗歌的本质特色，因此为千百年来的诗人们所认可。

中国诗歌不喜欢直白，喜欢委婉。那么，什么是直白？什么是委婉？我们先各举一个例子来看看。直白的例子是杜甫的《闻官军收河南河北》：

剑外忽传收蓟北，初闻涕泪满衣裳。

却看妻子愁何在，漫卷诗书喜欲狂。

白日放歌须纵酒，青春作伴好还乡。

即从巴峡穿巫峡，便下襄阳向洛阳。

杜甫这首诗很有名，因为这是杜甫集中也是中国诗歌史上少有的写快乐的诗，但从艺术上讲实在不怎么样，因为太直白了，一览无余，读完也就完了，引不起什么言外之思。大约人在高兴的时候很难静下心来细细斟酌，因而写喜的诗不大容易写好。还有一首写喜的诗也是我不喜欢的，是孟郊的《登科后》：

昔日龌龊不足夸，今朝旷荡思无涯。

春风得意马蹄疾，一日看尽长安花。

有点得意忘形的样子。但是最后两句形象生动，比杜甫的要好。写喜最成功的我看当数李白的《早发白帝城》：

朝辞白帝彩云间，千里江陵一日还。

両岸猿声啼不住，轻舟已过万重山。

这首诗好就好在首先没有写出遇赦放还的背景，这就使他描写的喜悦有了人类普遍的意义，可以引起所有人的共鸣。不像孟郊的诗，一些所谓鄙视功名利禄的人就会觉得不屑看。杜甫的诗也不容易引起共鸣，因为不是所有遇到喜事的人都要"从襄阳向洛阳"的。

委婉的诗就是写得比较宛转，让人有阅读期待，读完后还要掩卷深思。唐诗中写得最让人有期待感的要数下面这首诗，可说句句读后都让人期待下一句，最后一句读完后还意有未尽，这就是金昌绪的《春怨》：

打起黄莺儿，莫教枝上啼。
啼时惊妾梦，不得到辽西！

这位作者在《全唐诗》中只留下这一首诗，短短二十个字。但就这二十个字足以使他在中国诗史上不朽了。

诗要写得委婉，含蓄，但也不能太"含蓄"，用典过多，或过于转弯抹角，就成了晦涩。李商隐的诗表面上看来很唯美，但有时难免这种堆砌的毛病。我们举他一首《人日即事》诗为例：

> 文王喻复今朝是，子晋吹笙此日同。
> 舜格有苗旬太远，周称流火月难穷。
> 镂金作胜传荆俗，剪彩为人起晋风。
> 独想道衡诗思苦，离家恨得二年中。

人日是正月初七日，这首诗的前四句句句用典，句句切"七"字。第一句指《周易》"复卦"的"七日来复"。第二句是仙人王子晋的故事，他曾说过"七月七日待我于缑氏山头"第三句是《尚书·大禹谟》记载的"帝（舜）乃诞敷文德，舞干羽于两阶。七旬，有苗格。"（七旬，七十天；格指来）第四句源于《诗经·七月》"七月流火"。第七、八句是引薛道衡人日诗的典故，"诗思苦"是据说薛道衡作诗"登吟榻而构思，闻人声则怒"，末句则是变相引用"离家已二年"，反而显得啰唆。这首诗

227

特别是前四句就有点过分，对典故不熟的人来说，读起来就有点"涩"。这是不应提倡的。

二、以景语作情语

那么，怎么做到让诗词委婉、含蓄呢？从我的阅读感受来看，有以下三个方面，大约是中国诗歌的不言之"秘"，在外国诗歌中是很少见的。

第一种叫作"以景语作情语"。就是不直接抒情，而是通过描写周围的环境、气氛、景物来烘托、渲染。这是中国抒情诗用得最自觉的手段，其来源是《诗经》的比兴。"风雅颂赋比兴"，前三种是诗体，后三者是手法。前五者我们在西方都可以找到对应物，独有"兴"仿佛是中国的特产，在西方很难找到类似的东西，因此连这个术语也无法贴切地译成外语。所谓"比兴"，朱熹的解释是："比者，以彼物比此物也；兴者，先言他物以引起所咏之辞也。"比是比喻，兴似比非比，实际上是一种环境暗示或烘托。《诗经》中这样的例子极多，从第一篇《关雎》起就是。"关关雎鸠，在河之洲"，就是为了"兴"起"窈窕淑女，君子好逑"。而最有名的大约是《小雅·采薇》中的"昔我往矣，杨柳依依。今我来思，雨雪霏霏"这四句。以景物的烘托，写出"我心伤悲，莫知我哀"。这四句诗不但是"千古对句之祖"，恐怕也是"千古言情之祖"，非常唯美。

再举几首唐诗的例子，如王昌龄的《闺怨》：

闺中少妇不知愁，春日凝妆上翠楼。

忽见陌头杨柳色，悔教夫婿觅封侯。

第三句淡淡的写景叙述，引起人无限遐想。又如许浑的《咸阳城东楼》：

一上高楼万里愁，蒹葭杨柳似汀洲。

溪云初起日沉阁，山雨欲来风满楼。

鸟下绿芜秦苑夕，蝉鸣黄叶汉宫秋。

行人莫问当年事，故国东来渭水流。

如果只看首尾两联，可说是平平之作，有了中间两联，特别是颔联的景语，才把整首诗的感情烘托了出来。再如贺铸的《青玉案》：

凌波不过横塘路，但目送、芳尘去。锦瑟
华年谁与度？月台花榭，琐窗朱户，只有春知
处。　　碧云冉冉蘅皋暮，彩笔新题断肠句。
试问闲愁都几许？一川烟草，满城风絮，梅子
黄时雨。

"愁"的情绪怎么描写？贺铸的办法是化情为景，
"一川烟草，满城风絮，梅子黄时雨"几句，把情
写到了极致，也为他赢得了"贺梅子"的美誉。

其实我们前面所引历代脍炙人口的抒情名作都
是如此。最深的情都是通过写景来表达的。例如苏
轼《江城子》的"小轩窗，正梳妆。相顾无言，惟
有泪千行"；例如李清照《声声慢》的"梧桐更兼
细雨，到黄昏、点点滴滴"；以及辛弃疾《祝英台
近》的"断肠片片飞红，都无人管，更谁劝、啼莺
声住"。可说无一非景语，也无一非情语。我们甚
至可以说，成功的传统诗词中，几乎没有不带景物
描写的，有的诗如果剔去了景物描写的句子，剩下
的部分便一无可取，大诗人也不例外。例如王维的
《终南别业》：

中岁颇好道，晚家南山陲。

兴来每独往，胜事空自知。

行到水穷处，坐看云起时。

偶然值林叟，谈笑无还期。

如果没有颈联带景物描写的两句，这首诗其实很单薄。

三、通篇比兴

第二，以景语作情语再进一步的手段，就是通篇比兴。作者想表达的情或意完全不出现，诗词表面上描写的景物或形象仿佛是另一件事。这是含蓄的极致。从交际角度看，当事人之间可能是心领神会的；但对局外人来说却是一头雾水。当然诗本身也不失为好诗，这是前提。例如唐代朱庆馀的《近试上张籍水部》：

洞房昨夜停红烛，待晓堂前拜舅姑。

妆罢低声问夫婿，画眉深浅入时无？

唐代科举考试有请名人品点推荐的风气。朱庆馀这首诗就是在考试前写给名人张籍的。全诗通篇比兴，以新妇自比，以新郎比张籍，以公婆比主考。全诗心理描写非常出色，本身就是非常好的诗。张籍看了非常满意，认为有他写这首诗的水平，足以超越他人多多了。于是回了他一首诗。有意思的是，张籍的回复《酬朱庆馀》也采用了通篇比兴的手法：

> 越女新妆出镜心，自知明艳更沉吟。
> 齐纨未足时人贵，一曲菱歌敌万金。

他把朱庆馀比作新妆的越女，把其诗比作菱歌，对之进行了高度赞扬。

苏轼的《卜算子》也是这么一首通篇比兴的作品，把自己比作幽独的"孤鸿"：

> 缺月挂疏桐，漏断人初静。谁见幽人独往来，缥缈孤鸿影。　惊起却回头，有恨无人省。拣尽寒枝不肯栖，寂寞沙洲冷。

这种手法到了宋代尤其南宋，产生了一种特殊的文体：咏物词。咏物词很少只是咏物，大多字面上是咏某种花草动物，背后想表达的却是另一种情绪，实际上成了通篇比兴。例如前引陆游的《卜算子·咏梅》，就是他个人的人格写照。后来毛泽东写《卜算子·咏梅》，特别注明："读陆游咏梅词，反其意而用之。"但咏的是梅，背后还是人。

由于咏物诗词常言在此而意在彼，因而读这种诗需要知道写作的背景。否则就会使人觉得晦涩，而且会引起各种猜测。比方姜夔的代表作《暗香》《疏影》，人人都知道是咏梅花的名篇，非常美。例如《暗香》：

> 旧时月色，算几番照我，梅边吹笛。唤起玉人，不管清寒与攀摘。何逊而今渐老，都忘却、春风词笔。但怪得、竹外疏花，香冷入瑶席。　江国，正寂寂。叹寄与路遥，夜雪初积。翠尊易泣，红萼无言耿相忆。长记曾携手处，千树压、西湖寒碧。又片片、吹尽也，几时见得。

但一般人读的时候总觉得东一句，西一句，难以连贯。直到叶嘉莹先生考证出这是在讲他自己与一位合肥女子爱恋的故事，方才明白。这首词的含意对作者和当时他所赠的对象范成大来说都是清楚的，但别人就是雾里看花了。南宋这种词极多。清代有个常州词派，特别喜欢这种晦涩而若有所指的作品，提出一诗一词都应该"有比兴寄托"。但有的时候联想过多，以至到了疑神疑鬼的地步，不管什么作品，甚至一些五代两宋后世公认的艳词，都往政治寄托上引申，那就也不尽然了。譬如这首词有人认为是"恨偏安也"，恐怕就不见得正确。

西方有一种象征诗，如雪莱的《云雀》、高尔基的《海燕》等，与此有些类似。但西方诗往往象征的意思直白，而且作者常常自己指明，不像中国诗作者故意隐藏，让读者去猜。因此这种通篇比兴诗虽然是中国所长，但一般作者不宜轻试。

四、言尽意不尽

中国诗之第三个不言之秘是言尽意不尽。这是中国诗追求的最高目标。中国诗史上有个非常有名的故事，见于《唐诗纪事》。上面记载上官婉儿评定沈佺期、宋之问两人诗的高下，说："二诗工力悉敌，沈诗落句云'微臣雕朽质，羞睹豫章材'，盖词气已竭。宋诗云'不愁明月尽，自有夜珠来'，犹陡健骞举。"实际上是说，沈佺期的诗言尽意尽，而宋之问的诗言尽意犹未尽。这个结论连沈佺期也不得不服。欧阳修《六一诗话》中记梅尧臣对他说的话："必能状难写之景，如在目前，含不尽之意，见于言外，然后为至矣。"前一句状难写之景，在外国文学中也能见到，例如美国诗人梭罗对瓦尔登湖景色的描写，就毫不逊色于范仲淹《岳阳楼记》对洞庭湖的描写；其对瓦尔登湖色彩的渲染，又足以说明什么叫"状难写之景"，大约中国唯有晚明作家王思任写浙江青田之《小洋》可以当之。而梅尧臣的第二句"含不尽之意于言外"，外国文学中似就未见，也似从未成为他们的追求。只有中国历代的诗人们追求不息。实际上，言尽意不尽并非轻易能做到，大家名作也不例外。例如李煜的《相见欢》：

　　无言独上西楼，月如钩。寂寞梧桐深院锁清秋。　　剪不断，理还乱，是离愁，别是一般滋味在心头。

以及李清照的《一剪梅》：

> 红藕香残玉簟秋。轻解罗裳，独上兰舟。
> 云中谁寄锦书来，雁字回时，月满西楼。
> 花自飘零水自流。一种相思，两处闲愁。此情
> 无计可消除，才下眉头，却上心头。

两首词都是出色的作品，结尾尤为人称道，认为是写愁的妙句。然而读来终觉言尽意尽，无法令人有更多的想象。即使像苏轼的《念奴娇·赤壁怀古》和《水调歌头·中秋》这样的名作，仔细读来，也是言尽意尽，难以施展读者自己的想象。中国诗的传统贵在言尽意不尽，话说完了，但意还没完，读者掩卷还是遐思悠悠，不能自已。这才是诗中的上品。例如李白的《黄鹤楼送孟浩然之广陵》：

> 故人西辞黄鹤楼，烟花三月下扬州。
> 孤帆远影碧空尽，唯见长江天际流。

这首诗读完了，总觉未完。诗人送别好友之情到底如何？结尾两句给了人无限的想象空间。又如钱起的《省试湘灵鼓瑟》：

> 善鼓云和瑟，常闻帝子灵。
>
> 冯夷空自舞，楚客不堪听。
>
> 苦调凄金石，清音入杳冥。
>
> 苍梧来怨慕，白芷动芳馨。
>
> 流水传潇浦，悲风过洞庭。
>
> 曲终人不见，江上数峰青。

这首诗总体一般，为人称道的是最后两句，留给人余味不尽。又如辛弃疾的《丑奴儿·书博山道中壁》：

> 少年不识愁滋味，爱上层楼。爱上层楼，为赋新词强说愁。　　而今识尽愁滋味，欲说还休。欲说还休，却道天凉好个秋。

这首词的切入角度很受人赞赏，但尤其妙的是最后一句，"天凉好个秋"，一切情感，尽在不言之中。

我们还可通过比较同一题材的两篇作品来看何谓言尽意不尽。白居易的《长恨歌》，写唐明皇与杨贵妃的故事，洋洋近千言，可谓淋漓尽致。其结句是："天长地久有时尽，此恨绵绵无绝期"，读罢也就言尽意尽，没有想象余地了。而他的好朋友元稹的《行宫》写同样题材，只用了区区二十个字：

寥落古行宫，宫花寂寞红。
白头宫女在，闲坐说玄宗。

却使人读了欲罢未能，引起无限遐思。因此有人说这二十个字足抵一篇《长恨歌》。当然这么说不是贬低《长恨歌》，只是各有其价值而已。

下面再说一个反面的例子，原来可以余韵不尽，但多添了两句，结果成了蛇足。就是柳宗元的《渔翁》：

渔翁夜傍西岩宿，晓汲清湘燃楚竹。
烟销日出不见人，欸乃一声山水绿。
回看天际下中流，岩上无心云相逐。

苏轼说："此诗有奇趣。其尾两句，虽不必亦可。"结果引起了一场笔墨官司，由宋至清，赞成苏轼的有，反对的也有，都是从风格着眼的。但我们从言尽意不尽的角度看，苏轼的话是有道理的。删去最后两句，戛然而止，全诗更加韵味无穷。

第五节　性

一、情性

鉴赏角度之四：性。这个"性"也叫作"情性"，见于刘勰《文心雕龙》的"体性"篇。他认为不同的诗人由于禀赋不同，具有不同的情性。这禀赋包括"才、气、学、习"，即才能、气质、学识、习染四个方面："然才有庸俊，气有刚柔，学有浅深，习有雅郑，并情性所铄，陶染所凝，是以笔区云谲，文苑波诡者矣。"前两者是先天的，后两者是后天的，从而在写作时产生变幻莫测的不同风格。刘勰并列举了贾谊、司马相如、扬雄、刘向、班固、张衡、王粲、刘桢、阮籍、嵇康、潘岳、陆机等十二个人的例子，证明个人情性如何影响了作品的风格。

　　刘勰的发现是有道理的。中国历史上百花齐放，流派纷呈。这与不同作家的先天秉性和后天努力程度肯定是有关系的。因此根据自己的秉性，去选读相近诗人的作品，是一条重要的赏鉴途径。中国诗史上，不仅不同时代的作者风格不同，即使同一时代的作者风格也可能迥异。特别是唐代，诗人辈出，可选择的很多。盛唐的王维、孟浩然、王昌龄、李白、杜甫、岑参、高适，中唐的韩愈、李贺、白居易、元稹、刘禹锡、柳宗元、孟郊、贾岛，晚唐的杜牧、李商隐、许浑、司空图等。群芳争艳，风格各异。这些人中，李白、杜甫、王维、李贺更有"诗仙、诗圣、诗佛、诗鬼"之称。杜牧、李商隐人称"小李杜"，喜爱的人也非常多。这些人都是各种唐诗选本的常客。但《唐诗三百首》中选了以上众人，却没有选李贺，引起人们非议。这里选一首李贺的"鬼诗"《苏小小墓》：

　　　幽兰露，如啼眼。无物结同心，烟花不堪剪。草如茵，松如盖。风为裳，水为佩。油壁

车，夕相待。冷翠烛，劳光彩。西陵下，风
吹雨。

诗写得有点阴森森，但确实很凄美。

宋代则苏轼自成一体外，最重要的是江西诗
派，有"一祖三宗"之说，"祖"指杜甫，"宗"指
黄庭坚、陈师道、陈与义三人，这并不是一个组织
严密的诗派，但风格相近，影响极大，一直影响到
晚清的同光体。南宋的诗人重要的则有陆游、范成
大、杨万里，都独自成家。陆游感情炽烈的爱国
诗、范成大的田园诗、杨万里的自然诗都非常有特
色。例如杨万里的两首白描诗非常可爱。一首是
《小池》：

泉眼无声惜细流，树阴照水爱晴柔。
小荷才露尖尖角，早有蜻蜓立上头。

另一首是《晓出净慈寺送林子方二首之二》：

毕竟西湖六月中，风光不与四时同。

接天莲叶无穷碧，映日荷花别样红。

词，重要作家有唐五代的温庭筠、韦庄、李煜，北宋的柳永、欧阳修、晏几道、苏轼、黄庭坚、秦观、贺铸、周邦彦、李清照，南宋的陆游、张孝祥、辛弃疾、姜夔、史达祖、刘克庄、吴文英、刘辰翁、周密、张炎等。举这些人的名字，是因为他们留下的作品比较多，而且各有特色，适宜进行专人阅读。但同唐诗有崔颢、王之涣、金昌绪一样，宋词中也有留下几首词而名垂千古的。最有名的当然是岳飞的词。《满江红》激昂慷慨，堪称爱国诗词的最出色代表，家喻户晓。他还有一首《小重山》：

昨夜寒蛩不住鸣。惊回千里梦，已三更。起来独自绕阶行。人悄悄，帘外月胧明。
白首为功名。旧山松竹老，阻归程。欲将心事付瑶琴。知音少，弦断有谁听？

这首词没有《满江红》那样有名，但从艺术的角度看，《满江红》过于直露，愤激之情，溢于言表。而这首词写得更含蓄，因此也更深沉，更耐人寻味。

北宋大政治家、军事家范仲淹留下的词不多，但几乎均是精品。《渔家傲·秋思》尤其有名：

> 塞下秋来风景异，衡阳雁去无留意。四面边声连角起。千嶂里，长烟落日孤城闭。
> 浊酒一杯家万里，燕然未勒归无计。羌管悠悠霜满地。人不寐，将军白发征夫泪。

这首词写得沉雄悲壮，可说是宋代边塞诗词的压卷之作。在北宋初期还是花间派余绪的情况下，尤为难得。边塞词之外，他的《御街行·秋日怀旧》写得也极精致，末句更可能是李清照"才下眉头，又上心头"的先声：

> 纷纷坠叶飘香砌，夜寂静、寒声碎。真珠帘卷玉楼空，天淡银河垂地。年年今夜，月华如练，长是人千里。　　愁肠已断无由醉，酒未到、先成泪。残灯明灭枕头敧，谙尽孤眠滋

味。都来此事，眉间心上，无计相回避。

但刘勰的情性论有一点不足。他把作者的情性与作品之间的关系固定化了，说"触类以推，表里必符"。这显然不符合历史的事实。原因大概是因为在他那个时代，由于书写、印刷、出版等条件的限制，前人留下的作品不多，有的甚至只有几篇，因此各人表现出的风格比较单一，容易与其个人品性建立——对应的关系。但实际上，所有有成就的作家，其个人秉性是多方面的，作品风格也必然会多方面，一对一的对应固然未必成立，一对多也不能完全归结于个人情性。以刘勰以前的作家而言，陶渊明留下的不多的作品中，其风格恐怕就不止一种，除了一般人马上想到的"恬淡"，鲁迅曾经提到的"金刚怒目"，还有类似于"艳诗"的《闲情赋》。这里试举几句：

> 欲自往以结誓，惧冒礼之为譬；待凤鸟以致辞，恐他人之我先。意惶惑而靡宁，魂须臾而九迁；愿在衣而为领，承华首之余芳；悲罗

襟之宵离，怨秋夜之未央！愿在裳而为带，束
窈窕之纤身；嗟温凉之异气，或脱故而服新！
愿在发而为泽，刷玄鬓于颓肩；悲佳人之屡
沐，从白水以枯煎！愿在眉而为黛，随瞻视以
闲扬；悲脂粉之尚鲜，或取毁于华妆！愿在莞
而为席，安弱体于三秋；悲文茵之代御，方经
年而见求！愿在丝而为履，附素足以周旋；悲
行止之有节，空委弃于床前！愿在昼而为影，
常依形而西东；悲高树之多荫，慨有时而不
同！愿在夜而为烛，照玉容于两楹；悲扶桑之
舒光，奄灭景而藏明！愿在竹而为扇，含凄飙
于柔握；悲白露之晨零，顾襟袖以缅邈！愿在
木而为桐，作膝上之鸣琴；悲乐极以哀来，终
推我而辍音！考所愿而必违，徒契契以苦心。
拥劳情而罔诉，步容与于南林。

后世的大作家就更不用说了，他们的作品量多质
高，所体现的风格就更多样了。因此，给某位诗
人贴上某种风格的标签固然比较方便，但在真正读作
品时要避免有先入之见。选本由于选者的偏好，常

会偏向某种他认定的风格，阅读时需要注意。如有可能，读某位诗人要尽可能找全集来读。

二、诗体略说

其实造成不同风格的，除了作家的情性之外，还有其他因素，有的是刘勰没有提及的。例如时代因素、文体因素和题材因素等。前人把这种种分别都称为"体"。宋人严羽的《沧浪诗话》最早对此进行了总结，提出"以时而论、以人而论"以及名称、句式、押韵等等形式的分类。二十世纪一些诗学著作如胡才甫《诗体释例》、徐英《诗法通微》等罗列出"以时代分体""以形式分体"等，其实就是讲这些因素造成的不同风格。

王国维《宋元戏曲考》称："凡一代有一代之文学……唐之诗、宋之词、元之曲，皆所谓一代之文学，而后世莫能继焉者也。"文体的时代性往往体现在风格上，不同时代的文体常会有某种特殊的风格。例如《诗经》体、《楚辞》体、汉乐府体等，各有其题材、语言和风格特征。例如《诗经》多四言诗，多重句叠章。《楚辞》则都"书楚语、作楚声、纪楚地、名楚物"。"汉魏体"强调的是"风骨"，以与艳靡的"六朝体"相区别。唐诗和宋诗之别是诗界感兴趣的题目，一般认为其别在于唐诗以抒情为主，宋诗多说理之作。如苏轼《题西林壁》这样的诗在唐代是不可能有的：

> 横看成岭侧成峰，远近高低各不同。
> 不识庐山真面目，只缘身在此山中。

还有朱熹的《观书有感》也一样。可说这种诗一看就是宋代的：

> 半亩方塘一鉴开，天光云影共徘徊；
> 问渠那得清如许？为有源头活水来。

唐诗还有"初、盛、中、晚"的不同，虽很难划出严格的界限，但其间的不同是可以体会出来的。盛唐诗气象壮阔，如王之涣的《登鹳雀楼》：

> 白日依山尽，黄河入海流。
> 欲穷千里目，更上一层楼。

还有李白的《望庐山瀑布》：

> 日照香炉生紫烟，遥看瀑布挂前川。
> 飞流直下三千尺，疑是银河落九天。

这种诗在中晚唐就不大可能看到。而像陈陶的《陇西行四首之二》：

> 誓扫匈奴不顾身，五千貂锦丧胡尘。
> 可怜无定河边骨，犹是春闺梦里人！

也不会在盛唐出现。宋代以后，最具时代特色的诗体是"同光体"，即清末同治、光绪期间以陈三立为首的一群诗人创作的诗，其诗以七律为主，喜欢用典，与宋代以黄庭坚为首的江西诗派很相近。流风一直及于二十世纪。

《诗经》《楚辞》等既是以时代分，也是以形式分。《诗经》多四字句，多反复，多叠章，后代模仿这种方式写诗的，也可叫《诗经》体。《楚辞》在形式上以用虚字"兮"字为特色，有的用"些"

字（如《招魂》）或"只"字（如《大招》），如果也用上这些虚字，模仿其句式，尽管没有"书楚语、作楚声"（可能多数人也搞不清楚），也算是"楚辞体"了。但一般讲形式是从唐代确立格律诗的地位以后。新成熟的格律诗（包括律诗、绝句）被叫作"今体诗""近体诗"，相应的，在格律成熟前的五言诗就被叫作"古体诗"或"古风"，而新成熟的非格律的七言或杂言诗也被叫作"古体诗"。因此以形式分，最重要的是古体和近体诗之分，然后在古体下分出五古和七古，在近体下分出五律、五绝和七律、七绝。再加上在形式上与古体没什么区别、但往往有固定题目的"乐府"（如"将进酒""战城南"之类）就成了中国传统诗歌的最基本分类。清人蘅塘退士编的《唐诗三百首》就是根据这一分类，很多文人编自己的诗集也是依这一路子。只是到唐以后，"乐府"不再有人写了（因为音乐失传，也不再有人懂了）。这一传统一直延续到现代，只是我们都把它叫作"旧体诗"了。近体诗以后产生的诗体是"词"，词之后是"曲"。元曲分杂剧和散曲，其中散曲又分套数和小令。明代杂剧衰落了，"传奇"兴盛，清代的《桃花扇》《长生殿》都是传奇。但这些现在都只有观赏的价值，却不大有人学作了。还有生命价值的主要是词和部分散曲。这些我们在前面"格律"部分说得很多，这里只提一下，不再讨论。

以题材分体就是前文"诗言志"部分提到的《瀛奎律髓》式的分类。这个分类其实只是列举性的，也过于琐细，但可以作为一个参考。一般人关注的题材大约有家国情怀、旅思、游览、怀古、闺情、闲适、隐居、送别、边塞、田园、咏物等等。美国汉学家宇文所安（Stephen Owen）曾发现，"怀古"和"访寺"是中国古代特别是唐代诗歌特有的题材，仔细想想还确实如此。怀古诗证明了中国人对历史的喜爱，有借古伤今的，有对历史进行评论的，也有对历史事件翻案的。韩信、王昭君、赤壁、诸葛亮等是唐人爱好的怀古题材。杜甫对诸葛亮情有独钟，为他写了很多诗，最有名的是《蜀相》：

丞相祠堂何处寻？锦官城外柏森森。

映阶碧草自春色，隔叶黄鹂空好音。

三顾频烦天下计，两朝开济老臣心。

出师未捷身先死，长使英雄泪满襟。

赤壁题材如杜牧《赤壁怀古》：

折戟沉沙铁未销，自将磨洗认前朝。

东风不与周郎便，铜雀春深锁二乔。

题材受时代的影响很大，如宇文所安所言，访寺诗是唐代特色，如常建《破山寺后禅院》：

清晨入古寺，初日照高林。

曲径通幽处，禅房花木深。

山光悦鸟性，潭影空人心。

万籁此俱寂，惟闻钟磬音。

后代人就学不像。

宋人好说理，而所说之理其实是禅理，如苏轼的《琴诗》：

若言琴上有琴声，放在匣中何不鸣？

若言声在指头上，何不于君指上听？

他的《题西林壁》其实也是。只是写得比较巧妙，人们感觉不到而已。

说理诗发展到后来就产生了咏物诗词。理学家强调"格物致知"，咏物诗词的起源是用文学形式来"格物"。因此凡咏物词大都有寄托，寄托的先是背后的禅理，到南宋由于时代因素便扩展到更大的范围上去了。成为南宋词的一大特色。史达祖、姜夔等都是个中高手。这里举姜夔的《齐天乐·蟋蟀》为例：

庾郎先自吟愁赋，凄凄更闻私语。露湿铜铺，苔侵石井，都是曾听伊处。哀音似诉。正思妇无眠，起寻机杼。曲曲屏山，夜凉独自甚情绪？　　西窗又吹暗雨。为谁频断续，相和砧杵？候馆迎秋，离宫吊月，别有伤心无数。豳诗漫与。笑篱落呼灯，世间儿女。写入琴丝，一声声更苦。

由于寄托是借所咏物的形象来表达某种情绪。但这种情绪只有当事人才知道。时过境迁，后人只能猜测。猜测可能对，也可能不对，如宋翔凤《乐府余论》猜测这首词的主题是"伤二帝北狩也"，我们就没法判断他的对错。

第六节　味

一、风格论的发展

鉴赏角度之五是"味"。"味"，作为名词可以理解为不同风格，作为动词就是鉴赏。"辨于味而后可以言诗"，是司空图提出的概念。司空图著有《二十四诗品》，是文学史上专谈风格的名作，二十四品即二十四种风格，也就是品诗得到的二十四种"味"。

中国文学对风格的认识经历了三个阶段。第一阶段可说是"文体决定论"，是将风格与特定的文体相联系。最早见于曹丕的《典论·论文》，他提出八种文体，但风格上却只有四种要求："奏议宜雅，书论宜理，铭诔尚实，诗赋欲丽。"至陆机

《文赋》而得到发扬。陆机提出了十种文体，相应提出了十种风格："诗缘情而绮靡，赋体物而浏亮。碑披文以相质，诔缠绵而凄怆。铭博约而温润，箴顿挫而清壮。颂优游以彬蔚，论精微而朗畅。奏平彻以闲雅，说炜晔而谲诳"。

第二阶段可说是"情性决定论"，情性也就是作家的个人品性，情性决定风格。这是刘勰提出来的。在《文心雕龙·情性》篇中，他先提出什么是情性，接着提出文章有八大"体"即八种风格："若总其归途，则数穷八体：一曰典雅，二曰远奥，三曰精约，四曰显附，五曰繁缛，六曰壮丽，七曰新奇，八曰轻靡。"然后一口气举了十二个人的例子，说明情性怎么决定风格，例如："是以贾生俊发，故文洁而体轻；长卿傲诞，故理侈而辞溢；子云沉寂，故志隐而味深；子政简易，故趣昭而事博；孟坚雅懿，故裁密而思靡；平子淹通，故虑周而藻密。"但是这篇文章有个漏洞，如果把前后联系起来看，马上会发现，十二个人的十二种风格与前面的八"体"没法对应起来。例如贾生"文洁而体轻"，其"洁"是"精约"吗？"轻"是

"轻靡"吗？如果是，则他一个人就占了两个"体"；如果不是，则又是什么？为什么要在"八体"之外又列出这么多名目？而且"理侈，志隐"等等在八体里似找不到对应，"典雅、新奇"等在具体作家中也看不到体现，那怎么叫"数穷八体"呢？

第三阶段是"风格独立论"，也就是不再将风格与特定的文体或者特定的作家情性相联系，而是与具体作品相联系。这过程始于释皎然（720—803）的《诗式》，而成于司空图（837—907）的《二十四诗品》。释皎然提出了"辨体一十九字"，用十九个字来概括十九种风格：

> 高风韵朗畅曰高。逸体格闲放曰逸。贞放词正直曰贞。忠临危不变曰忠。节持操不改曰节。志立性不改曰志。气风情耿介曰气。情缘景不尽曰情。思气多含蓄曰思。德词温而正曰德。诚检束防闲曰诚。闲性情疏野曰闲。达心迹旷诞曰达。悲伤甚曰悲。怨词调凄切曰怨。意立言盘泊曰意。力体裁劲健曰力。静非如松风不动，林狄未鸣，乃谓意中之情。远非如渺渺望水，杳杳看山，乃谓

意中之远。

他认为这"一十九字，括文章德体，风味尽矣"。其后，僧齐己（864—937）《风骚旨格》提出"诗有十体"，重新回到用两个字说明一体："高古，清奇，远近，双分，背非，无虚，是非，清洁，覆妆，阖门"。但名气最大的是司空图的二十四诗品，对后世的影响也最大。这二十四诗品是："雄浑，冲淡，纤秾，沉着，高古，典雅，洗练，劲健，绮丽，自然，含蓄，豪放，精神，缜密，疏野，清奇，委曲，实境，悲慨，形容，超诣，飘逸，旷达，流动。"不同于皎然只为每种风格作一简单解释或齐己只举两句古人诗句为例，司空图采用"以诗论诗"的方法，为每种风格写了十二句四言诗，有的本身就是很美的诗。例如：

纤秾

采采流水，蓬蓬远春。窈窕深谷，时见美人。

碧桃满树，风日水滨。柳阴路曲，流莺比邻。

乘之愈往，识之愈真。如将不尽，与古为新。

典雅

玉壶买春，赏雨茅屋。坐中佳士，左右修竹。

白云初晴，幽鸟相逐。眠琴绿阴，上有飞瀑。

落花无言，人淡如菊。书之岁华，其曰可读。

这种方法使文学批评成了一种艺术，一种美的享受。因此后代模仿者不绝，如清末曾纪泽（1839—1890）写了《演司空表圣诗品二十四首》，用二十四首七言律诗来演绎其义。例如：

纤秾

桃花方盛杏花稀，草长江南莺乱飞。

晓气五更开芍药，春光十色上蔷薇。

描摹天际虹霓影，点缀河阳锦绣围。

搜辑玉台存艳体，琉璃盘滑走珠玑。

绮丽

风信日华春烂漫，花英柳絮昼缤纷。

忘机蛱蝶穿蜂阵，得意鸳鸯领鸭群。

绿舫江头摇碧浪，朱楼天半接彤云。

汀洲霭霭烟笼树，欲往游观且俟君。

此外有顾翰的《补诗品》、袁枚的《续诗品》。这一方法还用到了词上，有郭麐（1767—1831）的《词品》、杨夔生的《续词品》，江顺诒的《补词品》等，均采用了四言诗形式。如郭麐《神韵》：

杂花欲放，细柳初丝。上有好鸟，微风拂之。
明月未上，美人来迟。却扇一顾，群妍皆媸。
其秀在骨，非铅非脂。渺渺若愁，依依相思。

因而使司空图的《诗品》成了风格独立论的代表，后世论风格的依据。

二、《诗品》之"不足"

中国文学史上以《诗品》命名的书其实有两部，一部的作者是司空图，另一部是早他近三百年的钟嵘。两书的"品"，意义并不一样。钟嵘的"品"是等级，他略晚于刘勰，也与刘勰一样把风格与人品直接相联。他的上中下三品既是诗的等第，也是人的等第。由于没有提出任何标准，高下主要凭个人观感，因此后来引起很多争议，特别是把陶渊明列入中品遭到了普遍反对。他在评论时虽然也使用了一些风格术语，比如讲曹植"骨气奇高，词采华茂"，讲陆机"才高词瞻，举体华美"，讲谢灵运"尚巧似，而逸荡过之，颇以繁富为累"，但没有作出界定，没有给人留下特别印象。司空图的"品"超越了具体作家，谈的是风格本身，而且没有高下之分。比较起来，他的影响更大。我们谈的第五个角度就是司空图式的通过风格术语对诗词进行鉴赏。

司空图虽然创立了一个新的批评方法，但他的二十四诗品本身有三点不足之处：

第一，体现不出历史的传承。司空图二十四诗品当然并非完全突兀而出，其直接源头可能是释皎然的"辨体一十九字"，更远的源头可推到陆机和刘勰关于风格的一些术语。但我们看不到这些术语间的传承关系。陆机十种文体涉及的风格术语有"绮靡，浏亮，缠绵，凄怆，博约，温润，顿挫，清壮，优游，彬蔚，精微，朗畅，平彻，闲雅，炜晔，谲诳"等十六个，刘勰的八体是"典雅，远奥，精约，显附，繁缛，壮丽，新奇，轻靡"，而在分析十二位作家的风格时又用了二十四个主谓结构："文洁，体清，理侈，辞溢，志隐，味深，趣昭，事博，裁密，思靡，虑周，藻密，颖出，才果，言壮，情骇，响逸，调远，兴高，采烈，锋发，韵流，情繁，辞隐。"去掉主语部分是二十四个表风格的单字。去掉重复的"密"和"隐"，实际是二十二个。这些再加上皎然的十九字及其解释，以及释齐己的十体，总有六七十个。然后拿来与二十四品来作对照，发现能在《诗品》中找到的只有刘勰的"典雅"、皎然的"疏野、含蓄、劲健"和齐己的"高古"，《诗品》中其余的十九品都别有来源或是司空图的自创。同时《诗品》也没有直接的后承，比如随后出现的第一部以诗话命名的著作、欧阳修的《六一诗话》在评论诗歌风格时就完全没有提及《诗品》及其术语："圣俞、子美齐名于一时，而二家诗体特异。子美笔力豪隽，以超迈横绝为奇；圣俞覃思精微，以深远闲淡为意。"南宋严羽的《沧浪诗话》说："诗之品有九：曰高，曰古，曰深，曰远，曰长，曰雄浑，曰飘逸，曰悲壮，曰凄婉。"虽有两个名称相同，但也完全未提及司空图《诗品》。《诗品》的某种突兀性引起了人们对其作者和时代的怀疑，但我们觉得把它看作自陆机、刘勰以来风格论发展的突出一环还是没有问题的。

第二，貌似体系，实则不是。《诗品》二十四则，看似头头是道，自成体系。后代有许多人进行研究，希望找出其内在联系及结构，但迄今未形成共识。除了"二十四"这个中国数字本身的神秘性外，很难说形成了什么理论体系。有人勉强把它分成四组或六组，但又说不清组与组之间的关系。更重要的是，《诗品》是开放性的，对前既谈不上传承，对后又完全开放。清代顾翰的《补诗品》就补充了二十四个品："古淡，蕴藉，雄浑，清丽，哀怨，激烈，奥折，华贵，疏散，超逸，闲适，奇艳，凄婉，飞动，感慨，隽雅，高洁，精炼，峭拔，悲壮，明秀，豪迈，真挚，浑脱。"其中只重复了"雄浑"，也许是不小心的缘故。而仿之而作的《词品》《续词品》又增加了许多名称，如"幽秀，高超，雄放，清脆，神韵，奇丽，遒峭，名隽"，"轻逸，绵邈，独造，凄紧，微婉，闲雅，高寒，澄淡，疏俊，孤瘦"等，都是《诗品》所没有的。如果再加上诗词以外艺术门类的仿作，如清人黄钺（1750—1842）的《二十四画品》："气韵，神妙，高古，苍润，沉雄，冲和，淡远，朴拙，超脱，奇僻，纵横，淋漓，荒寒，清旷，性灵，圆浑，幽邃，明净，健拔，简洁，精谨，俊爽，空灵，韶秀"，除"高古"外的二十三个都是上面均未论及的。清人杨景增的《二十四书品》（1804年面世）："神韵，古雅，潇洒，雄肆，名贵，摆脱，遒炼，峭拔，精严，松秀，浑含，淡逸，工细，变化，流利，顿挫，飞舞，超迈，瘦硬，圆厚，奇险，停匀，宽博，妩媚"，除"神韵"见于《词品》，其余也多有不同。

第三，各品的意义难以精确把握。因为《诗品》不是采取逻辑论证的方法，一环扣一环推论出来的，而是凭自身经验得来的感受。本身就意义空灵，难以捉摸，司空图不采用下定义的方法，而是用形象的方法加以描绘，后人只能通过这些形象自己去领悟。而这种领悟必然会有出入。上文曾纪泽的《演二十四品》就是他的领悟。仔细看来，他的演绎与司空图原意就并不完全一样。比如同样的"纤秾"，他的"纤秾"包括所谓"艳诗"，但司空图更强调"与古为新"，其艺术形象完全不同。如果换一个人去领悟，又会有他的感受。大约正因为如此，后人每有与司空图不同的领悟，就会感到二十四品的不足，就会想创造新的术语来表述。司空图没有结束术语的创造，反而使新术语雨后春笋般出现，就是这样来的。

这样看来，司空图的"不足"，并不是真正的不足，而是在真正理解了艺术的本质之后，提出了一条诗词鉴赏的途径。这是一条艺术的而非科学的途径，一条既清晰又模糊的途径，一条"所谓伊人，在水一方。溯洄从之，道阻且长。溯游从之，宛在水中央"的途径，质言之，一条有中国特色的文艺批评途径。这条途径，就是"味"。司空图说"辨于味而后可以言诗"。而《诗品》，正是他辨"味"的结果。二十四品，就是二十四味。中国有悠久丰富的饮食文化，"味"是其中之一。用"味"作为艺术赏鉴的专门术语是极具中国特色的。食物的"百味"到底是什么味道，只有尝了才知道；什么是"味外之旨"，更只有知味者才能体会。这就是司空图《诗品》和味论的真正价值。

三、《诗品》验证

司空图提倡用品味的方法去鉴赏，并提出二十四诗品，也就是二十四类艺术风格。如何运用这一方法去进行鉴赏实践呢？我想至少可从两个方面进行。

第一，验证二十四诗品。

司空图提出二十四诗品，但既无定义，又无例证，其提供的形象又在似清晰非清晰之间，因而以前人作品来检查验证这二十四品就是一个有趣的实践。从中可以检查我们自己对诸如什么是"雄浑"、什么是"典雅"的理解。几百年来，曾有许多人做过这样的工作。但一般规模较小，每品不过列举一两联、一两首而已。一九八一年，台北出版了一本蒋励材的《二十四品近体唐诗选》，他选了一千四百首近体唐诗，分别归在二十四品名下。最少的"委曲"选三十二首，最多的"悲慨"选了一百九十首。这是我所见过的规模最大的一本。略举几首如下：

雄浑。如王维的《和贾至舍人早朝大明宫之作》：

> 绛帻鸡人报晓筹，尚衣方进翠云裘。
> 九天阊阖开宫殿，万国衣冠拜冕旒。
> 日色才临仙掌动，香烟欲傍衮龙浮。
> 朝罢须裁五色诏，佩声归到凤池头。

这首诗把盛唐的雄浑气象表现得可说淋漓尽致。

冲淡。如戴叔伦的《南轩》：

> 野居何处是，轩外一横塘。
> 座纳薰风细，帘垂白日长。
> 面山如对画，临水坐流觞。
> 更爱闲花木，欣欣得向阳。

那是一种浑然与世无争的生活。

纤秾。如李商隐的《水天闲话旧事》：

> 月姊曾逢下彩蟾，倾城消息隔重帘。

已闻佩响知腰细，更辨弦声觉指纤。

暮雨自归山峭峭，秋河不动夜厌厌。

王昌且在墙东住，未必金堂得免嫌。

这种隔壁相思可谓想入非非，但写得非常秾艳。

高古。如贾岛的《宿山寺》：

众岫耸寒色，精庐向此分。

流星透疏水，走月逆行云。

绝顶人来少，高松鹤不群。

一僧年八十，世事未曾闻。

他选的都是近体诗，包括律诗和绝句，没有选古风，这是一个不足。实际上，有的诗品在古风中更容易找到例子，例如"高古"可以陶渊明《饮酒二十首·其五》为例：

结庐在人境，而无车马喧。

问君何能尔？心远地自偏。

采菊东篱下，悠然见南山。

山气日夕佳，飞鸟相与还。

此中有真意，欲辨已忘言。

"悲慨"可以曹操《短歌行二首·其一》为例：

对酒当歌，人生几何！譬如朝露，去日苦多。

慨当以慷，忧思难忘。何以解忧？唯有杜康。

青青子衿，悠悠我心。但为君故，沉吟至今。

呦呦鹿鸣，食野之苹。我有嘉宾，鼓瑟吹笙。

明明如月，何时可掇？忧从中来，不可断绝。

越陌度阡，枉用相存。契阔谈宴，心念旧恩。

月明星稀，乌鹊南飞。绕树三匝，何枝可依？

山不厌高，海不厌深。周公吐哺，天下归心。

二十四诗品一般用来品评诗，不品评词。其实用来
评词也未尝不可。例如贺铸的《青玉案》，不管题
材、用语都与李商隐相似，似也可评为纤秾：

凌波不过横塘路，但目送、芳尘去。锦瑟
华年谁与度？月台花榭，琐窗朱户，只有春知

267

处。　　　碧云冉冉蘅皋暮，彩笔新题断肠句。试问闲愁都几许？一川烟草，满城风絮，梅子黄时雨。

讨论词的风格一般分为豪放和婉约两派，这说法是明人张綖在《诗余图谱》一书中提出来的。"豪放"见于二十四品，"婉约"却没有。提出"婉约"，是对《诗品》的继承与突破。但何谓婉约？也须找出例证。一般认为婉约派的代表是秦观与李清照，就需要在他们两人中找共同点。各以实例证之。后来人们又认为这一分法过于简单化，又提出了词中有格律派（代表周邦彦）、清空派（代表张炎）、质实派（代表吴文英）等。这些都需要实例证明，这种寻找实例过程是读诗赏诗的好切入点。

其实寻找各品代表作也是个争鸣过程，因为各人对《诗品》的理解并不一致，找出的例子会有不同看法。蒋励材把一千四百首诗一一贴上标签，细究起来，肯定会有争议。这正是一个深入读诗的过程。

四、苏词品读

第二，提供了诗词鉴赏的方法和工具。

司空图的味论和二十四品为诗词鉴赏提供的方法不同于刘勰、钟嵘的把人品与风格对应、甚至一一对应的做法，更重视作品本身的研读和感悟；工具就是利用现有或自创的术语对体悟到的风格进行艺术性而非科学性的描述。司空图创造和后人续创的中国诗论史上的无数术语为我们认识和辨析文学作品的风格提供了这一可能。而双字术语更比单字术语（如皎然的十九字）能更细致地辨析不同风格的区别。这里以苏轼的词为例，看这一方法如何运用。

一是辨析不同风格间的微细差异。

许多人把宋词分为豪放派与婉约派，以苏辛为豪放派的代表，又以《念奴娇·赤壁怀古》作为苏轼豪放词的代表。如果运用"味论"细读，会发现这两种说法都有问题。从苏、辛的总体风格来看，辛弃疾可说豪放，而苏轼不如说是旷达。苏轼没有辛弃疾"壮岁旌旗拥万夫，锦襜突骑渡江初""醉里挑灯看剑，梦回吹角连营"那样的经历，难以写出那样的"壮词"；而苏轼遭际比辛弃疾更坎坷，他的"一蓑烟雨任平生"的感慨也比辛弃疾更甚。

而从苏词本身来看，《念奴娇·赤壁怀古》与其说是豪放，不如说是豪迈。"雄姿英发。羽扇纶巾，谈笑间，樯橹灰飞烟灭"表现的是一种豪迈气概，而不是豪放。苏词中的豪放应是《江城子·密州出猎》，如其中的"酒酣胸胆尚开张，鬓微霜，又何妨"。又如有人说苏轼也写过婉约词，并举他的《蝶恋花·春景》为代表。然而细品的结果我却以为此词及其背后的故事表现的与其说是婉约不如说是凄婉。婉约可以留给他的《贺新郎·乳燕飞华屋》。以上这种辨析肯定会引起不同看法甚至争论，但在此过程中我们对作品的欣赏也深入了。这不是读诗本来的目的吗？

二是认识同一作者的不同风格。

不将作者与风格一一对应，就会发现诗人的艺术创作是个复杂的过程，他会尝试、也会努力表现出不同的风格。越是能产、高产的作家尤其如此。情性与风格不宜简单对应，但还是相关的，风格的复杂性正体现了情性的复杂性。而要举例说明一位作者作品风格的多样性，大约没有比苏轼更合适的了。苏轼是诗、词、文、书、画各方面成就都臻时

270

代顶峰的大家，也是各种文学风格都有尝试且十分成功的多面作家。下面仅以他的词作为例，看看同一作者可以写出如何不同风格的作品。

豪放。如《江城子·密州出猎》：

老夫聊发少年狂，左牵黄，右擎苍。锦帽貂裘，千骑卷平冈。为报倾城随太守，亲射虎，看孙郎。　　酒酣胸胆尚开张，鬓微霜，又何妨！持节云中，何日遣冯唐？会挽雕弓如满月，西北望，射天狼。

豪迈。如《念奴娇·赤壁怀古》：

大江东去，浪淘尽，千古风流人物。故垒西边，人道是，三国周郎赤壁。乱石穿空，惊涛拍岸，卷起千堆雪。江山如画，一时多少豪杰。　　遥想公瑾当年，小乔初嫁了，雄姿英发。羽扇纶巾，谈笑间，樯橹灰飞烟灭。故国神游，多情应笑我，早生华发。人生如梦，一樽还酹江月。

旷达。这是东坡真正有代表性的风格。如《定风波》：

　　莫听穿林打叶声，何妨吟啸且徐行。竹杖芒鞋轻胜马，谁怕？一蓑烟雨任平生。　料峭春风吹酒醒，微冷，山头斜照却相迎。回首向来萧瑟处，归去，也无风雨也无晴。

超脱。如《西江月·顷在黄州》（序长不录）：

　　照野弥弥浅浪，横空隐隐层霄。障泥未解玉骢骄，我欲醉眠芳草。　可惜一溪风月，莫教踏碎琼瑶。解鞍欹枕绿杨桥，杜宇一声春晓。

淡泊。如《调笑令·效韦应物体之一》

　　渔父。渔父。江上微风细雨。青蓑黄箬裳衣。红酒白鱼暮归。归暮。归暮。长笛一声何处？

清新。如《浣溪沙·徐门石道谢雨道上作五首

272

之四》：

　　簌簌衣巾落枣花，村南村北响缫车。牛衣古柳卖黄瓜。　　酒困路长惟欲睡，日高人渴漫思茶。敲门试问野人家。

婉约。如《贺新郎》：

　　乳燕飞华屋。悄无人、桐阴转午，晚凉新浴。手弄生绡白团扇，扇手一时似玉。渐困倚、孤眠清熟。帘外谁来推绣户，枉教人、梦断瑶台曲。又却是，风敲竹。　　石榴半吐红巾蹙。待浮花、浪蕊都尽，伴君幽独。秾艳一枝细看取，芳心千重似束。又恐被、秋风惊绿。若待得君来向此，花前对酒不忍触。共粉泪，两簌簌。

凄惋。如《蝶恋花》：

　　花褪残红青杏小。燕子飞时，绿水人家绕。枝上柳绵吹又少，天涯何处无芳草。

墙里秋千墙外道。墙外行人，墙里佳人笑。笑渐不闻声渐悄，多情却被无情恼。

真挚。如《江城子·乙卯正月十二日夜记梦》：

十年生死两茫茫，不思量，自难忘。千里孤坟，无处话凄凉。纵使相逢应不识，尘满面，鬓如霜。　　夜来幽梦忽还乡，小轩窗，正梳妆。相顾无言，惟有泪千行。料得年年肠断处，明月夜，短松冈。

纤秾。如《浣溪沙·端午》：

轻汗微微透碧纨，明朝端午浴芳兰。流香涨腻满晴川。　　彩线轻缠红玉臂，小符斜挂绿云鬟。佳人相见一千年。

游戏。如《菩萨蛮·回文四时闺怨之二》：

柳庭风静人眠昼，昼眠人静风庭柳。香汗

薄衫凉，凉衫薄汗香。　　手红冰碗藕，藕碗
冰红手。郎笑藕丝长，长丝藕笑郎。

最后一个是我新创的。因为古诗中有一种游戏笔
墨，专为实践语言文字的表现能力，其语文意义胜
过思想含义。似乎应该为之专留一个地位。可见风
格确实是多样性的。另一个值得提出的是迄今为止
我们所见的风格都是正面的，其实也有从负面来论
述的。这也值得留意和总结。

第三章　诗词创作

第一节　诗词创作的原则和步骤

一、三原则五步骤

在论诗、品诗之后，可以来谈作诗了。为什么把作诗放在最后？因为时代不同了，传统文人"默认"的知识对今天很多人来说已经相当陌生，而这些知识和规矩又是诗词写作必须要懂得并遵守的。人说"没有规矩，不成方圆"，如果不懂规矩，拉开就写，还自以为在写的就是"传统"诗词，那会走许多冤枉路。因此前面的铺垫是不可少的。

作诗还有一个前提是要多读。古人说"熟读唐诗三百首，不会作诗也会吟"，是有道理的。因为写作在很多情况下有一个"语感"的问题。语感说不清道不明，只能感受。学外语如此，学中文也是如此。学作旧体诗词需要有传统语言和文化的积累，积累越厚实，写出来的东西就越"像样"。毫无依傍，凭空乱写，那只能写出人称"废话体"的玩意。写作当然要创新，但创新的前提是知旧，在旧的基础上才有新。多读，靠这本小册子举的一些例子是远远不够的，不过此处暂不展开。

作诗还涉及方法或技巧。方法和技巧有没有？当然有。但在此之前需要明白两点。第一，所有关于方法和技巧的介绍都只是他人作为个体的经验，换个人也许有用，也许没用。即使多人经验产生了"规律"，也还是如此，一切"规律"是否有用要经过自己的实践。第二，岳飞说："阵而后战，兵法之常；运用之妙，存乎一心。"因而从根本上来说，"大法无法"，一切关于方法、技巧的介绍都只能作为参照，"运用之妙"才是根本的。只有经过"运用"，才能变他人之法为自己之法。因此本书所论，也只是一家之言而已。

作诗问题前人谈得很多，可能是历代"诗话"类里著作除了鉴赏外谈得最多的。而鉴赏也离不开创作，因为正如我所说，在古人那里，鉴赏、创作和格律是三位一体的。因此论诗也是三位一体的，需要我们自己去阅读和分辨。

古人论诗常采用断言式的句式，如诗"有"什么、诗"要"什么之类。这甚至是唐代诗话的标准写法，王昌龄《诗格》、释皎然《诗式》、白居易《金针诗格》、僧齐己《风骚诗格》等均是如此。白居易《金针诗格》更是全文以这种形式写成，如"诗有内外意""诗有三本""诗有四格""诗有四得""诗有四炼""诗有五忌""诗有八病""诗有五理""诗有三体""诗有四失""诗有上中下三等""诗有四不入格""诗有魔""诗有三般句""诗有数格""诗有六对""诗有义例七""诗有二家""诗有物象比"等。把各家的说法放在一起，有相同有不同，有的还彼此矛盾，令人眼花缭乱，不知所从。这种种说法都需要经过认真的梳理，才能为我所用。

后来的诗话中也有专门讲作法的，例如元代杨载的《诗法家数》，他谈了"作诗准绳"，以及律诗、古诗及各类实用题材诗如登临、赠别、咏物、赓和等的写法。但作法类诗话中最有名的要数清代袁枚仿照司空图《诗品》而作的三十二则《续诗品》。他认为《诗品》"只标妙境，未写苦心"，因此要进行续写。他的三十二则可说是完全写创作过程的："崇意、精思、博习、相题、选材、用笔、理气、布格、择韵、尚识、振采、结响、取径、知难、葆真、安雅、空行、固存、辨微、澄浑、斋心、矜严、藏拙、神悟、即景、勇改、着我、戒偏、割忍、求友、拔萃、灭迹"。谈得很细，但显得有些繁琐，也不易掌握。江顺怡的《补词品》则是仿袁枚所作而论词作的。

而作诗的步骤，说得最明确的大约是纪昀。他在《唐人试律说》一书的序中说："凡作试律，须先辨体……次贵审题……次命意，次布局，次琢句，而终之以炼气炼神。气不炼则雕镂工丽仅为土偶之衣冠，神不炼则意言并尽兴象不远，虽不失尺寸，犹凡笔也。大抵始于有法，而终于以无法。为法始于用巧，而终于以不巧为巧。"这是一个非常好的总结，不但适合试律诗，也适用于其他诗体的创作。

从简明和实用角度出发，我们在参照前人并结合自身经验基础上，提出诗词作法的"三原则、五步骤"，作为一家之说。

三原则是仿唐人诗话的"有"体，我们用三个"有"来表示："诗需三有，有物有序有意境"，就是作诗、特别是中国诗词要求达到的三个目标。三原则之外，还有"韵味"，这是中国诗词写作的最高境界。所谓韵味，是要有言外之意，味外之旨，这不是所有诗人都能做到的，即便是大诗人也是如此。它可以作为写诗追求的目标，但不宜作为基本要求。因此我们没列在"三原则"之中。

五步骤我们用五个"择"来表示："择意，择体，择韵，择语，择炼。"这是作诗必须经历的五个步骤。这既是对袁枚等人意见的浓缩，也掺进了我们自己的体会。

二、有物有序有意境

我们把三原则归结为一句话："有物有序有意境"。这是对传统的一个提炼。传统对写作的基本要求是两"有"："言有物"和"言有序"，"有意境"是我们根据诗词写作特点加上去的。

"言有物"和"言有序"都出自《周易》，前者见《周易》"家人卦"，后者见《周易》"艮卦"。这是几千年传统文章学的基本准则。当然也适用于诗词写作。前者谈的是内容，写作一定要言之有物；后者谈的是形式，写作一定要言之有序，这个"序"不只是语言学家理解的"语序"，更是秩序，也就是规则。中国文章学一向有尊体的传统。所有文章之体都有其规则，因此，尊体就是尊重规则。对诗歌来说就是尊重格律。

"言有物"和"言有序"前面讨论中其实已经涉及，题材分类就涉及"言有物"，形式分类就涉及"言有序"，因此不再多讲。这里重点讲第三"有"。

在谈论诗词鉴赏之前我们引了五句经典，这五句实际体现了古人对诗歌认识的五个阶段，每一句话都比之前内容有所增加。第一句是《尚书》的"诗言志"，第二句是《诗·大序》的"在心为志，发言为诗。情动于中而形于言"，第二句比第一句在对诗的认识上升了一步，从言"志"到了言"情"。这是一个很大的飞跃。《尚书》是上古的作品，《诗·大序》是孔子学生子夏的作品，也就是说，从战国初期开始，中国诗歌从"言志"时代进入了"言情"时代，从此以后，中国诗的传统就是一个抒情诗的传统，这是中国诗的根本特色所在。也是中国诗传统区别于西洋诗传统的根本所在。

为什么我说这是一个很大的飞跃？因为在"诗言志"时代，中国诗和西洋诗其实没有根本区别，都是言"志"。"志"字有两个基本含义。一个是记载，与"史"同义；一个是"意志"，即作者的思想。上古时的诗中西一样，不过西方更强调"史"的意义，引成史诗传统，后来发展为长篇叙事诗；中国同样强调"史"，如《诗经》的《大雅》和《颂》里不少就是商、周民族的史诗。《国风》和《小雅》的诗也是"记载"，记载各国民间和基层的日常生活及喜怒哀乐。《汉书·艺文志》说："故古有采诗之官，王者所以观风俗，知得失，自考正也。"周王室通过采诗来了解各地民间对施政的反馈，因此特别强调要记载得正确。这就是"诗三百，一言以蔽之，曰思无邪"的意思。后人把"思无邪"理解为"思想不离开封建道德标准"，那是想多了。当然记载事实同时也要记载民间的哀乐，因此这个"志"也包含了"意志"，在记载事实同时，伴随着记录者和被记录者的情志。东西方诗均是如此。

　　"诗言志"的情况一直持续到春秋时期，从《左传》那些引诗外交的故事便可知道，诗在那时的主要功能便是表达引者的想法，甚至与诗的原来意义并不相干。《左传·襄公二十八年》所谓："赋《诗》断章，余取所求焉。"中国诗的转向是在东周以后发生的。《孟子·离娄下》有一句话非常重要，是我们认识这一变化的关键，就是"《诗》亡然后《春秋》作"。这句话背后透露的事实是，上古的诗，如国风，是用来记载各国大大小小的事情，供采诗者采用来作为王室施政的参考。而春秋以后，各诸侯国有了自己相应的史书，例如晋国有《乘》，楚国有《梼杌》，鲁国有《春秋》等，记事的功能便由史书取代了。既然记叙功能已有别的文体负责，诗就开始专向言志抒情的方向发展。诗就越来越成为纯粹的抒情诗。战国时期产生的《楚辞》，就是中国纯抒情诗的开始。中国古代书籍的分类，把《诗经》放在经部，把《楚辞》放在集部，是有深刻的文化背景的。

而世界上其他民族、包括中国的少数民族，没有经历过"《诗》亡然后《春秋》作"这样一个过程，因此诗歌还是保持了叙事抒情兼重，甚至以叙事为主的传统。直到长篇小说产生后，西方的史诗传统才为长篇小说所继承，进而被取代。

　　中国诗以抒情为特色，本来我们可以说"有物有序"加"有情"，但我们还不想停留在这个"情"上，因为毕竟"情"在西方也有，体现不了中国诗的特色。只有从"情"进而到"意境"，这才更能体现中国特色和中国诗歌的美学追求。

　　意境是什么？意境一词最早出于王昌龄（698—757）的《诗格》，他说："诗有三境。一曰物境。二曰情境。三曰意境。"但在这里，三"境"并列，"境"相当于现在说"世界"。明代朱承爵《存余堂诗话》说："作诗之妙，全在意境融彻，出音声之外，乃得真味。"强调"意、境"的"融彻"，并超出语言文字之外产生"真味"，开始成了一个独特概念。清末王国维在《人间词话》中先称"意境"，后改称为"境界"："词以境界为最上。有境界则自成高格，自有名句。"他还把境界分为

"有我之境"（如"泪眼问花花不语，乱红飞过秋千去"）和"无我之境"（如"采菊东篱下，悠然见南山"），以后者为上。我认为王国维从"意境"到"境界"是倒退。去掉了"意"实则去掉了"情"。而"境界"不管有我无我，首先都是"有情之境"，"采菊东篱下"云云同样体现了作者的感情和意志，实际上还是有人的。需要区别的不是"有我之境"与"无我之境"，而是"有情之境"与"无情之境"。

这两者的区别，在于无情之境力图摆脱人的意志感情，追求纯客观的描述；而有情之境把"情"融入"境"的创造，其"境"已不是客观世界的真境，而是经过人的意志和感情过滤过的虚"境"，或者说只是"意中之境"。因此传统诗词的"意境"可说是"意中之境"的简称，是中国诗歌的独特追求。这同西方文艺理论追求纯客观的"人物描写""景物描写""心理描写"等等有本质的不同。

正是在重新解释了"意境"含义的基础上，我把"有情"改称为"有意境"，与"有物有序"一起，成为中国诗歌写作的三原则。

毛泽东在《给陈毅同志谈诗的一封信》中提出了一个新概念"形象思维"，说："诗是要用形象思维的。"这个概念可说是"意境"的现代阐述："形象"就是"境"，"思维"就是"意"，用"形象"来"思维"，"思维"产生的"形象"就是"意境"。在诗中，最感动人的是意境，意越深，境越细，虚中见实，实则更感人。如苏轼的"小轩窗，正梳妆。相顾无言，惟有泪千行。"能催人泪下，就是这个原因。

三、择意与择体

"五步骤"的第一、第二步是"择意"和"择体"。

"择意"也可说"择题"，不过不是讲怎么选题目，而是说诗词创作要有一个由头，总要为什么事由而写，要想表达什么情绪，不可能凭空而作。古代确有几种情况是没有择题自由的。一是科举考试，题目、体裁甚至韵部都是规定死的，不管你有没有想法，作也得作，不作也得作。二是"应制"，皇帝出题目，臣子们当场作，也是有也得写，没有也得写。这两种情况下都很难产生什么好作品。三则是自找的，即文人诗社，自我限制，限题限体限韵甚至限字，这本来可能是为了应付上面两种需要而作的练习，一如现在高考考生为应试作文要做许多模拟练习一样。但后来发展成了一种文字游戏，文人们乐此不疲。《红楼梦》大观园里的那些女孩子们就玩得不亦乐乎。现在考试不考诗歌是惯例（大约只有陈寅恪考过一次"对对子"），文人诗社也已少见，因此"被迫作诗"的情况已经很少。但不管是被迫作诗还是自主作诗，如果不想无病呻吟，就得给自己确定一个要表现的中心思想。这就是我们说的"择意"。题目也许未必由己，但要表达的意思却完全由己。因此"择意"是作诗的一个不可或缺的重要步骤，也是诗要"有物"的具体体现。"意"可以在开始写作前就有所定，所谓"意在笔先"，定了以后再动笔；也可以边写边斟酌，有时在写的过程中会如获神助，产生意外惊喜。这也是常有的事。但不管怎样，写完后还要反复考虑这个"意"选得怎么样？是否得到了充分的表现？还能不能写得更好？因此"择意"必须与后文的"炼意"同读，这里就不多说了。

　　这里着重要谈的是"择体"。这是诗要"有序"

的基本要求。

"择体"包括写诗还是填词？诗是古体还是近体？绝句还是律诗？五言还是七言？词是长调还是小令？这就需要知道各体的特色，以及各自所适应的场合。

谈到诗和词的区别，学术界有许多讨论，一般都同意缪钺《诗词散论·论词》里的说法："诗显而词隐，诗直而词婉，诗有时质言而词多比兴，诗尚能敷畅而词尤贵蕴藉。"我们想用更直观的办法，先来看两个小故事。一个说古时某人在扇上题了一首杜牧的《清明》：

> 清明时节雨纷纷，路上行人欲断魂。
> 借问酒家何处有？牧童遥指杏花村。

题完一看，发现漏写了一个"雨"字，仓猝之下，他说我抄的是一首词，当读为：

> 清明时节，纷纷路上行人，欲断魂。借问酒家何处？有牧童遥指，杏花村。

另一个故事与此类似，是抄王之涣的《凉州词》：

黄沙远上白云间，一片孤城万仞山。
羌笛何须怨杨柳？春风不度玉门关。

也是漏写了一个"间"字，结果辩说我写的是词，读为：

黄沙远上，白云一片，孤城万仞山。羌笛何须怨？杨柳春风，不度玉门关。

这两个故事很多人听说过。我们重提的原因是希望大家平心静气地读几遍，来感受词与诗的不同。恐怕不尽是缪先生说的那些，而是在阅读时的感受上。总的来说，诗比较流畅、大气，词比较委婉，而且通过不同的停顿，创造出了一种欲言又止、抑扬顿挫的宛转感，这是诗所没有的。因此李清照才强调："词别是一家"。

实际上不但词与诗不同，词中的长调与小令，诗中的古体与近体、律诗与绝句，所适应的题材和读来的感觉也是不同的。下面是我个人的体会：

词：适宜表达细腻和曲折的感情，特别是可分
　　成两段来写的情绪。

　　长调：可说的话多，但往往言止意尽。

　　小令：可说的话少，希望含蓄，适度而止
　　　　　的可选用。

诗：题材宽，感情比较直接。

　　古体：豪放、内容丰富、想夹叙夹议的入
　　　　　古体。

　　　　五言：比较"高古"，不想一泻
　　　　　　　无余。

　　　　七言：更富气势，可以一泻无余。

　　近体：内容不多、随感性的、应景式的入
　　　　　近体。

　　　　五言：内容更少。

　　　　　　五绝：清空、欲言又止，留有
　　　　　　　　　余味。

　　　　　　五律：内容稍多，感情较
　　　　　　　　　超脱。

　　　　七言：内容较多。

七律：想说的内容较多，感情
较强烈。

七绝：最适宜随感式、应景式
的一般作品。

这些体裁的写作有难有易。从我个人的经验
看，其从易到难的程度可排列如下：

词：双调小令→中长调→单调小令→长调

诗：七绝→五律→五古→七古→五绝→七律

当然这是非常个人的，别的作者可能会有别的
感受。比如历代诗话中很多人说七绝最难写，但我
想那是指要写得好、写得别具一格的确不易。通常
情况下，如果要"倚马可待"，那最容易出手的非
七绝莫属。

词的小令（少于五十八字）、中调（五十九至
九十字）、长调（九十一字以上）之分是南宋何士
信在其《草堂诗余》一书中提出来的，其实并没有
太多道理。从实际来看，《虞美人》正好五十六字
（与七律相同），算小令；而常用的《临江仙》《蝶
恋花》都有六十字，就要算中调；《满江红》（九十
三字）更要算长调。长调中常见的还有《水调歌头》

（九十五字）、《念奴娇》（一百字，因此又名《百字令》）、《沁园春》（一百十四字）、《贺新郎》（一百十六字，又名《金缕曲》）等。我尝试过的最长的调是《六州歌头》（一百四十三字），更长的就不敢写了。（词中最长的是《莺啼序》，二百四十字）。

七律之难一是因为既是近体诗各种格律的集中体现，字数又多，特别两副对仗，如果要对得工整，确实束缚较大；二是习惯上七律是文人"掉书袋"、卖弄学问的机会，在诗中最要求用典，对现代人来说要求较高。

择体更细化，在词中还有个择调问题。因为词起源于音乐，音乐有哀乐、刚柔、缓急、高下等的不同，都体现在词调里。因此某某词调适宜表现某种声情，在古代是有定规的，一点错不得。元初燕南芝庵的《唱论》所谓"男不唱艳词，女不唱雄曲"，说明到他那时区别还很明显。到词调失传以后，后人依谱填词，就无法按声情择调了，但还是需要遵守前人流传下来的习惯。从宋人的词来看，所谓豪放派词人常用的词牌与所谓婉约派词人有很大的不同。我们今天只要留意前人的习惯就可以了。譬如"六州歌头"、

"渔家傲"、"念奴娇"、"贺新郎"等适合表现悲壮的情绪，"雨霖铃"、"霜天晓角"等适合表现哀怨的情绪，而"暗香"、"疏影"只能用来写梅花题材等。但也不尽然，例如自岳飞写了《满江红》后，一般认为它只能用来写悲壮的词，但辛弃疾也曾用它来写过比较婉约的《中秋寄远》词：

快上西楼，怕天放、浮云遮月。但唤取、玉纤横管，一声吹裂。谁做冰壶凉世界，最怜玉斧修时节。问嫦娥、孤令有愁无？应华发。　　云液满，琼杯滑。长袖起，清歌咽。叹十常八九，欲磨还缺。但愿长圆如此夜，人情未必看承别。把从前、离恨总成欢，归时说。

第二节　择韵

一、韵性

五步骤之三是择韵。从技术角度看，择韵有两个方面的问题。

293

其一可谓之"韵性",也就是韵本身的特性与适合表达的情绪是有关系的。洪音、细音、鼻音、入声尾,都有适合自己表达的情绪。我们可以先看一个故事,是宋代吴曾《能改斋漫录》中记录的。北宋词人秦观的一首《满庭芳》非常有名,他并因此赢得了"山抹微云学士"的雅称。词云:

> 山抹微云,天连衰草,画角声断谯门。暂停孤棹,聊共引离樽。多少蓬莱旧事,空回首,烟霭纷纷。斜阳外,寒鸦万点,流水绕孤村。　　销魂。当此际,香囊暗解,罗带轻分。谩赢得青楼,薄幸名存。此去何时见也,襟袖上,空惹啼痕。伤情处,高城望断,灯火已黄昏。

这首词当时就广泛传开了。在杭州的一次宴会上有人又唱起这首词,但一开口就错了,把首句唱作"山抹微云,天连衰草,画角声断斜阳"。歌伎琴操在一旁马上指出:"错了。是'谯门',不是'斜阳'。"那人开玩笑说:"尔可改韵否?"琴操当即把这首词从门字韵-en改成阳字韵-ang重唱了一遍：

> 山抹微云，天连衰草，画角声断斜阳。暂停征辔，聊共饮离觞。多少蓬莱旧侣，频回首，烟雾茫茫。孤村里，寒鸦万点，流水绕低墙。　　魂伤。当此际，轻分罗带，暗解香囊。谩赢得青楼，薄幸名狂。此去何时见也，襟袖上，空有余香。伤情处，高城望断，灯火已昏黄。

得到了当时也在现场的苏轼的赞赏。这一改韵当然体现了琴操的急智和才能。但仔细读这两首词，会感到从-en韵变成-ang韵，其实情调有了很大变化，原先比较郁闷的，变成了昂扬。

还可以举一个例子。"长亭送别"是王实甫《西厢记》中的名段，其中有一段词是这样的：

> 碧云天，黄花地，西风紧，北雁南飞。晓来谁染霜林醉？总是离人泪。恨相见得迟，怨归去得疾。柳丝长、玉骢难系，恨不倩疏林挂

住斜晖。马儿迟迟的行，车儿快快的随。……
遥望见十里长亭减了玉肌：此恨谁知！

用的是齐微（-i和-ei）韵。后来田汉把《西厢记》
改成了京剧，由张君秋主演，成了张派名剧之一。
剧中把这段词改成：

> 碧云天，黄花地，西风紧，北雁南翔。问
> 晓来谁染得霜林绛？总是离人泪千行。成就
> 迟，分别早，叫人惆怅。系不住骏马儿空有这
> 柳丝长。七香车快与我把马儿赶上，那疏林也
> 与我挂住了斜阳。好叫我与张郎把知心话讲，
> 远望那十里亭痛断人肠。

从齐微（-i和-ei）韵变成了江阳（-ang）韵。这样
做，也许是为了演唱时更响亮，但两种韵的情绪显
然不同，前者"哀而不伤"，后者有点过于奔放。

这种不同，前人只是习惯的感觉，我们现在可
以从语音学上进行解释，这是不同元音开口度和不
同韵尾造成的不同共鸣效果。因此写诗要择韵是有

科学根据的。在诗韵中，"一东、七阳"等开口度大的阳声韵大概适合表达豪放的感情，"五微、六麻、十一尤"等纯元音的韵就适合表达闲适或忧愁的情绪。词韵中的平声韵、上去声韵，入声韵也有各自适宜表达的情绪。特别是入声韵在表达沉郁悲壮的情绪时无可匹敌。如苏轼《念奴娇》、岳飞《满江红》、王安石《桂枝香》，以及李清照《声声慢》，用的都是入声韵。这几首词如改为平声韵，就不会有原来的效果。因此，如果事先确定了欲写诗歌的情绪基调，用韵时可以先有所选择。

二、韵量

择韵需要注意的第二个方面也许可叫作"韵量"，即每个韵部所包含的韵字的数量。由于近体诗要严格遵守诗韵，不得通韵，如"东""冬"今天读音无别，但近体诗绝不许通用。因而各韵部所含的字数量就显得很重要，有的多，有的少。韵字多的作诗时的可选择余地就大，否则就小。王力《汉语诗律学》中依字量多寡把诗韵分成"宽、中、窄、险"四种：

宽韵：一东、四支、七虞、十一真；一先、七

阳、八庚、十一尤等8韵

中韵：二冬、六鱼、八齐、十灰、十三元、十四寒；二萧、四豪、五歌、六麻、十二侵等11韵

窄韵：五微、十二文、十五删；九青、十蒸、十三覃、十四盐等7韵

险韵：三江、九佳；三肴、十五咸等4韵

但这也不能一概而论。因为除了韵字的总量以外，韵字的常用度也很重要。比如五微属于窄韵，字数很少，但唐人、特别是王孟诗派的人很喜欢用，因为微韵的字"微薇晖挥闱霏菲飞非扉肥几机几稀希依归"等常用度很高，而且特别适合表达隐居闲适的情绪，结果成了窄韵中的热门。

当然初学作诗，还是应该先选宽韵中韵。窄韵，特别是险韵是应该尽量避免的。

不过窄韵险韵也有其用处。正因为字少僻字又多，能否用好就是对语言文字功力的挑战，因为愈难愈见其巧。套用闻一多的话，戴着镣铐跳舞跳得好才是真本事。因此险韵成为古人用来卖弄学问，应对挑战的手段。袁枚《随园诗话》卷四记了一个故事，有一老一少两士人馆于某亲王府，年轻人恃

才傲物，看不起老者。一日，亲王出题"贺人新婚"命他们做，限用九佳韵之"阶、乖、骸、埋"四字。年轻人辞谢不能，而老者立就。诗云：

> 裴航得践游仙约，簇拥新人上绿阶。
> 此夕双星成好会，百年偕老莫相乖。
> 芝兰气吐香为骨，冰雪心清玉作骸。
> 更喜来宵明月满，团圆不为白云埋。

这四个字又偏又难，而且字义不美，与新婚似乎很难联系起来，可说题出得很刁钻。那位门客竟能做出这样美的诗，确实很令人佩服。

险韵窄韵要尽量避免，但有的时候仍有其需要。我自己就有过一次经历，事关康有为与林纾的一件往事。1912年，康有为向林纾索画，林纾为他画了一幅《万木草堂图》并题诗赠之。康有为回复了一首诗表示感谢：

> 译才并世数严林，百部虞初救世心。
> 喜剩灵光经历劫，谁伤正则日行吟。

唐人顽艳多哀感，欧俗风流所入深。

多谢郑虔三绝笔，草堂风雨日披寻。

正是这首诗引起了林纾的不快。认为虽然他和严复
两人齐名，但他年长于严，而且于理，写给他的诗
更应该把他的名字放在严复之前。并且酸溜溜地
问，难道"十二侵外，十四盐就不可作诗乎"？意
思是也许康有为觉得"严"所在的盐韵韵窄，不如
"林"所在的侵韵韵宽，因此才不说"林严"说
"严林"。2015年，时任福建工程学院人文学院院长
的张旭教授邀请我去讲学，得知该校的前身就是林
纾创办的苍霞精舍。想起了这件事，于是我有意把
康有为诗的首句改为"林严"，并以十四盐韵续成
一律《谒林严》，既弥补了林纾之憾，同时用来表
达对清末民初这两位翻译大家的敬意：

译才并世数林严，巍峙双峰海内尖。

天演辞高人共奋，黑奴命贱血同霑。

文章千古悲谁续，信达百年义未瞻。

可叹悠悠身后事，恂恂难敌士风渐。

三、步韵

接着上面的故事。写了《谒林严》之后我意犹
未尽。看了林纾苍霞精舍遗址之后，张旭教授又陪
我去探寻了严复在侯官的故居和福州郎巷的旧居。
我写了一首《访严复故居》：

> 几道大名垂译林，崇源探赜久怀心。
>
> 迂回始识侯官远，细雨何妨梁甫吟。
>
> 旧宅大夫余落寞，新园青石映春深。
>
> 更添郎巷五间屋，从此不烦枉路寻。

为了表示对两位前辈共同的尊敬，我采用了步康有
为赠林纾诗原韵的办法，按康原诗依次用了十二侵
韵的"林心吟深寻"五个韵字。

这就涉及了择韵的又一种情况。之所以没有归
在上面说的两类里，是因为这正好与"择韵"相
反，与其说是"择韵"，不如说是"限韵"。"限韵"
是个大的范围，具体来说，有限韵、分韵、用韵、
次韵、步韵等分别。

限韵：有限韵不限字和限韵兼限字两种，其中

限字更有不限次序和限次序两种。后者是最严的。上举的佳韵例和我步康有为的诗均如此。

分韵：常是几人合作，提出一句诗或话，各人从中择一字作为韵脚，如此则所做之诗必须押择字所在韵部了。分拈：如"春江花月夜"得春字即在"春江花月夜"中选择春字作为韵脚。

用韵：用他人诗的韵部，不限字。

次韵、步韵：用他人诗的韵部，兼限字和次序。

这些都是对择韵的限制。但古人却不避，有时还很喜欢。科举考试常会限韵，文人雅集更喜欢限韵限字，难中见巧，争奇斗胜。

从当前的诗学理论来看，对限韵的评价一般是负面的，认为比一般格律束缚更甚。但古人不避，甚至还形成了某种风气，其原因是值得探究的。

从限韵诗的实际情况来看，可说有两种，一种是逢场作戏的文人游戏，实际是种社交行为；另一种是有意追步古人，那是以这种方式来表示对古人人格和事迹的仰慕，是表达自己情绪的又一种方式，不宜简单否定。

步韵诗起源于宋代。苏轼、辛弃疾都是喜欢写步韵诗（词）的人，辛弃疾和自己的词韵甚至可达四、五次。这些都不足论，值得注意的是苏轼的"和陶诗"。他在晚年和遍了陶渊明全部的诗，包括《桃花源记》的诗和《归去来辞》，等于是把陶渊明所有的诗作原题原韵重新写了一遍。这是一种怎样的心态？是要对陶渊明其人有如何的崇敬与仰慕之心才会做出的行为？这就不能看作一种文字游戏。苏轼的和陶诗对后人有很多启示，他的弟弟苏辙就跟着他和了三十几首陶诗。后来中国诗史上和陶、和苏诗层出不穷。词上，被和得最多的是李煜和李清照，因为两李留下的词作数量不多，很容易全部和上。单独词作被和得最多的是苏轼的《念奴娇·赤壁怀古》和岳飞的《满江红》，特别是后者，上世纪上半叶在中国遭受外敌入侵的救亡关头，和《满江红》成了爱国文人抒发同仇敌忾情绪的手段。这里举一首南社诗人、华东师大老校长刘佛年堂兄刘鹏年的《满江红·用岳王韵》，词是为淞沪抗战而作的：

极目神州，看霸气，绵绵未歇。重整顿，健

儿百万，迅雷风烈。龙战突掀黄浦浪，鸢飞紧掠秦淮月。请长缨，到处有终军，丹忱切。　横胸恨，从头雪；棋一着，争存灭。似娲皇炼石，竟补天缺。秋雨秋风关塞梦，江花江草英雄血。待屠鲸，东海醉千觞，蓬莱阙。

步古人韵是对古人的肯定和向往，有时难以自禁。徐州是苏轼一生宦游过的重要地方，到了徐州难免会想起苏轼，特别是他在徐州留下的最有名的词《永遇乐·彭城夜宿燕子楼，梦盼盼》。2017 年我去徐州，也忍不住依韵和了一首。苏轼的原词是：

　　明月如霜，好风如水，清景无限。曲港跳鱼，圆荷泻露，寂寞无人见。紞如三鼓，铿然一叶，黯黯梦云惊断。夜茫茫，重寻无处，觉来小园行遍。　天涯倦客，山中归路，望断故园心眼。燕子楼空，佳人何在，空锁楼中燕。古今如梦，何曾梦觉，但有旧欢新怨。异时对，黄楼夜景，为余浩叹。

我的和词是《永遇乐·彭城燕子楼作，步东坡韵》：

> 汀步轻移，碧莲初绽，春意何限。亭阁耸翠，飞檐展翅，隐约仙姿见。佳人有幸，母仪作范，还怪清溪中断。回廊外，军歌声壮，人云暴走方遍。　滔滔流水，今来古往，赢得渔樵醉眼。盼盼楼空，使君堤在，知者春来燕。芳园新辟，胡琴韵起，诉尽几多哀怨。凭谁问，黄楼冷落，惹人兴叹。

当然燕子楼、黄楼等都是古迹新造，苏堤亦未必是原貌，王陵母墓、知春岛、二胡研习所、暴走队更是今日才有。但怀古诗表达的是一种心情。这种场合步韵诗未尝不是一个选择。

四、集句

说到步古人韵不得不提到另一种"步古人"的诗体：集句诗。如果说步古人韵只是利用古人某首具体诗作的韵脚，则集句诗是把古人的诗作完全打散，然后把不同诗中的句子重新组合，形成一首新的作品。要求意义连贯、格律相合，浑然一气，没有斧凿之痕，一如自作。例如明代沈行的《集宋梅花诗》：

> 静映寒林晚未芳范仲淹，好风几度送天香黄庭坚。
> 小园门锁黄昏后陈师道，月落霜严自靓妆陈师道。

他集了三位宋代诗人四首诗中的句子，按照七绝格律要求，写成了一首作品。说是新作，句子全是人家的；说是旧作，却又完全表达了集者自己的情绪。因此这是一种独特的诗体。

集句形式起源很早，一般认为始于晋代的傅咸。但大量集句并开创风气的是北宋王安石。之后还发展出集句词、集句联；从来源看，还发展出集唐（所集均是唐诗）、集宋（全是宋诗，如上例）、集陶（陶渊明诗）、集李（李白诗）、集杜（杜甫诗）、集白（白居易诗）等。其中数量较大的集句作者，有王安石的集句诗百首、文天祥的集杜诗二百首、明余兆芳集唐宫词百二十首、明沈行集古梅花诗三百六十首、清梁同书集杜诗二百八十首、清恭亲王奕䜣集唐诗千首等。数量最大的大概是清乾隆时人戚学标，有集唐诗六百首、集杜诗千首、集李诗三百六十首，几乎完全以集句代替写作了。汤显祖的《牡丹亭》共五十五出，有五十五首下场诗，竟全部是集唐诗而成，而完全配合剧情，一无生硬之感。这也确实可见他的功力。如第十出"惊梦"的下场诗：

　　春望逍遥出画堂张说，间梅遮柳不胜芳罗隐。
　　可知刘阮逢人处许浑，牵引东风一断肠韦庄。

集句中最难的是集词。因词是长短句，格律又比近体诗繁复得多，要凑齐字数，平仄又正好相合，还要意义上下连贯，实在是难上加难。有人说要集好一首词比创作几十首词还难，并非夸张之谈。偶而玩一两次还可以，如要集几百首，真要尽毕生之力了。而居然有人真的做到了。清末有一位汪渊，集了一部《麝尘莲寸集》，收集句词二百八十四首，用了一百五十六个不同的词调，其中包括《六州歌头》《莺啼序》等超长调，他的夫人程淑为他一一注出了所集各句的出处。这真是一部伉俪合作的奇书，可谓"不可无一，不可有二"。因此书不易见到，这里举两个例子。一是双调《望江南》：

春欲暮温庭筠《更漏子》，犹记粉墙东周密《浪淘沙》。雨悄风轻寒漠漠王沂孙《淡黄柳》，天长烟远恨重重张先《酒泉子》。愁在落红中陈允平《月中行》。　　人散后谢逸《千秋岁》，清夜与谁同袁去华《八声甘州》。罗袜况兼金菡萏韩偓《浣溪沙》，麝熏微度绣芙蓉贺铸《江城子》。闷不见虫虫杜安世《浪淘沙》。

不仅语意连贯，上下阕两副对仗尤其精巧，非常不易。另一首是长调《念奴娇·春晚》：

若耶溪路康与之《洞仙歌》，怅行云梦断韩元吉《水龙吟》，水边楼阁辛弃疾《瑞鹤仙》。楼上春风春不浅张先《蝶恋花》，莺去乱红犹落宋祁《好事近》。绿树成阴李莱老《高阳台》，青苔满地刘克庄《摸鱼儿》，忘了前时约张元干《点绛唇》。危阑倚遍蔡仲《苏武慢》，斜阳又满东角张槼《应天长》。　　闻道花底花前王嵎《祝英台近》，翠蛾如画王庭珪《点绛唇》，别后新梳掠朱敦儒《点绛唇》。尽日相思罗带缓严仁《玉楼春》，应是素肌瘦削潘元质《花心动》。芳草连云张震《蝶恋花》，暖香吹月刘镇《水龙吟》，病起情怀恶韩淲《金缕曲》。等闲孤负程垓《水龙吟》，重重绣帘珠箔万俟咏《尉迟杯》。

从二十首不同作者的词集来而读起来像原作，下阕开头五句尤其流畅，似乎一气呵成。在当时既没有《全宋词》，更没有计算机检索的条件下，这种操作，真仿佛是奇迹。

在二十世纪厚今薄古浪潮中，集句诗是被否定得最彻底的，以为镂金刻玉，过费工夫，是古代无聊文人的无聊玩意儿，其作为表达思想内容的文学作品的价值，还不如其作为精雕细刻工艺品的价值。

以前我也这样想，但读了文天祥的集杜诗后就不这样想了。文天祥在被俘囚禁期间，可谓度日如年，而且不知生命何时会结束，却居然在狱中完成了集杜诗二百首，这仅仅是"无聊文人的无聊玩意儿"吗？恐怕不能这么说，只能理解为他以此作为表达抗元爱国之心的最后手段。他借集句诗的形式回顾了他一生的经历与抗元斗争，可说是另一形式的"诗史"。他之借用集杜诗的形式也不是偶然的，杜甫在安史之乱中历尽颠沛流离，写了堪称"诗史"的大量作品，为他提供了很好的素材。六百年间，两人可说心意相通。文天祥的集杜诗全是五绝，这里举其中的三首，以一窥其史料价值：

陆枢密秀夫第五十二

字君实。文华英妙，自维扬幕入朝。京师陷，永嘉推戴有力。及驻崖山，兼宰相，凡朝廷事，皆秀夫润色纲纪之。崖山陷，与全家赴水死。哀哉！

文彩珊瑚钩奉同郭给事，淑气含公鼎八哀诗·张九龄。

炯炯一心在八哀诗·严武，天水相与永渼陕西南台。

至燕城第九十六

十月一日至燕城，越五日，送千户所枷禁。十一

月初一日苏枷，初九日领赴北庭引问。余不跪，抗词
不屈。寻复还狱待死，以至今日云。

往花西京时往花，胡星坠燕地别唐诚。

登临意惘然登惠义，千秋一拭泪酹薛判官，

思故乡第一百五十六

（序长不录）

天地西江边送崔侍郎，无家问死生忆舍弟。

凉风起天末忆李白，万里故乡情江楼宴。

因此，我想在中国传统诗歌的花园里，还是应该保
留有集句诗的地位。尽管由于历史的原因，今天的
人们很难再进行这样的创作。

第三节 择语

一、化俗为雅

"五步骤"之四是"择语"。所谓择语，指的是
诗词语言的选择。现代也有不少人学写传统诗词，
有的也注意押韵和平仄，至少是"一三五不论，二

四六分明",但读来总觉得不像。原因恐怕在于所用的语言太"白"太"水",缺少传统诗词的"味道"。由于平仄是融化在汉语血液中的,因此随随便便一句话,有时也会合律,比如"今天你好吗",就是"平平仄仄平"。又如"大家都知道"就是"(平)平平仄仄","准备考高中"就是"仄仄仄平平",都是标准的律句。因此在有人感到格律难的同时也有人感到并不难,稍加修整就能符合格律的要求。结果"今天你好吗""大家都知道"这样的句子大量出现。这样写成的"诗"当然不会有诗意。"择语"希望解决的就是语言的"诗化"问题,也就是怎么从"大白话"变成雅洁的诗词语言。这当然不是三言两语能说清的,我们想从最基本的方面着手,提几个注意点,可称为"六化":雅语化,形象化,典型化,细节化,凝练化,意境化。

一,雅语化,就是化俗为雅。写诗语言太白太水是由白话文完全取代文言文引起的。从字面意义看,"白话"就是明白如话,也就是口语,因此白话文就是直接把口语记下来的文字;"文言"的"文"是动词,意思是"美化",因此"文言文"就是对"言"（言语，即说话）进行美化加工后的文字，是一种艺术化的书面语。一般的文章当然是越明白越好，因此白话文取代文言文是个历史的潮流。但是诗歌语言不能太白，毛泽东说："用白话写诗，几十年来，迄无成功。"恐怕主要原因就是语言太白太水，不符合中国人对诗词要隽永含蓄的美学追求。经过了一百多年，现在白话文已经深入人心，落笔为文，往往一写就是大白话。许多学写格律诗词的人也都知道这一点，但一下笔还是不知道怎么能"文"一点。

解决这个问题的办法我想是两条。一条是多读，要多读文言作品，诗词以外，古文也要读。读多了就会产生语感。"读书破万卷，下笔如有神"，这句话还是颠扑不破的真理。第二条是经常进行白话、文言的对译练习。这个练习可以只在心里做，不必写下来，甚至不必坐下来。由于每一句话都可以有文、白两种说法，比如"今天你好吗""大家齐努力"也可以说成"今日君安否""吾侪共戮力"。经常这样做，到需要时就会自动"转码"到文言去了。六十多年来我们从中学到大学的文言文教学，只教读不教写，没有实践，只能算是半吊子的知识。学诗词的需要补上这一课。

"化俗为雅"，只是个便宜说法，就是口语的书面化。汉语口语与书面语之间的差别比任何语言都大，而汉语书面语的从极白到极文也有许多层次。要提高文言的水平，需要不断地学习和实践。这是没有什么捷径可走的。

不过这也不能一概而论。在传统诗词中，"俗"与"雅"也有不同层次，一般来说，词比诗要"俗"一些，曲则更"俗"，也就是更口语化。就是在诗词中，有时突然插入一两句口语，反而会使作品更具天然之趣，是前人所赞赏的。这种情况在词中特别多。譬如李清照的"这次第，怎一个愁字了得""知否，知否，应是绿肥红瘦"，便是当时的口语。辛疾疾的"是他春带愁来，春归何处？却不解带将愁去""却道天凉好个秋"也是如此。不过对一般诗词写作者而言，还是先学会求"雅"比较好。

二、形象思维

二，形象化，即以具象代抽象。毛泽东说："诗要用形象思维，不能如散文那样直说，所以比、兴两法是不能不用的。"这里指出了中国诗的最大特点：形象化，也就是用形象说话。例如"十年生死两茫茫，不思量，自难忘"是"赋"，即平铺直叙，没有什么感染力。"料得年年肠断处，明月夜，短松冈"，加进了形象，就感人多了。"小轩窗，正梳妆。相顾无言，惟有泪千行"，形象加上细节和动态，就更感人了。

　　"比者以彼物比此物也"，"兴者，先言他物以引起所咏之词也"。比是比喻，中西皆有；兴是以他物引起所咏之物，这是中国诗歌理论所特有的。因此中国诗中看似在写景，其实已经在抒情或说理了。比兴到极致，就是通篇比兴，以他物代替此物了。如前面举过的朱庆馀的《近试上张籍水部》：

　　　　洞房昨夜停红烛，待晓堂前拜舅姑。
　　　　妆罢低声问夫婿，画眉深浅入时无？

通篇没有提及考试之事，但说的就是考试之事。这是诗中的高境界，唯美而形象，但意思全在其中。

毛泽东又说："宋人多数不懂诗是要用形象思维的，一反唐人规律，所以味同嚼蜡。"指出了宋人的毛病。其实宋人也有懂得形象思维的，说理诗也有写得非常好的，甚至好到像朱庆馀那样不留意就看不出。苏轼有名的《题西林壁》就是一首用形象写的哲理诗：

横看成岭侧成峰，远近高低各不同。
不识庐山真面目，只缘身在此山中。

苏轼是大文豪，会形象思维不奇怪。朱熹是大理学家，一般人会认为理学家大多脑子比较冬烘，实际上朱熹的诗写得很好。例如他的《观书有感》：

半亩方塘一鉴开，天光云影共徘徊。
问渠哪得清如许，为有源头活水来。

也是一首用形象写的哲理诗。如果不看标题，谁会知道他写的是在"观书"，而且"观"的是一般人认为枯燥乏味的儒家经书，他把它们看作是"源头活水"。

他还有一首诗,《千家诗》和我们现在的中小学教材都选了,但据我看很多人没有真正读懂,这就是《春日》:

胜日寻芳泗水滨,无边光景一时新。

等闲识得东风面,万紫千红总是春。

几乎所有的赏析文章都只将它解释为一首描写春日美景之诗,其实这首诗的关键是"泗水"二字。"泗水"在哪里?在山东。朱熹生活在南宋,一生从未去过山东,那他"寻春"为什么要到泗水之滨?原来泗水与洙水一带是当年孔子聚徒讲学之地,"洙泗"就是孔门的象征。到泗水寻芳就表示在儒家学说中探求真理,这点一弄清再读这首诗感觉就完全不一样了。同上一首一样,这是一首哲理诗。

这首诗我从小就读过,但真正领会其真意却还是在几年前去印尼之时。印尼朋友带我到印尼第二大城市,说其中文名叫"泗水"。我当时就有点纳闷:怎么会与山东一个小地名一样?后来朋友领我去那里一个主要景点，说是整个东南亚最大的文庙。我才恍然大悟，原来这是几百年前的印尼华人为纪念孔子而取的名字，说明了儒家文化影响之远。当时我兴奋地写了一首诗《泗水文庙口占》，送给在那里从事华文教学的朋友：

万里爪哇岛，百年泗水名。

弦歌音未绝，犹待后人声。

最后一句是期望华文教育在印尼越做越好。从印尼回来后再读到朱熹这首诗，才真正理解它的含义。

采用形象思维在通篇比兴的情况下会造成一些阅读隔阂，但不可否认的是这种诗字面上极美，即使不考虑其真正含意，也是极美的诗，读来令人赏心悦目。也许这本来就是作者的意图，希望能一箭双雕，既作为美的享受，又能含蓄地传递自己的真正意思。就像朱庆馀那样。

至于在诗中局部的描写采用形象思维，一般不会出现这种情况，作者着意创造美，读者开心地领会美就是了。贺铸的"试问闲愁都几许？一川烟草，满城风絮，梅子黄时雨"，带给读者的可能不是他着意刻画的"愁"，而是这些诗句本身产生的意象之美、音韵之美。这比直接说"我真愁啊""愁死了"，或者现代某诗"天上的白云真白啊/真的，很白很白/非常白/非常非常十分白/极其白/贼白/简直白死了/啊——"，不知要高明几千倍。

三、小中见大

三，典型化。即在形象思维的过程中，努力寻找最典型、最有代表性的人或事物的形象。贺铸词中的那几句为什么脍炙人口，因为他不但用了形象，而且抓住了有代表性的典型形象，那些最容易惹起人愁绪的形象。画画和摄影的不同，在于面对同一景物时，摄影是细大不捐，全部照录（因此需要进行后期加工），而画家必定有所选择，选择最能表现他情感的形象，而舍弃其他。李煜有一首词《破阵子》曾经引起过争论：

四十年来家国，三千里地山河。凤阁龙楼连霄汉，琼枝玉树作烟萝。几曾识干戈。

一旦归为臣虏，沈腰潘鬓消磨。最是仓皇辞庙日，教坊犹奏别离歌。垂泪对宫娥。

批评者认为李煜在国破家亡之时，面对多少惨痛景象，而他记得的只是宫娥，可见他是个何等荒淫无耻的君王，他的灭亡一点不值得同情！我们认为，就李煜是否荒淫误国而言，这问题是可以讨论的；但就本词而言，认为一句"垂泪对宫娥"就证明他如何荒淫，这却是冤枉他了。因为他在这里正是用的典型化手法。宫娥的形象，既具体，又有典型性，他对宫娥尚且如此，对他人他物的关切更可想而知。

通过不同诗作的比较，对此可看得更清楚。唐孟启《本事诗·征异第五》记载了一件事：宋之问到杭州灵隐寺游玩，想了两句诗，写不下去了，有个老僧替他续了两句，才触动文思，将全诗完成，想再去求见老僧。老僧却早离开了。后来知道这位神龙见首不见尾的老僧，就是为徐敬业写《讨武曌檄》的大名鼎鼎的骆宾王。《灵隐寺》的全诗是：

鹫岭郁岧峣，龙宫锁寂寥。

楼观沧海日，门对浙江潮。

桂子月中落，天香云外飘。

扪萝登塔远，刳木取泉遥。

霜薄花更发，冰轻叶未凋。

夙龄尚遐异，搜对涤烦嚣。

待入天台路，看余度石桥。

故事的本意是要为这首诗的第二联"楼观沧海日，门对浙江潮"添上一点神秘色彩。这一联确实写得不错。其实第三联"桂子月中落，天香云外飘"也写得非常好，四、五联也很具体、形象，可谓全诗都好。但这首诗传开后，广为传颂的却只有二、三两联。后来白居易写了三首《忆江南》词，其中第二首是：

江南忆，最忆是杭州。山寺月中寻桂子，郡亭枕上看潮头。何日更重游？

两相比较，如果说宋之问前五联写了灵隐寺乃至杭州的十个具体形象，白居易却只选了二、三两联中提到的两个形象。然而多的却输给了少的。可见诗要意象，但意象又不能无限制地堆砌，选取最典型的，可以以少许胜人多许。白居易选的这两个意象，经过一千多年，今天还是杭州的旅游名片，可见一斑。

现代人写旧体诗比较多的两个场合，一是旅游，一是交际，两者都需要典型化。旅游写境要找该地最有特色的景头，赠人要写其最令人深刻的印象，而又以艺术的语言出之。这里举我自己的两首诗为例。一首是写新加坡，我曾在新加坡待过半年，有朋友问我那里有什么可玩的，我想了想，回了首七言绝句：

鱼尾狻猊吐激流，风情万种圣淘洲。
裕廊看鸟胡姬卉，路贯中西不系舟。

新加坡虽不大，但可看之处还是不少，但印象最深的而且最有代表性的恐怕还是鱼尾狮和圣淘沙。植物园和动物园是另两个令人流连之处，而其最突出的是胡姬花和鸟公园。最后一句则是写这个国家在世界上的战略地位。

另一首是 2013 年作的《贺中玉夫子百岁华诞》：

> 满园桃李满山松，共祝九如不老翁。
> 正气原由阎典史，前身应是苏长公。
> 思游千载传文脉，情寄百年忧世风。
> 大学语文如鼎在，更期中外一相通。

百岁老人徐中玉先生一生经历丰富，著述等身，在文学界和学术界声望甚隆。他的道德文章广受赞颂，寿日当天嘉宾如云，当然不乏贺辞。在这种情况下如何体现我自己的独特思考并加以具象化？我的办法是找两位古人形象作比照，一位是明末民族英雄阎应元，一位是宋代大文豪苏轼。正好这两位与徐先生又有毕生之缘，徐先生自谓一生服膺苏东坡，亦一生不敢忘其乡前贤阎应元。以此两人来比喻徐先生的道德文章可谓量身定制。末句指徐先生为我主编的翻译专业用《中文读写教程》作序，更显此作的个性化。

典型化的另一办法在大背景中突出小前景，在语言学中称作"凸显"。还是以摄影作比,这好比在一幅大画面中把景头拉近,聚焦于一个小点,大小映衬,不得不由人特别引起注意。李煜的"垂泪对宫娥"其实也是如此。而更典型的当数柳宗元的《江雪》:

千山鸟飞绝,万径人踪灭。

孤舟蓑笠翁,独钓寒江雪。

这简直就是一幅远景加特写的水墨画。如果我们写作时能学会用这种手法来刻画景物,也许能收到特殊的效果。多年前我在瑞士写《琉森湖上远眺》,便曾用过这种把远景拉近成特写的手法:

烟雨渲染远近山,江南景色欧洲看。

满湖绿水稍稍涨,一羽白鸥独自闲。

四、细处见真

四,细节化。如果典型化是以小见大,以少见多,则细节化是以细见真。就是说,形象的刻画愈细致、愈微小,既可见作者观察之细,又增加意象的真实性。杜甫可说是个中老手。他的"细雨鱼儿出，微风燕子斜"（《水槛遣心二首》之一）是历来传诵的名句。又如他的《曲江二首》之二：

> 朝回日日典春衣，每日江头尽醉归。
> 酒债寻常行处有，人生七十古来稀。
> 穿花蛱蝶深深见，点水蜻蜓款款飞。
> 传语风光共流转，暂时相赏莫相违。

颈联的"深深"和"款款"两对叠字描写蛱蝶和蜻蜓的动态可说生动如画，这是仔细观察的结果。又如他的《绝句二首》之一：

> 迟日江山丽，春风花草香。
> 泥融飞燕子，沙暖睡鸳鸯。

与上节相似，这也是"凸显"，在全景基础上，把景头拉近到局部。区别在于，这里除近景外，更强调细部的特写，"融"和"暖"更使人感觉到了春天的温度。后来苏轼的名句"春江水暖鸭先知"，想也由此而来。

白居易也是观察和描写的高手。他的《钱塘湖春行》可说典型地体现了这一点：

孤山寺北贾亭西，水面初平云脚低。
几处早莺争暖树，谁家新燕啄春泥。
乱花渐欲迷人眼，浅草才能没马蹄。
最爱湖东行不足，绿杨阴里白沙堤。

这首诗写的是早春。中间两联可说处处体现了一个"早"字。如果说颔联的"早、新"还是直说，颈联的"渐、才"更使人拍案叫绝，把"早"字体现得淋漓尽致。他的《长恨歌》中有两句诗描写唐明皇回宫后思念杨贵妃："夕殿萤飞思悄然，孤灯挑尽未成眠。"虽然有人批评他的"萤飞""孤灯"把帝王写得太寒酸，但不得不佩服他对想象中的景象的刻画之细，似乎就在眼前。

南宋杨万里的《小池》也是我非常喜爱的一首体察细微的好诗：

泉眼无声惜细流，树阴照水爱晴柔。

小荷才露尖尖角，早有蜻蜓立上头。

有一年夏天我去松江辰山植物园游玩，用长焦相机追拍荷花，曾摄得一帧蜻蜓飞上并蒂莲的照片。想起杨万里此诗，也学作了一首《双荷蜓影》：

双莲出浴斗清幽，影入横塘水不流。
独有蜻蜓知美色，荷尖伫立觅佳俦。

细节化的一个重要手段是动作化，对细微处进行动态描写。甚至可以说，动态最能体现细节。如杜甫"细雨鱼儿出，微风燕子斜"两句之所以千古流传，就在于"出、斜"两个动作字，不但精确，而且传神。杨万里的"惜、露"也是如此。

细节化不但在写景，还有对生活的观察，一些特别有生活情趣的诗词一定有细微独到的观察和描写。例如杜甫的《江村》：

清江一曲抱村流，长夏江村事事幽。
自去自来堂上燕，相亲相近水中鸥。

老妻画纸为棋局，稚子敲针作钓钩。

但有故人供禄米，微躯此外更何求。

颔联是对景物的观察，颈联则是对生活细节的描写，非常有情趣。辛弃疾的《清平乐·村居》也是如此：

茅檐低小，溪上青青草。醉里吴音相媚好，白发谁家翁媪？　　大儿锄豆溪东，中儿正织鸡笼。最喜小儿亡赖，溪头卧剥莲蓬。

鉴湖女侠秋瑾是一位刚烈的女中豪杰。她的"身不得，男儿列。心却比，男儿烈"（《满江红·小住京华》）曾感动了许多人，但她也写有非常富有女性生活情趣的小诗，如《踏青记事四章·其一》：

女邻寄到踏青书，来日晴明定不虚。

妆物隔宵齐打点，凤头鞋子绣罗襦。

五、惜墨如金

五，凝练化。中国诗格律的第一要义便是字句

328

数。除了长篇歌行不限篇幅外，近体诗词等均是字数句数有定的。要在有限的字句内表达尽可能丰富的内容，天然地就要求作诗者节省用字，惜墨如金。能用少许字的不用多许字，能用一两个字的不用更多的字。因此择语的第五个技巧便是凝练。

凝练在内容上的要求是概括能力，当详则详，不必详的则可数语带过。如古诗《木兰辞》，在描写木兰作从军准备时不厌其烦："东市买骏马，西市买鞍鞯，南市买辔头，北市买长鞭。"但写她从军的过程，六句话便把十年的事写完了："万里赴戎机，关山度若飞。朔气传金柝，寒光照铁衣。将军百战死，壮士十年归。"何等的节省！又如白居易《长恨歌》，七言歌行可以完全铺开来放手写，此诗也是唐代少有的长诗，他在写唐明皇赴蜀前和回宫后也确实都是极其铺陈，唯有写他在蜀期间却只用了聊聊四句："蜀江水碧蜀山青，圣主朝朝暮暮情。行宫见月伤心色，夜雨闻铃肠断声。"与通篇比起来，省得不能再省了。又如刘禹锡《乌衣巷》：

朱雀桥边野草花，乌衣巷口夕阳斜。

旧时王谢堂前燕，飞入寻常百姓家。

首联十四个字便写尽了六朝古都数百年的人事沧桑。后两句则以一个细节渲染，更显沉痛。

凝练表现在语词上便是用更少的字表达更多的意思。如杜甫的《登高》：

风急天高猿啸哀，渚清沙白鸟飞回。

无边落木萧萧下，不尽长江滚滚来。

万里悲秋常作客，百年多病独登台。

艰难苦恨繁霜鬓，潦倒新停浊酒杯。

有人曾评此诗为唐代七律第一，理由之一便是其容量之大。首联十四个字写了六组形象、八层意思："风急，天高，猿啸、哀；渚清，沙白，鸟飞、回"。同样颈联十四个字也是六组形象、八层意思："万里，悲秋，常、作客；百年，多病，独、登台"。有人把尾联乃至颔联也作同样分析。这样，这首诗就成了古代意象最集中的一首诗，可说惜墨如金、没有一个多余字的典范。

同样为人称道的是陆游的《卜算子·咏梅》：

> 驿外断桥边，寂寞开无主。已是黄昏独自愁，更着风和雨。　　无意苦争春，一任群芳妒。零落成泥碾作尘，只有香如故。

有人分析说，其上阕的二十二个字竟含了七层意思："驿外，断桥边，寂寞开，无主，黄昏，独自愁，风雨"，把孤高的梅花的生存状态写得淋漓尽致，为下阕的自傲作了极好的铺垫。

为惜墨如金，中国诗歌自唐代起开始发展出一种独特的手法，这是汉语所特有、外语学不来，甚至在唐代以前也少见的，即名词叠加，或者更"艺术"地说，是"意象叠置"。著名的例子是温庭筠《商山早行》的第二联：

> 晨起动征铎，客行悲故乡。
> 鸡声茅店月，人迹板桥霜。
> 槲叶落山路，枳花明驿墙。

因思杜陵梦，凫雁满回塘。

十个字六组意象（鸡声、茅店、月，人迹、板桥、霜），其中没用一个动词。更典型的是元代马致远的小令《越调·天净沙》：

> 枯藤老树昏鸦，小桥流水人家，西风古道瘦马。夕阳西下，断肠人在天涯。

前三句十八个字九个意象，同样没用一个动词。有人认为这只是偶然的现象，其实不是。以《唐诗三百首》的五言律绝为例，我就找出了以下例子：

> 少妇今春意，良人昨夜情。（沈佺期《杂诗》）
> 客路青山下，行舟绿水前。（王湾《次北固山下》）
> 浮云游子意，落日故人情。（李白《送友人》）
> 细草微风岸，危樯独夜舟。（杜甫《旅

夜书怀》）

山中一夜雨，树杪百重泉。（王维《送梓州李使君》）

楚江微雨里，建业暮钟时。（韦应物《赋得暮雨送李曹》）

星河秋一雁，砧杵夜千家。（韩翃《酬程近秋夜即事见赠》）

闲门向山路，深柳读书堂。（刘眘虚《阙题》）

雨中黄叶树，灯下白头人。（司空曙《喜外弟卢纶见宿》）

鸡声茅店月，人迹板桥霜。（温庭筠《商山早行》）

落叶他乡树，寒灯独夜人。（马戴《灞上秋居》）

乱山残雪夜，孤烛异乡人。（崔涂《除夜书怀》）

绿蚁新醅酒，红泥小火炉。（白居易《问刘十九》）

故国三千里，深宫二十年。（张祜《何

满子》）

七言稍少些，但也有。如"葡萄美酒夜光杯""豆蔻梢头二月初""春风十里扬州路"等等。再如陆游《书愤五首·其一》的颔联：

> 早岁那知世事艰，中原北望气如山。
> 楼船夜雪瓜洲渡，铁马秋风大散关。
> 塞上长城空自许，镜中衰鬓已先斑。
> 出师一表真名世，千载谁堪伯仲间。

再看一首元代虞集的词《风入松·寄柯敬仲》：

> 画堂红袖倚清酣。华发不胜簪。几回晚直金銮殿，东风软、花里停骖。书诏许传宫烛，轻罗初试朝衫。　　御沟冰泮水挼蓝。飞燕语呢喃。重重帘幕寒犹在，凭谁寄、银字泥缄。报道先生归也，杏花春雨江南。

这首词的最后一句也是意象叠置。后人把这句配上陆游诗中第四、五句的意象，凑成一副对联：

铁马秋风塞上
杏花春雨江南

传遍中国大江南北，以至于今。

意象叠置法传到海外，催生了英美的意象派诗歌。但他们还是无法做到纯用名词堆砌，不用动词。

强调凝练，惜墨如金，但也不能过分。为节省而节省，那很可能成为晦涩，乃至不明所以。古代有个笑话，说宋哲宗时，某人爱诗成癖。一日作《即事诗》一首：

日暖看三织，风高斗两厢。
蛙翻白出阔，蚓死紫之长。
泼听琵梧凤，馒抛接建章。
归来屋里坐，打杀又何妨。

人皆不知所云，问之解释说："看三织"是"看"见"三"蜘蛛"织"网，"斗两厢"是"两"只麻雀在"厢"房相"斗"，第三句是一只青"蛙""翻"出"白"肚皮像个宽"阔"的"出"字，第四句是一条"紫"色的蚯"蚓""死"了像一个"长"长的"之"字。第五句是在吃"泼"饭时"听"到有人弹奏"琵"琶曲"凤"栖"梧"，第六句是"接"到消息说"建"安"章"秀才来访便"抛"开了在吃的"馒"头，第七、八句意思尚通顺，但"打杀"的对象是内门上贴着的钟馗打鬼图。可见要凝练但还得注意"度"。

六、融情入景

六，意境化。最后一条是意境化，或者说融情入境。说来难以相信，我们说到意境，说到情景交融，人们都以为这是中国从古以来的传统。其实不是。直到南北朝以前，中国诗的传统手法只有赋比兴，在赋比兴中，情与景，或者说主体与客体还是两分的。赋与比不用说，就是"兴"也是如此。如《诗经》"关关雎鸠，在河之洲。窈窕淑女，君子好逑"，"雎鸠"与"淑女君子"明显是两个意象，通过"兴"才联系了起来。就是"昔我往矣，杨柳依依。今我来思，雨雪霏霏"，王夫之《姜斋诗话》誉为

336

"以乐境写哀，以哀景写乐，一倍增其哀乐"，是对"兴"的突破，但还未到情景交融的境界。最早融情于景的诗大概是阮籍（210—263）的《咏怀·其一》：

> 夜中不能寐，起坐弹鸣琴。
> 薄帷鉴明月，清风吹我襟。
> 孤鸿号外野，翔鸟鸣北林。
> 徘徊将何见？忧思独伤心。

如果说三、四句还是直叙，五、六句则有了借景寄情之意。

后来，陶渊明开创了田园诗，谢灵运开创了山水诗，但还是以"赋"即直接描写为主。偶而有寄情于景的，如陶渊明的《归田园居五首·其一》：

> 少无适俗韵，性本爱丘山。
> 误落尘网中，一去三十年。
> 羁鸟恋旧林，池鱼思故渊。
> 开荒南野际，守拙归园田。
> 方宅十余亩，草屋八九间。

榆柳荫后檐，桃李罗堂前。

暧暧远人村，依依墟里烟。

狗吠深巷中，鸡鸣桑树颠。

户庭无尘杂，虚室有余闲。

久在樊笼里，复得返自然。

"方宅"开始的十句虽然可能是写实，但成功创造了一个环境，其中寄托了诗人的情绪。他的《饮酒二十首·其五》的"采菊东篱下，悠然见南山；山气日夕佳，飞鸟相与还"也是如此。但后面加了两句"此中有真意，欲辨已忘言"，未免有点蛇足，说明他还没意识到可以完全以景语写情。南北朝梁代的吴均（469—519）大概是较早有意融情入景的。他的《行路难五首·其一》咏枯桐琵琶，《赠王桂阳》字面上咏松，实际上都在咏人。而《山中杂诗三首·其一》已开唐人诗的先河：

山际见来烟，竹中窥落日。

鸟向檐上飞，云从窗里出。

真正的融情入景是从唐人开始的。王国维所赞赏的所谓"有我之境""无我之境"，其实成功的都是"有情之境"。例如王维的《竹里馆》：

独坐幽篁里，弹琴复长啸。
深林人不知，明月来相照。

和他的《鸟鸣涧》：

人闲桂花落，夜静春山空。
月出惊山鸟，时鸣春涧中。

这都是所谓的"无我之境"，但我们可以明显地感受到王维在这个环境描写中所要表达的感情。而"有我之境"就写得太直白。如欧阳修《蝶恋花》的最后两句：

庭院深深深几许，杨柳堆烟，帘幕无重数。玉勒雕鞍游冶处，楼高不见章台路。
雨横风狂三月暮，门掩黄昏，无计留春住。泪眼问花花不语，乱红飞过秋千去。

又如杜甫的《春望》：

> 国破山河在，城春草木深。
> 感时花溅泪，恨别鸟惊心。
> 烽火连三月，家书抵万金。
> 白头搔更短，浑欲不胜簪。

颔联是情景交融的名句，但这也只是"有我之境"：因感时而见花溅泪，因恨别而闻鸟惊心。不过此诗兼有王夫之所谓"以乐境写哀"之意，因此历来为人称道。英国人 Fletcher 把它译成英文，作：

In grief for the times, a tear the flower stains.
In woe for such parting, the birds fly from thence.

变成了"花因感时而溅泪、鸟因恨别而惊心"。如果杜甫原诗真是此意，则这也成了"融情入景"的例子。可惜不是。这是个误译。

中国的艺术发展有相通性。山水诗始自谢灵运，山水画始于南北朝，现存最早的山水画是隋代展子虔（550—604）的《游春图》。而诗画合一始于唐代王维。因之融情入景始于盛唐，以王维为代表是不奇怪的。而中国的花鸟画始于五代，盛于宋代，而寓情于物的咏物诗词也盛于宋代，这也不是偶然的。苏轼的《水龙吟·次韵章质夫杨花词》就是一首融情入景的咏物名作：

似花还似非花，也无人惜从教坠。抛家傍路，思量却是，无情有思。萦损柔肠，困酣娇眼，欲开还闭。梦随风万里，寻郎去处，又还被、莺呼起。　　不恨此花飞尽，恨西园、落红难缀。晓来雨过，遗踪何在？一池萍碎。春色三分，二分尘土，一分流水。细看来，不是杨花，点点是离人泪。

这是写花，更是写人。这就是融情于景的最高境界了。

第四节　择炼

一、炼字

"五步骤"的最后一项是"择炼",其实应该叫作"锻炼",选用"择"字,是为了纳入本书的"三有五择"之说,便于记忆。

"锻"是反复锻打,"炼"是用高温烧去杂质。诗家用"锻炼"来比喻对诗作的反复琢磨,精益求精。所谓"日锻月炼""句炼一字,月锻一句",是中国诗词写作特有的说法。"锻炼"既是写作过程中的反复推敲,可以作为"择语"的一部分;又是写完后的不断修改,也不妨另列。这一过程贯串始终,甚至没有终了。据说黄庭坚一辈子都在改旧作。有人改到后来,甚至会改得面目俱非。宋代周必大《二老堂诗话》记载了一件事:他参与编校《文苑英华》,发现有首唐代苏颋的《奉和九日幸临渭亭登高应制得时字》诗:

嘉会宜长日,高游顺动时。

晓光云半洗，晴色雨余滋。

降鹤因韶德，吹花入御词。

愿陪阳数节，亿万九秋期。

而记载苏颋原作的《岁时杂咏》却作：

并数登高日，延龄命赏时。

宸游天上转，秋物雨来滋。

降鹤承仙驭，吹花入睿词。

微臣复何幸，长得奉恩私。

几乎改得完全失去了本来面目，这是非常突出的例子。现在我们看到有许多古代名作，流传下来的文字有许多出入，李白的《静夜思》、常建的《题破山寺后禅院》、岳飞的《满江红》等等都是如此，很可能就是在流传过程中作者自己，有时甚至是后代人不断改动的结果。考虑到这些，因此我们还是为"锻炼"单列一"择"。

"锻炼"的概念很早就有，但成体系却始于白居易。他在《金针诗格》中说："诗有四炼。一曰炼句，二曰炼字，三曰炼意，四曰炼格。炼句不如炼字，炼字不如炼意，炼意不如炼格。"这里四炼的次序是"句、字、意、格"。但这段话在宋范温《潜溪诗眼》和明黄省曾《名家诗法》引用时却有另一个版本，次序为"字、句、意、格"。其不同在于炼字和炼句的先后，应该说两者都有道理，但要我"择"的话，我倾向于后者，即"炼字不如炼句，炼句不如炼意，炼意不如炼格"。下面先分述四"炼"，再解释三个"不如"。

炼字：为什么要炼字？炼字是特别针对近体诗的，对古风就没有这个说法。这是因为近体诗篇幅固定，字数有限，每个字要充分发挥其作用，必须再三斟酌。关于炼字，有两句有名的诗，其实还可加上两句，都是唐末卢延让《苦吟》一诗中的："吟安一个字，捻断数茎须。险觅天应闷，狂搜海亦枯"。关于炼字，还有许多"一字师"的故事，最著名的当然是"推敲"，还成了专门的术语：贾岛写了一首诗，其中有一句"僧推月下门"，自觉"推"未妥，改为"敲"。沉吟间，冲撞了时任京兆尹的韩愈，韩考虑再三，说还是"敲"字好。贾岛

344

的诗名《题李凝幽居》，全诗是：

> 闲居少邻并，草径入荒园。
>
> 鸟宿池边树，僧敲月下门。
>
> 过桥分野色，移石动云根。
>
> 暂去还来此，幽期不负言。

从全诗的意境来看，确实"推""敲"各有可取之处，从不同角度体现或突出了"幽"，难以定哪个更好。但在读的过程中我发现这首诗还有一处值得"推敲"，即第二句。《全唐诗》这句作"草径入荒园"，而《全唐诗话》却作"草径入荒村"。"园"好还是"村"好？同样从全诗意境看，我觉得还是"村"好。大家以为呢？

炼字特别要炼诗中的关键字，关键字前人称为"诗眼"，好像画龙点睛，眼睛画好了，整幅画就活起来了。因此"炼"字的关键就是通过某个字的反复推敲，达到使诗句"活"起来的效果。这与中国画"六法"的第一要义"气韵生动"的"生动"要求是一样的（这里的"生动"是动宾结构）。成功的炼字都在动词、动态上作文章。例如：

竹喧归浣女，莲动下渔舟。（王维《山居秋暝》）炼"喧，动"。

泉声咽危石，石色冷青松。（王维《过香积寺》）炼"咽，冷"。

野旷天低树，江清月近人。（孟浩然《宿建德江》）炼"低，近"。

白沙留月色，绿竹助秋声。（李白《题宛溪馆》）炼"留，助"。

红入桃花嫩，青归柳叶新。（杜甫《奉酬李都督表丈早春作》）炼"入，归"。

都有使诗句动起来的感觉。从王维炼"冷"字可见，把形容词动词化是炼字诀窍之一。再看下面的例子：

人烟寒桔柚，秋色老梧桐。（李白《秋登宣城谢朓北楼》）炼"寒，老"。

林花着雨胭脂湿，水荇牵风翠带长。（杜

甫《曲江对雨》）炼"湿，长"。

窗里人将老，门前树已秋。（韦应物《淮上遇洛阳李主簿》）

最后一例不仅炼"老"字，而且把名词"秋"也动词化了，似乎让人看到了树叶变老变黄乃至凋落的过程。

人们常引的王安石的"春风又绿江南岸"中炼"绿"字也是如此。

还有炼虚字的，实际上是省略动词，结果副词起了动词的作用。如：

古墙犹竹色，虚阁自松声。（杜甫《滕王亭子·其二》）炼"犹，自"。

映阶碧草自春色，隔叶黄鹂空好音。（杜甫《蜀相》）炼"自，空"。

貌将松共瘦，心与竹俱空。（白居易《偶题阁下厅》）炼"共，俱"。

宋代洪迈的《容斋续笔》卷五"杜诗用字"条专门

记载杜甫怎么使用"自、相、共、独"等虚字，可见这一做法已引起了人们的注意。

前人说诗眼在五言第三字和七言第五字，从上面的例子来看也不尽然。杜甫、韦应物炼的更是最后一个字。

二、炼句

炼句：关于炼句，最有名的两句诗是贾岛的"两句三年得，一吟双泪流"。这是他在完成《送无可上人》这首诗后发出的感慨。原诗是：

> 圭峰霁色新，送此草堂人。
> 麈尾同离寺，蛩鸣暂别亲。
> 独行潭底影，数息树边身。
> 终有烟霞约，天台作近邻。

他"三年得"的就是"独行"两句。细读这两句诗，似乎没有特别苦炼的"诗眼"，确实炼的是整个句子，不是"炼字"。

上节提到前人曾有关于"炼字不如炼句"和"炼句不如炼字"的争论，究竟炼字炼句哪个更重要呢？

我的看法，还是炼句更重要些。因为诗的意境是以句为基础呈现出来的，个别的字炼得好，就如画龙点睛，可以突出整个意境的效果，使之更生动，更夺目。而从上面的一些实例看来，与其说是一两个字炼得好，不如说是整句诗创造的意境好。如"竹喧归浣女，莲动下渔舟""野旷天低树，江清月近人"等，恐怕整体效果更重要。而刻意炼字的如"人烟寒橘柚，秋色老梧桐"，人为的味道就太浓。过于强调炼字，就会使人过于强调细节，往精巧的路上走。这是作诗所不提倡的。因此说"炼字不如炼句"。

但另一方面，炼句又以炼字为基础。一个好的句子剖开来看，似乎字字都好，甚至说不出作者刻意炼的是哪个字。例如杜甫《绝句二首之二》的"江碧鸟逾白，山青花欲燃"，你说不出是炼"白"，还是"逾"，因为它必须在"江碧"的背景下才有意义。同样，"欲燃"也必须衬着"山青"的背景，这都是全句的效果。而《绝句二首之一》的"泥融飞燕子，沙暖睡鸳鸯"，可说一个字都没炼，就是炼整句的效果。炼法也很简单，就是利用颠倒语序。如换成正常语序说成"泥融燕子飞，沙暖鸳鸯睡"，就不会有这样的效果了。

同时，如果仔细观察，我们还会发现，炼句其实是炼字发展的结果。前面曾提到，相对于古体诗而言，近体诗在句法上的最大特色是名词叠加，全句不用一个动词。这种句式是哪里来的？从下面三个例子也许可以看到其演变的痕迹：

　　窗里人将老，门前树已秋。（韦应物《淮上遇洛阳李主簿》）

　　树初黄叶日，人欲白头时。（白居易《途中感秋》）

　　雨中黄叶树，灯下白头人。（司空曙《喜外弟卢纶见宿》）

明谢榛《四溟诗话》卷一注意到这三首诗用了相同的意象，并认为比较下来，"三诗同一机杼，司空为优"。我们从炼字炼句的角度看，第一例有副词、有动词，第二例没有动词，只有副词，第三例动词、副词都没有了，成了名词叠加句。越炼越浓缩，还留出了空间，增加"雨中，灯下"两个意象，加强了悲凉的气氛。这就把为什么"司空为优"的道理解释清楚了。从这个角度看，说"炼句不如炼字"也不是没有道理。

但毕竟炼句是炼字不能替代的。我们在讲到属对的时候，曾提到过有一种对是上官仪没有提到，而是后来发现并发展起来的，这就是"流水对"。流水对似对又似非对，突破了一般对仗在句式特别是意义上的呆板相对，很受人们的喜爱。比如"欲穷千里目，更上一层楼"，人们几乎感觉不到这是对仗，但如把这首诗改成"白日依山尽，黄河入海流。能穷千里目，可上十层楼"，对仗更明显了，但文字就呆板了（不用"一层"用"十层"，因为"一层"更不成话，跟其他三句不成比例）。改成流水对，句子就活起来了。可见流水对确是炼句发展的结果。杜甫晚年作的《又呈吴郎》：

堂前扑枣任西邻，无食无儿一妇人。
不为困穷宁有此？只缘恐惧转须亲。

即防远客虽多事，便插疏篱却甚真。

已诉征求贫到骨，正思戎马泪盈巾。

后面三联几乎都可看作是流水对，这就使这首严格的律诗读起来有像叙事的古体诗的效果。

炼句成功的标准有个简便的检验办法：凡是后代流传的像格言一般的诗句都是成功的作品，特别是律诗中的对仗可以单独抽出来作为对联传抄的。内中一定有可称道之处。例如：

海内存知己，天涯若比邻。（王勃《送杜少府之任蜀州》）

大漠孤烟直，长河落日圆。（王维《使至塞上》）

玉颜不及寒鸦色，犹带昭阳日影来。（王昌龄《长信秋词五首·其三》）

天边树若荠，江畔洲如月。（孟浩然《秋登万山寄张五》）

锦江春色来天地，玉垒浮云变古今。（杜甫《登楼》）

身无彩凤双飞翼，心有灵犀一点通。（李商隐《无题》）

春潮带雨晚来急，野渡无人舟自横。（韦应物《滁州西涧》）

这种句子可说举不胜举。我们建议习诗者一定要多读，就是通过多读积累前人的成功之作，逐渐形成自己的"语感"。

但是有一类诗句也很有名，写得也非常苦，但用意过深，是我们所不赞成，更不建议模仿的。如：

永夜角声悲自语，中天月色好谁看？（杜甫《宿府》）

香稻啄余鹦鹉粒，碧梧栖老凤凰枝。（杜甫《秋兴八首·其八》）

三、炼意

炼意：炼意当与前文"五择"的"择意"同读，是在写作过程中及完成后对诗词命意表达的检查和锤炼。炼意最有名的话当然是欧阳修《六一诗话》所引梅尧臣的话："诗家虽率意，而造语亦难。若意新语工，得前人所未道者，斯为善也。必能状难写之景，如在目前；含不尽之意，见于言外，然后为至矣。"从这段话看，炼意可包含两个层次。首先是"意新语工""得前人所未道"，这是基本条件；然后是"状难写之景"和"含言外之意"，这是更高要求。

"意新"的基本标准是"得前人所未道"，否则全是陈词滥调，诗就乏味了。我们不妨通过例子，看前人的"意新"有哪些。

一是意象新。也就是创造前人所未道过的新鲜形象。如李煜的《虞美人》：

春花秋月何时了，往事知多少？小楼昨夜又东风，故国不堪回首月明中。　　雕栏玉砌应犹在，只是朱颜改。问君能有几多愁？恰似一江春水向东流。

他把不尽之"愁"形象化了，这比白居易《长恨歌》结尾的"天长地久有时尽，此恨绵绵无绝期"

感人就要深。贺铸的"试问闲愁都几许？一川烟草，满城风絮，梅子黄时雨"也是如此。又如王昌龄的《芙蓉楼送辛渐》：

> 寒雨连江夜入吴，平明送客楚山孤。
>
> 洛阳亲友如相问，一片冰心在玉壶。

最后一句的设譬非常巧，也是前所未有的。

二是意念新，指的是出人意表的想法。有的时候不一定是设譬，直接感受也可以出新。例如贾岛（一作刘皂）的《渡桑干》：

> 客舍并州已十霜，归心日夜忆咸阳。
>
> 无端更渡桑干水，却望并州是故乡。

最后两句可能是很多久居他乡者的共同感受，但这首诗第一次把它写了出来。又如南宋林升的《题临安邸》：

> 山外青山楼外楼，西湖歌舞几时休？

暖风熏得游人醉，直把杭州作汴州。

与上诗有一点相似，但这是一首讽刺诗，把那些苟安江南不图恢复的权贵挖苦得入木三分。

三是意思新，凭空想象，把意念具象化。如李白《夜宿山寺》：

危楼高百尺，手可摘星辰。
不敢高声语，恐惊天上人。

又如他的《闻王昌龄左迁龙标遥有此寄》：

杨花落尽子规啼，闻道龙标过五溪。
我寄愁心与明月，随君直到夜郎西。

以上只是举例。"炼意"一定要在"新"字上下功夫。

至于"状难写之景"，我们也举两种。一是眼前之景，人人熟悉，但通过比喻或白描把它写出来。比喻如苏轼的《饮湖上初晴后雨》：

水光潋滟晴方好，山色空濛雨亦奇。

欲把西湖比西子，淡妆浓抹总相宜。

以美女的淡妆浓抹比西湖的晴雨皆宜，设譬新奇，现在成了描写西湖的经典。白描如李清照的《点绛唇》：

蹴罢秋千，起来慵整纤纤手。露浓花瘦，薄汗轻衣透。　　见客入来，袜刬金钗溜。和羞走，倚门回首，却把青梅嗅。

下阕把一个含羞少女的形象写得生动如画。

另一种是意中可能有但实际并不存在之"景"。比如听音乐的感受。前人的一些描写特别让人体会到什么叫"状难写之景"。比如白居易《琵琶行》中的名句：

大弦嘈嘈如急雨，小弦切切如私语。嘈嘈切切错杂弹，大珠小珠落玉盘。间关莺语花底滑，幽咽泉流水下滩。水泉冷涩弦凝绝，凝绝不通声暂歇。别有幽愁暗恨生，此时无声胜有声。银瓶乍破水浆迸，铁骑突出刀枪鸣。曲终收拨当心画，四弦一声如裂帛。

至于音乐产生的效果，大约我们会用"余音绕梁，三日不绝"等老调，李贺就不同。他的《李凭箜篌引》一诗，写箜篌弹奏的句子"昆山玉碎凤凰叫，芙蓉泣露香兰笑"也许不如白居易现实，而描写效果的几句简直到了匪夷所思的地步：

女娲炼石补天处，石破天惊逗秋雨。
梦入神山教神妪，老鱼跳波瘦蛟舞。
吴质不眠倚桂树，露脚斜飞湿寒兔。

"含言外之意"，我们在前文"言尽意不尽"一节已经说过，这里不多说。这是中国诗词的最大特点，也是最高追求。由于中国格律诗词整体来说篇幅不大，把欲表之意留在意外，让人读了遐思悠悠，欲罢不能，这确实很不容易。篇幅大的古风比较难以做到，但也不是不可能。例如杜甫的《石壕吏》，结尾四句是"夜久语声绝，如闻泣幽咽。天明登前途，独与老翁别"，不由人不陷入思考。又如王维的《洛阳女儿行》：

> 洛阳女儿对门居，才可颜容十五余。良人玉勒乘骢马，侍女金盘脍鲤鱼。画阁朱楼尽相望，红桃绿柳垂檐向。罗帷送上七香车，宝扇迎归九华帐。狂夫富贵在青春，意气骄奢剧季伦。自怜碧玉亲教舞，不惜珊瑚持与人。春窗曙灭九微火，九微片片飞花琐。戏罢曾无理曲时，妆成只是熏香坐。城中相识尽繁华，日夜经过赵李家。谁怜越女颜如玉，贫贱江头自浣纱。

前面十八句都是在说洛阳女儿的豪贵，最后两句突然转到贫贱的越女，而且戛然而止，留给人许多想象的余地。

炼意的一个重要手段是"反前人意而用之"，通过与前人唱反调来体现创新。如伤春悲秋是古代诗词的通常主题，而刘禹锡的《秋词二首·其一》

却反其意而用之：

> 自古逢秋悲寂寥，我言秋日胜春朝。
> 晴空一鹤排云上，便引诗情到碧霄。

唐代多宫词。这种诗题材狭窄，对象大同小异，要写得好只有靠出新意。如王昌龄《长信秋词五首·其三》：

> 奉帚平明金殿开，且将团扇共徘徊。
> 玉颜不及寒鸦色，犹带昭阳日影来。

就是靠非同寻常的想象取胜。再如一心去寻芳却吃了闭门羹是很扫兴的事，有人却能自得其乐。如宋代叶绍翁的《游园不值》：

> 应怜屐齿印苍苔，小扣柴扉久不开。
> 春色满园关不住，一枝红杏出墙来。

咏史方面则有大量的"翻案诗"。最有名的题材是王昭君。通常是同情王昭君，痛恨毛延寿，而不敢谴责皇帝。如隋代薛道衡的《昭君辞》：

> 我本良家子，充选入椒庭。
>
> 不蒙女史进，更失画师情。
>
> 蛾眉非本质，蝉鬓改真形。
>
> 专由妾命薄，误使君恩轻。

但后代似乎掀起了一个翻案高潮，许多诗人参与讨论，态度各不相同。这里略举几首，主要引相关句子：

> 画图省识春风面，环珮空归夜月魂。（杜甫《咏怀古迹五首·其三》）这是埋怨选人方针的。
>
> 自是君恩薄如纸，不须一向恨丹青。（白居易《昭君怨》）这是批评皇帝的。
>
> 君王视听能无壅，延寿何知敢妄陈。（宋代曹勋《王昭君》），这也是责怪皇帝的。
>
> 自矜娇艳色，不顾丹青人。（刘长卿《王昭君歌》）这是批评王昭君的。

毛延寿画欲通神，忍为黄金不为人。（李商隐《王昭君》）这是指责毛延寿的。

莫怨工人丑画身，莫嫌明主遣和亲。当时若不嫁胡虏，只是宫中一舞人。（王睿《解昭君怨》）这是理解王昭君的。

意态由来画不成，当时枉杀毛延寿。（王安石《明妃曲二首之一》）这是为毛延寿翻案的。

丹青有迹尚如此，何况无形论是非。穷通岂不各有命，南北由来非尔为。（曾巩《明妃曲二首·其一》）这是怪命运的。

但使边城静，娥眉敢爱身。千秋青冢在，犹是汉宫春。（明代莫止《昭君曲》）这是歌颂王昭君的。

这些都各具见解，对理解历史的丰富性提供了经验。

翻案诗中最值得注意的应该是明代文徵明的《满江红·题宋思陵与岳武穆手敕墨本》：

拂拭残碑，敕飞字、依稀堪读。慨当初、依

飞何重，后来何酷！岂是功成身合死，可怜事去言难赎。最无端、堪恨又堪悲，风波狱。　　岂不念，封疆蹙；岂不念，徽钦辱？念徽钦既返，此身何属？千载休谈南渡错，当时自怕中原复。笑区区、一桧亦何能，逢其欲。

历来把岳飞冤狱的责任归于秦桧。文徵明一针见血地指出真正的凶手是宋高宗。《明词纪事汇评》说此词"不特作此诛心之论，且揭示了一宗大公案"。文徵明此词的成功还得益于新材料的发现，当时出土了一块石刻，记载了宋高宗对岳飞大胜金兀术的嘉励之语，触发了他的感慨。可见咏史诗的成功，有时待于史料的新发现。近几十年来中国考古事业取得巨大成就，对于咏史诗将会有极大的推动。

前文说到三"不如"，如果说"炼字""炼句"的孰先孰后还有争议的话，二者均"不如"炼意，那是没有疑义的。因为意太重要了，这可说是诗的生命。当前古诗词界有一种"老干部体"，这当然是调侃，但反映了某种现象。我曾在一些老年报刊上看到过这类作品，发现这种"体"有三大特点。

一是大多合律，二是语言过白，三是缺乏新意。
"大多合律"可能出乎很多人意外，但却是事实，
因为这些离退休"老干部"们大多参加过老年大学
的培训，而且学得非常认真，把老师教的古诗词格
律很当一回事，不像一些年轻的"专家"或准专家
们老想革旧诗的命，以不遵格律或曲改格律为能
事。"语言过白"是毕竟文化基础不够，缺少文言
功底，基本是白话文的底子。但最成问题的是"缺
乏新意"，常常是为写而写，充满陈词滥调，题材、
思想范围都较窄。解决这一问题，恐怕要在炼意上
多下功夫。

四、炼格

"四炼"的最高层次是炼格。对此古人虽看得
最重，但谈得却最少，原因在于一是心照不宣，无
须谈；二是炼格本质上就是修身，无从谈。到底什
么是"格"，古人没下明确的定义，这里只能根据
我自己的认识来谈。

从唐人用语来看，"格"有两义，一指"诗
格"，也就是诗的格律。二指格调，就是秦韬玉
《贫女》诗中"谁爱风流高格调，共怜时世俭梳妆"

中说的"格调"。现在常有"人格、国格、品格"的说法。炼格的"格"则兼指二义，但以"格调"义为重。所谓"炼意不如炼格"，指的就是格调义。清代诗论有沈德潜的"格调派"，主张"求诗教之本原"，所谓"去淫滥以归雅正"，也是指的格调义。

唐人的炼格有格律义，因为其时格律初成，需要一个实践和验证的过程。炼格就体现了这一过程，杜甫《遣闷戏呈路十九曹长》诗中"晚节渐于诗律细"就是他的实践。从炼字炼句到炼意炼格，古代诗人经过千锤百炼，为我们留下了无数名诗名句，成为宝贵的文化遗产。这使我们想到，为什么新诗"迄无成功"？就是因为始终没有定"格"。没有格，写诗者缺乏"炼"的依据，因而也就缺乏"炼"的自觉性。因此虽然偶有佳句和一两首佳诗传诵，但总体乏善可陈。今天写旧体诗词，我们也建议在格律义上的"炼格"，根本目的是为了继承古人精益求精的传统，提高诗的艺术水平。

但传统说炼格，更看重的是"格调"义。这个义，说穿了就是思想道德标准。哪个时代的文学都

是把思想道德标准放在第一位的，作品要符合当时
社会公认的价值观。炼格，用现在的话说，就是坚
持价值观，弘扬正能量。什么是正能量？各个社会
都是心照不宣的。因此炼格的内容无须多说。只要
强调其主导地位，指出"炼意不如炼格"就可以
了。由于时代不同，社会主流价值观会有变化，于
是需要有理论出来解释。为什么清代的常州词派要
强调比兴寄托，把唐五代的艳体诗、宫廷诗都解释
成有政治上的微言大义？就是出于这个原因，让那
些具有美学价值而格调不高的作品继续得以存在。
例如温庭筠的《菩萨蛮》：

　　　　小山重叠金明灭，鬓云欲度香腮雪。懒起
画蛾眉，弄妆梳洗迟。　　照花前后镜，花面
交相映。新帖绣罗襦，双双金鹧鸪。

这组《菩萨蛮》一共有15首，内容相似，一般都认
为它只是描写贵族妇女的生活，虽然写得美，但格
调不高。清代张惠言却非要说它是"感士不遇也"，
从而将它拔高。

在中国历史上，由于儒家的正统地位，其价值观具有历史的一贯性，直到现在还是如此。沈德潜提出"格调"的十二个字："和性情，厚人伦，匡政治，感神明"，现代说爱国忧民、民族大义、亲情友情、大好河山、健康向上等，历来都得到肯定，特别在大是大非上决不含糊。像苏武、岳飞、文天祥等体现出来的民族气节，一直是历史上讴歌的对象。他们的诗作，也一直受到极高的评价。如岳飞的《满江红》、文天祥的《正气歌》等。又如文天祥的《过零丁洋》：

　　　　辛苦遭逢起一经，干戈寥落四周星。
　　　　山河破碎风飘絮，身世浮沉雨打萍。
　　　　惶恐滩头说惶恐，零丁洋里叹零丁。
　　　　人生自古谁无死？留取丹心照汗青。

而对不合主流价值观的诗词，前人就会贬低。例如陈后主的《玉树后庭花》，尽管从文学角度看，诗也写得很唯美，但在历史上一直被看作"亡国之音"的典型。杜牧的《泊秦淮》以对其的批评而受到后人的赞扬：

> 烟笼寒水月笼沙，夜泊秦淮近酒家。
>
> 商女不知亡国恨，隔江犹唱后庭花。

而《西厢记》因其"酬简"一折特别是《胜葫芦》一曲的露骨描写被指为"诲淫"而遭到禁毁。

在思想、道德评判之外的一般诗作，格调也有高下之分。一般来说，有言外之意，表达作者某种健康追求和一定思想感情的，其"格"较高，否则就下。我们可以以《红楼梦》中林黛玉对两首诗的评价为例来具体看古人怎么炼"格"。在四十八回，林黛玉教香菱学诗，说："词句究竟还是末事，第一立意要紧。若意趣真了，连词句不用修饰，自是好的，这叫作'不以词害意'。"香菱笑道："我只爱陆放翁的诗'重帘不卷留香久，古砚微凹聚墨多'，说的真有趣！"黛玉马上说："断不可学这样的诗。"陆游的两句诗出于他晚年所作的《书室明暖，终日婆娑其间，倦则扶杖至小园，戏作长句二首》其一。香菱的"真有趣"，明明是顺着黛玉

"意趣真"说的，为什么黛玉却不认可？可见"意趣"与"立意"不完全是一回事。如果"意趣"是在"意"的层面，则"立意"是在"格"的层面。这副对仗观察很细，字句用得也很巧。"意趣"有了，但好处也就到此为止了，没有更深的含义，也不能引申出有教育意义的道理来。就不如刘禹锡《酬乐天扬州初逢席上见赠》的"沉舟侧畔千帆过，病树前头万木春"，尽管本身意象不算太美，但有警世意义，能引起人思考。再如李商隐《锦瑟》的"沧海月明珠有泪，蓝田日暖玉生烟"，虽然我们不知道他讲的什么，但文辞很美，可以引起美好的联想。陆游的这两句没有什么深刻意义，只表现了一个晚景老文人的无聊。因此黛玉不喜欢。第四十回林黛玉又说，她最不喜欢李商隐的诗，就只"留得残荷听雨声"这一句。贾宝玉本要叫人把这些破荷叶拔去，听了这话就不拔了。这句诗又好在哪里呢？这句诗出自李商隐的《宿骆氏亭寄怀崔雍崔衮》，全诗是：

竹坞无尘水槛清，相思迢递隔重城。

秋阴不散霜飞晚，留得枯荷听雨声。

在一个寒冷秋天的晚上李商隐住在骆氏亭，听着雨打枯荷，想起了两位老朋友，这种声音造成了一个凄清的环境，烘托了思念的气氛。古人认为是有格调的。我们看李清照《声声慢》的"梧桐更兼细雨，到黄昏、点点滴滴"，创造的也是这么一个意境。比废话似的"古砚微凹"有格调多了。当然，林黛玉的爱与不爱还跟她身世相关，是小说塑造人物的需要，这里不细说。

由此可见，炼意不如炼格，说明我们今天的诗词写作，还是要坚持思想道德的标准，要坚持正能量，像现代诗坛那种"屎尿屁"诗是不应该有其位置的。

五、用典

最后谈一谈用典。用典不在"三有""五择"之内，就是说，这不是强制性的要求。然而用典具有悠久的传统，论诗词而不及用典是说不过去的。

在论说之前，先简单回顾一下用典的历史。用典最早可追溯到中国的史学传统和论说传统。《汉书·艺文志》上说："左史记言，右史记事，事为《春秋》，言为《尚书》。帝王靡不同之。"后人借古证今，就经常引用古代的"言""事"来增强说服力。战国百家争鸣，引"事""言"来论证自己观点逐渐形成了传统。《庄子》说他的书"寓言十九，重言十七"，"寓言"就是引事，"重言"就是引言。《韩非子》中有"说林""内储说""外储说"，其实就是为论说时引事引言作的材料储备。秦汉的政论文，不论是李斯的《谏逐客书》、贾谊的《过秦论》，还是司马迁的《报任安书》，都继承了这一传统。汉赋"劝百讽一"，也袭用了这一手法，枚乘的《七发》、扬雄的《解嘲》都大量用典，标志着这一习惯进入了文学领域。到六朝的骈文，更成为创作的正则，似乎不用典，就不算文学创作似的。骈文有三要素，一为对仗，二为平仄，三即用典。刘勰的《文心雕龙》所论的"文"，主要是诗赋骈文，他在《丽辞》篇里提出："故丽辞之体，凡有四对：言对为易，事对为难，反对为优，正对为劣。"可说是对用典的首次总结。唐初诗文革新运动，对这风气是反对的，因此盛唐诗大多比较清新。但从杜甫开始，用典又成了一个传统，韩愈、李贺、李商隐等变本加厉，到晚唐又宛成风气。宋代江西诗派强调"无一字无来历"，以此作为写诗、评诗的不二法门。清代、特别是晚清的"同光体"特别喜欢写七律，而七律是典故堆砌的重灾区。五四新文化运动，胡适、陈独秀反旧诗的一个核心内容就是反用典，认为陈词滥调、晦涩隐蔽，是作文之大敌。自此之后，用典逐渐成了一种负面的概念，一用就成了钱玄同批判的"选学妖孽，桐城谬种"。因此现代即使写旧体诗文的人也不敢提它了。

从以上的简单回顾可知，用典也是中国诗文创作的一种文化传统，产生有其原因，发展有其需要，生存有其价值，不宜作简单的肯定或否定。而是否继承要根据今天的需要和可能。这就涉及对这一手法基本功能和局限的认识。

用典的功能，从根本上来说，就是"借他人酒杯，浇自己块垒"，通过读者对熟悉的故事、人物或语词的联想，达到彼此会心和言简意赅的效果。这对于字数句数受限的文体特别适合。这就是为什么这一手段自古就有，而蔚成风气却是在骈文形成之后的原因，因为骈文这种"受限"严重的文体有这种以少胜多的特别需要。近体诗词产生后，受骈文影响最大的是七律和词中的中长调。原因同样因为七律中间两联对仗要求更严，而中长调词中多骈文句式，受其影响，容易产生用典的需求。

而用典的局限也是明显的。一是形式上要求过严必然束缚思想的表达，这是铁律。因此希望文体解放的韩愈、欧阳修、胡适等肯定反对。其次，用典对典故熟悉度的要求较高，唐代是骈文的世界，用典成风，因而产生了"《文选》滥，秀才半"的说法。现代人读书少，古书读得尤其少，用典对作者、读者会造成双重障碍，确实不宜提倡。但另一方面，用典可以使我们更接近传统，有时表达力也确实更强，用少许字可表达更丰富的内容，偶而也不妨一试。特别是在七律和中长调的词里。

下面我们从一个实例来看诗中的用典和古人的认识。诗是杜甫的《秋兴八首·其三》：

千家山郭静朝晖，日日江楼坐翠微。

信宿渔人还泛泛，清秋燕子故飞飞。

匡衡抗疏功名薄，刘向传经心事违。

同学少年多不贱，五陵衣马自轻肥。

为找出诗文中的典故，古代形成了一种专门学问，类似给经书作笺注。古经书不看笺注看不懂，有些诗词不看笺注也看不懂。笺注的主要任务是找出字句的出处，其中语词的来源叫"言典"，故事的来源叫"事典"。刘勰的"言对为易，事对为难"，就是指这两种用典。上面这首诗清代杜诗研究家仇兆鳌作了笺注，原注很繁琐，我们简化如下：

1. 千家：《拾遗记》"千家万户之书"。

2. 山郭：谢朓诗"还望青山郭"。

3. 朝晖：陆机诗"扶桑升朝晖"。

4. 江楼：庾信诗"石岸似江楼"。

5. 翠微：《尔雅疏》"山气青缥色曰翠微，凡山远望则翠，近之则翠渐微"。

6. 信宿：《诗》"于汝信宿"，注：再宿曰信。

7. 渔人：徐访诗"渔人迷旧浦"。

8. 泛泛：《诗》"泛泛扬舟"。

9. 清秋：殷仲文诗"独有清秋日，能使高兴尽"。

10. 燕子：古诗"秋去春还双燕子"。

11. 飞飞：谢灵运诗"飞飞燕弄声"。

12. 匡衡：《匡衡传》"元帝初即位，有日食地震之变，上问以政治得失。衡数上疏，陈便宜，上悦其言，迁衡为光禄大夫、太子太傅"。

13. 抗疏：扬雄《解嘲》"独可抗疏，时论是非"。

14. 功名薄：陆机《长歌行》"但恨功名薄"。

15. 引邵傅注"公尝论救房琯忤旨，几被戮辱，此功名不若衡也"。

16. 刘向：《汉书·刘向传》"成帝即位，诏向领校中五经秘书。河平中，子歆受诏，与父领校秘书"。

17. 传经：刘歆《责太常书》"考学官传经"。

18. 心事违：周弘正诗"既伤年绪促，复嗟心事违"。

19. 引邵傅注"公尝待制集紧院试，后送

375

隶有司，此传经不如向也"。

20. 同学：《列女传》"孟宗少游学，与同学
共处"。

21. 少年：鲍照诗"忆昔少年时"。

22. 五陵：《西都赋》"北眺五陵。注云：长
陵、安陵、阳陵、茂陵、平陵也。顾注：汉徙
豪杰名家于诸陵，故五陵为豪侠所聚"。

23. 轻肥：范云诗"傧从皆珠玳，裘马悉
轻肥"。

除了"匡衡"两句是"事典"，其余都是"言典"。
这两句仇兆鳌还补充了15、19两个注释，说杜甫是
以"匡衡、刘向"自比。这确实是以少许胜多许，
引古人事迹发自己牢骚，又不须直说，有温柔敦厚
之旨。是用典的好处。但如果读者不知道这两个典
故，就无法知其用心了。

其余的都是言典，几乎每个词语都注了出处。
这大约是为了证明江西派鼻祖黄庭坚的名言："老
杜作诗、退之作文，无一字无来处"。其实我非常
怀疑杜甫写诗的时候头脑里会先想到这么多典故。

其至连"渔人、燕子、少年"这些简单词语都要先想到前人的诗句。事实恐怕是这些笺注家把简单问题复杂化了。袁枚《随园诗话》批评说:"宋人好附会名重之人,称韩文、杜诗,无一字没来历。不知此二人之所以独绝千古者,转妙在没来历。"我认为他是对的,其实这首诗中除了匡衡一联以及"五陵"用了熟典以外,可说没有用典。仇兆鳌这类繁琐考证反而会对后人的掉书袋起推波助澜的作用。从根本上说,用典的关键在于浑成,要用了看不出来,而一查都有典故。因此我说这是卖弄学问的场合。今人作诗虽可不讲究,但书还是应该多读,到时自然化出,所谓"腹有诗书气自华"也。

用典讲究的是"自然",化古人语为己语,令人不觉其为用典。至于刻意用典,就成了有意卖弄学问,这是不值得提倡的。古代有名的卖弄学问的例子如苏轼的《雪后书北台壁二首·其二》的颔联。全诗如下:

城头初日始翻鸦,陌上晴泥已没车。

冻合玉楼寒起粟，光摇银海眩生花。

遗蝗入地应千尺，宿麦连云有几家。

老病自嗟诗力退，空吟冰柱忆刘叉。

人们对"玉楼"为什么会"冻合"？又为什么会"起粟"？"银海"为什么用"光摇"来形容？又为什么会"眩生花"？觉得不好解。只有王安石看了后指出说，"此出道书耳。"人们才恍然大悟。因为道教书中曾把肩膀称为"玉楼"、把眼睛称为"银海"。这是一般人不知道的僻典。

综上，我们对用典的态度可用五句话来概括：重视但不提倡；七律长词偶用；事典不如言典；生典不如熟典；掺入不如化入。

第四章　学诗练习

前文所谈，涉及诗词格律、诗词鉴赏以及诗词创作，历代诗话所涉及的问题几乎都已谈到，本来可以结束了。但我们还想再增加一个内容：练诗，即学诗练习，以为各种诗词教学班、培训班提供一点思路。这是传统诗话所不载却又为今天所需要的东西。传统诗话之所以不载，是因为他们的读者对象都是会诗的，没有这个需要；今天之所以需要，是因为今天的学诗者都是成人，没有经过基础训练，常常是学了一点基本知识后马上进入命题写作，好像知识就等于技能，懂了就必然会写似的。缺少一个练习过程。本书想弥补这一方面的不足，介绍一些训练方法。包括入手法、炼字法、炼句法、炼篇法、合练法等几个方面。这些内容，古代没有过系统和专门的论述，我们是从传统蒙学和文字游戏中总结出来的。我们千万不要小看蒙学和文字游戏，其中往往体现了各民族学习自身语文的智慧，而且寓教于乐，随时随地可以进行，效果比现在学校里那些做不完的作业不知要好多少。20世纪以来在否定传统文化过程中这些传统语文的教学智慧也当作糟粕被扔掉了。今天还有重新认识和借鉴的必要。

第一节　入手法

一、对课

第一步是入手法，学诗的入手是"属对"，以前在学塾里称"对课"，俗称"对对子"。十多年前在谈到中小学语文教学时，我曾经提出过一个命题，"我们是在用教外语的方式教母语"，这是有事实依据的。什么是"外语式的中文教学"？就是教材依语法为纲，作文以造句为基础，教学以发音领先文字，考试则自上世纪八十年代后以多项选择为"科学"。这些都是从西方学来的，但都不适合中国语文教学。中国传统教学呢？识字为教学之始，教材以韵文启蒙，作文始于对课，考试自明清以来则是八股文与试律诗的天下。这些异同有许多问题可以讨论，这里不展开，只对比较造句与对课。

西方引进的"造句"练习本质上是为语法教学服务的。西文里词不独立，必依附于句，学一个词不懂其语法功能等于没学，而检查学生是否学会了语法功能的办法就是通过造句。因此造句是学语法的一部分，其结果是有"对、错"之分的。中国的字本身就有音形义，是学习的对象，其在句中的意义则灵活多变，依上下文而定，造句于检查词的用法几乎没用。试以"结果"造句，不同的学生造了"这棵树只开花不结果""昨天睡太晚，结果今早起不来了""强盗拔出刀，一刀结果了他的性命"，你怎么判断其对错甚至好坏？至于用"关连词语"（来自西方的连词）如"因为……所以"造句，那更是笑话，通过这种练习，学生可说一无所获。

相对于仿照外语教学的"造句"是用非所学的说废话，传统的"属对"是真正综合性的语文训练。传统蒙学有三个内容，一是识字，教材是"三百千"；二是习字，"教材"是"上大人孔乙己"；三是作文，"参考教材"是《声律启蒙》之类。不同于"造句"一无依傍,学生可以天马行空乱写,教师难以评定其对错高低,属对有上联作依据,对得对错好坏一见便知,甚至还可发现高出命题者意图的优秀苗子。陈寅恪先生说对对子有四大测试功能,一是能测出学生能否"分别虚实字及其应用",二是能测出学生能否"分别平仄声",三是能测出学生"读书之多少及语藏之丰富",四是能测出学生之"思想条理"。短短五个字或七个字,不亚于考一篇小作文。陈先生并利用国文系主任刘文典委托他为1932年清华大学入学命题的机会,亲自实践,出了百余年来唯一的一道对对子题,题目仅三个字"孙行者"。上联仅三个字,比一般对子都短,但非常不容易对。因为它实际考了:一,文化,必须是姓名为三个字的文化名人;二,声调,"平平仄"的对句必须为"仄仄平";三,虚实或语法,必须为"名动助";四,意义,"孙""行""者"各有其义,对句三字亦须相关;五,暗伏,实际上陈先生还埋了一个包袱,他出此题是受了苏东坡《赠虔州术士谢晋臣》诗中"前生恐是卢行者,后学过呼韩退之"两句诗中"卢行者"对"韩退之"的启发，不仅人名对人名，而且"韩卢"合起来是"犬名"。他"一时故作狡猾"，期望有应试者能领会其意，对出"胡适之"，因"胡""孙"谐音"猢狲"，开当时白话文主张者胡适一个玩笑。这副联要对得完全符合要求是极难的，据说有一半人交了白卷或乱对（如对"猪八戒"之类），有几个对了"祖冲之"或"王引之"，但"冲""王"是平声，音韵不理想。实际上"胡"也是平声，有同样的问题。可见要对好对子非常不容易。

对对子训练从唐代就有了，那时主要是为了作骈文。作为童蒙教材大约始于明代，现在所见最早的为司守谦（生卒年不详）所作的《训蒙骈句》。目的当然是为了作八股文，但同时也是为了作诗。因为两者实际是相通的。五、七言的是诗，长短句的便是文。而且书的编排就是依照诗韵的次序，更利于学诗。后来明末清初李渔的《笠翁对韵》和车万育的《声律启蒙》也是如此。

如同习字有"摹"（描红）和"临"（临帖）两个阶段一样，对对子的训练也可以有两个阶段，第一阶段相当于"摹"，就是记诵《声律启蒙》这样的对仗"范文"。第二阶段相当于"临",就是教师出上联,命学生对下联。从二字逐渐增加到七字。到七字是顶了,因为从文言结构来说,七字以上就是长句,要拆成两个短句,而每个短句都少于七字。因此七字训练熟了,应付任何长度都不成问题。"临"的阶段还可从学塾扩大到社会,几乎时时处处可以进行,任何人都可命题,对对子也成了生活中的乐趣。

二、斗草及其他

对对子是综合性的训练,也是学诗真正有效的第一步。如果连对子都不会对,都对不好,那真没做诗词什么事了。而且对对子简单易行,不受时间、地点、对象的限制,因此几百年里曾十分风行。还留下了无数对对的民间故事,什么学生难老师啦,老农考秀才啦,长工难小姐啦,新娘难新郎啦等等。这正是中国成为"诗国"的社会基础。从中我们还看到,语文教学的社会化和知识普及的娱乐化。上面说到不要小看文字游戏,它很可能是在以独特的方式起到普及文化知识的功能,是课堂教学的愉悦引申。这里再举一个与对对子有关的游戏：斗百草。

斗草是一种非常古老的游戏，《诗经》时代就已有了，唐宋以后风气大盛。这与中国的农业和中医药的传统可能很有关系，人们需要熟悉植物的知识以及草药的药性。南北朝梁宗懔（约501—565）著的《荆楚岁时记》就记载了这一风俗："五月五日，四民并踏百草，又有斗百草之戏。采艾以为人，悬门户上，以禳毒气。是日，竞渡，采杂药。"晏殊《破阵子·春景》更有生动的描写：

燕子来时新社，梨花落后清明。池上碧苔三四点，叶底黄鹂一两声。日长飞絮轻。
巧笑东邻女伴，采桑径里逢迎。疑怪昨宵春梦好，元是今朝斗草赢。笑从双脸生。

斗草开始时只涉及植物本身，发展到后来，跟对对子相结合，就成了实物名称的对对子比赛。古典小说《红楼梦》和《镜花缘》对此都有很生动的描写。如《红楼梦》62回：

外面小螺和香菱、芳官、蕊官、藕官、豆官等四五个人，都满园中顽了一回，大家采了些花草来兜着，坐在花草堆中斗草。这一个说："我有观音柳。"那一个说："我有罗汉松。"那一个又说："我有君子竹。"这一个又说："我有美人蕉。"这个又说："我有星星翠。"那个又说："我有月月红。"这个又说："我有《牡丹亭》上的牡丹花。"那个又说："我有《琵琶记》里的枇杷果。"

这些都是丫环们玩的游戏，可见其与对对子一样的普及程度。到了李汝珍的《镜花缘》77回《斗百草全除旧套，对群花别出新裁》，那些钦点才女们就更斗出新花样来了。以前斗草要现场采草，毕竟有限。才女们为了不破坏百药圃的名贵药草，立出新法，只要有过的草，不拘前朝后代，不问国内国外，不管本名别名，都可拿来用。实际上成了纯文字游戏。原文几乎整整一回书，我们摘一段如下：

　　婉如道："俺先发发利市，出个'金星草'。"

姜丽楼道："梨花一名'玉雨花'。" 锦云道："以玉对金，以雨对星，无一不稳。"秦小春把崔小莺袖子一拉，道："我出'牵牛'。"崔小莺两手向小春一扬，道："我对丹参的别名'逐马'。"紫芝道："你对'逐马'，我对'夺车'。"花再芳道："妹子因小春姐姐'牵牛'二字，忽然想起他的别名。我出'黑丑'。"紫芝道："好端端为何要出丑?"素云道："这个'丑'字暗藏地支之名，却不易对。"燕紫琼道："茶有'红丁'之名。"众人一齐叫绝。……邹婉春道："桂州向产一草，名唤'倚待草'。"枝兰音道："玫瑰一名'徘徊花'。"兰芝道："'倚待'对''徘徊'，这是天生绝对。"施艳春道："我出'苍耳子'。"吕瑞蕙道："我对'白头翁'。"米兰芬道："敞处蔷薇向有别种，其花与月应圆缺，名叫'月桂'，此花不独我们智佳最多，闻得天朝也有此种。"闵兰荪道："温台山出有催生草，名唤'风兰''，以此为对。"……兰荪想一想道："记得兔丝又名'火焰草'。"薛蘅香道："我对'金灯花'。"众人一齐叫好。柳瑞春道："三春柳一名'人柳'。"董翠钿道："我······我······我对'佛桑'。"

请注意上面的对子，不仅字面意义相对，平仄相对也十分严格，确实非常不容易，也是很好的训练。从草名拓开，则所有的名词术语都可拿来对。首先是中药名，然后是人名、地名、鸟兽虫鱼名，发展到现代还有电影名、歌曲名、小说名等，几乎无物不可拿来对。其中发展最成熟的是中药名。

斗草等的发展，可从两字的名词延伸为四至七字的对联，更甚矣者还可作成诗。其中药名诗、药名对更受欢迎，几乎已成为一种特定形式。前几年有一对小朋友结婚，请我去作证婚人。由于两人均出自中医世家，又均为全国武术冠军，我送了一副药名联以贺：

天雄夜合红娘子

远志当归黄帝经

横批：喜树双花

其中"天雄、夜合、红娘子、远志、当归、喜

388

树、双花"均为中药名。双方父母及在座宾客多为中医界人士，见此都会心一笑。下联的黄帝经指《黄帝内经》，是中医之祖，也没有离题。以"子"对"经"，均为四部之名，以"帝"对"娘"，是皇帝对娘娘，也是很严格的。

现代人远离农村，中药大约只知成药。作草名、药名对已不现实。不过如拓展到无物不可对，作为属对训练还是很有前途的。

第二节　炼字法

炼字的训练，我们推荐敲诗法。"敲诗"的来源便是贾岛、韩愈"推敲"的故事。后来发展出"一字师"，故事就更多了。

"一字师"的出处是陶岳的《五代史补》，其中记载晚唐诗人郑谷（851—910）在袁州（今江西宜春），诗僧齐己去拜访他，带去了自己的一卷诗，其中有一首《早梅》：

万木冻欲折，孤根暖独回。

前村深雪里，昨夜数枝开。

风递幽香出，禽窥素艳来。

明年如应律，先发望春台。

郑谷读了笑笑说："'数枝'非早也，不如'一枝'为佳。"齐己佩服之至，不觉叩地膜拜。"一"当然比"数"少，也更体现出"早"的意思。于是人称郑谷为齐己的一字之师。这个"一"有双关义，既指一个字，也特指"一"这个字。

到了近代发展出敲诗之法。从古人的实践来看，敲诗法还可细分为二种：

第一种可称为"猜字法"。宋代洪迈《容斋续笔》卷八"诗词改字"条记载了三件事，前两件是：

王荆公绝句云："京口瓜洲一水间，钟山只隔数重山。春风又绿江南岸，明月何时照我还。"吴中士人家藏其草，初云"又到江南岸"，圈去到字，注曰不好，改为过，复圈去而改为入，旋改为满，凡如是十许字，始定为绿。黄鲁直诗："归燕略无三月事，高蝉正用一枝鸣。"用字初曰抱，又改曰占、曰在、曰带、曰要，至用字始定。予闻于钱伸仲大夫如此。今豫章所刻本，乃作"残蝉犹占一枝鸣"。

前一个例子大家都很熟悉，是王安石的绝句《泊船瓜洲》，第三句的"绿"字，曾用过"到、过、入、满"等十余字。后一个是黄庭坚的《登南禅寺怀裴仲谋》：

> 茅亭风入葛衣轻，坐见山河表里清。
> 归燕略无三月事，残蝉犹占一枝鸣。
> 天高秋树叶公邑，日暮碧云樊相城。
> 别后寄诗能慰我，似逃空谷听人声。

其中第四句的"占"字，据洪迈说，也曾用过"抱、占、在、带、要"，最后才改为"用"，但定本却又改回"占"字。

后人受此启发，发明了猜字的游戏，其法是在一张纸上写一句生僻的古诗，藏去一字或两字，另配以四字或八字让人去猜，猜中为胜。

第二种可称为"补字法"。我们也先看两则关于杜诗的逸事：一则是杜甫的《曲江对雨》诗：

> 城上春云覆苑墙，江亭晚色静年芳。
>
> 林花著雨燕支湿，水荇牵风翠带长。
>
> 龙武新军深驻辇，芙蓉别殿漫焚香。
>
> 何时诏此金钱会，暂醉佳人锦瑟旁。

仇兆鳌《杜少陵集详注》引王彦辅（王得臣，1036—1116）言："此诗题于院壁，'湿'字为蜗蜓所蚀。苏长公、黄山谷、秦少游偕僧佛印，因见缺字，各拈一字补之：苏云'润'，黄云'老'，秦云'嫩'，佛印云'落'。觅集验之，乃'湿'字也，出于自然。而四人遂分生老病苦之说。诗言志，信矣"。说是第三句的"湿"字，被虫蚀看不出了，苏轼、黄庭坚、秦观与佛印四人遂各自提出一个字补上，分别用了"润、老、嫩、落"四字。王得臣认为原诗和四人用的字各自有理，证明"诗言志"。

另一个例子见于《六一诗话》：

> （陈舍人从易）偶得杜集旧本，文多脱误，至《送蔡都尉诗》云："身轻一鸟□"，其下脱一字。陈公因与数客各用一字补之。或云疾，或云落，或云起，或云下，莫能定。其后得一善本，乃是"身轻一鸟过"。陈公叹服，以为虽一字，诸君亦不能到也。

这首诗题为《送蔡希鲁都尉还陇右因寄高三十五书记》，是篇五古，其开头八句是：

> 蔡子勇成癖，弯弓西射胡。
> 健儿宁斗死，壮士耻为儒。
> 官是先锋得，材缘挑战须。
> 身轻一鸟过，枪急万人呼！

陈从易（966—1031）他们讨论的是第七句。宾客们分别用了"疾、落、起、下"，后来找到原本，发现是"过"，于是纷纷自叹不如。后来这也发展成一种学诗方法，即找一首比较偏僻的古诗，遮住其中一字，让参与者补上，以评高低。

后人把"猜字"与"补字"都归入"敲诗"之例。其实两者是不同的。"猜字"有"标准答案"，而且有现成的一组字在那里供选择，答题者只要从中选择一个就可以。"补字"未必有标准答案，需要答者独立思考，做出自己的选择。两者相比，犹如现今风靡的"多项选择题"与传统的问答题的区别。"多项选择"难的是出题者，要为一个正确答案配上几个似是而非、又"非"得不能太离谱的题目很不容易；而答题者却很轻松，钩错了固然肯定错，钩对了也未必说明你真正懂得了，也许只是运气而已。"问答题"却是出题容易答题难。出题者头脑一热，出了个例如"孙行者"求对，答题者却要绞尽脑汁，还未必答得出。而要评判不同答案的高低，又反过来要考验命题者。这是很好的师生互动，"教学相长"。我认为在练习时两种方法都可以用，而应以后者为主。前者考察的是学习者的诗词熟悉程度和语感，后者考察的是真正的驾驭文字能力。

第三节　炼句法

一、诗钟

炼句的方法，我们提出两种：诗钟和换韵。

诗钟是晚清受八股文命题和对联中的"无情对"启发而发明的文字游戏。以两个互相不搭界的字或事物为题，要求在一定时间里完成七言诗的一联。其限时常以燃香的办法，把香伸出几外，在一定位置系一根线，下挂一个铜钱，钱下方承以铜盘。香烧到指定地方，线断钱落在盘上，发出钟一样的声音。故名诗钟。在发展过程中也像灯谜一样形成了很多"格"，如分咏格、合咏格、鸿爪格、双钩格、嵌字格、卷帘格等等十余种。这里不细说，举两个例子以见一斑。

一个例子，题目要求分咏"夕阳"和"《红楼梦》"两件事物，前者是自然现象，后者是一部小说，两者毫无关系。有人做的答案是：

万里河山归倒影

百年金玉错良缘

上句写夕阳,下句概括《红楼梦》基本情节。再一个例子。题目是"蚊"和"玉溪生"。前者是昆虫,后者是唐代诗人李商隐的号。有人做成:

声入晚来如有市
诗缘情作每无题

上句写晚上蚊来声若闹市,下句写出李商隐最有特点的"无题"诗。这个诗钟据说是清末状元洪钧作的。

八股文最难的是"破题",即用一句话概括题意,而诗钟要求必须用平仄合律的七个字,这是对单句造句的最好考验。而题中两事毫不相干,却要对成工整的对联,内容无情,形式有情,这是对联句的极好训练。

诗钟发展到后来,有的非常难。例如有的要求集句还要嵌固定字。如集唐诗且嵌"女,花"二字,有人做成:

商女不知亡国恨

落花犹似坠楼人

上句出自杜牧《泊秦淮》，下句出自同一作者的《金谷园》。上下句第二字嵌"女，花"二字。难度确实很高。

二、换韵

前面曾提到宋代诗妓琴操因有人把秦观的《满庭芳》第一句唱错韵脚，结果全词换了韵脚后重唱一遍的故事。《词林纪事》甚至收入改作，作为琴操本人的作品。受此启发，我们可以发明一个新的练诗办法，即改动某名作的第一个韵字，然后依新字的韵部把全诗重写一遍。由于诗是现成的，内容甚至辞藻都无须太多考虑，只要考虑因改末字引起的句子变化，因此我们也把它归在"炼句"里。试举一个例子。如杨慎的《临江仙》：

滚滚长江东逝水，浪花淘尽英雄。是非成败转头空。青山依旧在，几度夕阳红。　　白发渔樵江渚上，惯看秋月春风。一壶浊酒喜相逢。古今多少事，都付笑谈中。

我们试把第一个韵脚改成"豪"。则整首诗可以改写成：

　　　　滚滚长江东逝水，浪花淘尽英豪。是非成败转头销。青山依旧在，几度夕阳骄。　　白发渔樵江渚上，惯看秋月春潮。一壶浊酒乐消遥。古今多少事，笑语入新醪。

或把第一个韵脚改成"群英"。整首诗可以改成：

　　　　滚滚长江东逝水，浪花淘尽群英。是非成败共谁争。青山依旧在，几度夕阳明。　　白发渔樵江渚上，惯看月白风清。一壶浊酒喜相倾。古今多少事，都付笑谈声。

改作当然不如原作，讨论不如在哪里，也是一个有益的实践。

　　古代文字游戏中有一种翻韵诗，亦称倒字诗。

最早的作品见于《全唐诗》第 12 函第 8 册"谑谐"部，说有一位南海狂生黎瓘游于漳州，因喜欢酗酒不受欢迎，因此一次乡饮酒人家不请他，他就写了一首《赠漳州崔使君乡饮翻韵诗》：

> 惯向溪边折柳杨，因循行客到州漳。
>
> 无端触忤王衔押，不得今朝看饮乡。

坐中大笑，于是崔使君就派人把他请来。诗中把"杨柳"说成"柳杨"，以之为韵，每句末两个字都是颠倒的，应为"漳州、押衔、乡饮"。因此称为"倒字"；又因以颠倒后的"杨"字为韵，因此又称"翻韵诗"。

后来有一首流传更广，在明人吴安国的《累瓦三编》、清人褚人获的《坚瓠七集》等书里都有记载，文字也有出入。以下是常见的一种：

> 翁仲将来作仲翁，也缘书读少夫工。
>
> 如何入得院林翰，只好州苏作判通。

诗中"读书、工夫、翰林院、苏州、通判"均用了倒字。

　　这种文字游戏中的多数倒字游戏成分太足，我们不必太在意，但其"翻韵"与我们说的"换韵"类似，在平时练习时不失为一种方法。甚至创作时偶而也会用到。本书第三章第二节"韵量"中，我把康有为的诗句"译才并世数严林"倒字成"译才并世数林严"，以"严"字为韵作诗，其实也是"翻韵"或"换韵"。

第四节　炼篇法

一、檃括

　　炼字炼句往上就是炼篇，古时没有这个说法，就是整篇的练习。讲"练习"说明它还不是正式创作，是利用既有的作品，在无须考虑炼意炼格情况下的技巧训练。有两种炼篇的方法，一是檃括，一是译诗。

　　檃括是一种特殊的写作方法，即根据现成作品改写，诗改作词，词改作诗，文改作诗词等。前人把它看成新的作品。我想至少可以用来作为练习写作的方法。因为毕竟思想内容是原作，新作只是在形式上改编而已。而且在檃括过程中，不可避免地要利用原作的辞藻和句式，是一种介于仿作与原创之间的作品。

檃括的名称起于苏轼，但最早的檃括作品应该是王维的《桃源行》，它是檃括陶渊明的《桃花源记》的。《桃花源记》原文是散文：

晋太元中，武陵人捕鱼为业。缘溪行，忘路之远近。忽逢桃花林，夹岸数百步，中无杂树，芳草鲜美，落英缤纷，渔人甚异之。复前行，欲穷其林。林尽水源，便得一山，山有小口，仿佛若有光。便舍船，从口入。初极狭，才通人。复行数十步，豁然开朗。土地平旷，屋舍俨然，有良田美池桑竹之属。阡陌交通，鸡犬相闻。其中往来种作，男女衣着，悉如外人。黄发垂髫，并怡然自乐。见渔人，乃大惊，问所从来。具答之。便要还家，设酒杀鸡作食。村中闻有此人，咸来问讯。自云先世避秦时乱，率妻子邑人，来此绝境，不复出焉，遂与外人间隔。问今是何世，乃不知有汉，无论魏晋。此人一一为具言所闻，皆叹惋。余人各复延至其家，皆出酒食。停数日，辞去，此中人语云："不足为外人道也。"既出，得其船，便扶向路，处处志之。及郡下，诣太守，说如此。太守即遣人随其往，寻向所志，遂迷，不复得路。南阳刘子骥，高尚士也，闻之，欣然规往，未果，寻病终。后遂无问津者。

王维将它改写成一篇七言歌行《桃源行》：

渔舟逐水爱山春，两岸桃花夹去津。坐看红树不知远，行尽青溪不见人。山口潜行始隈隩，山开旷望旋平陆。遥看一处攒云树，近入千家散花竹。樵客初传汉姓名，居人未改秦衣服。居人共住武陵源，还从物外起田园。月明松下房栊静，日出云中鸡犬喧。惊闻俗客争来集，竞引还家问都邑。平明闾巷扫花开，薄暮渔樵乘水入。初因避地去人间，及至成仙遂不还。峡里谁知有人事，世中遥望空云山。不疑

灵境难闻见，尘心未尽思乡县。出洞无论隔山
水，辞家终拟长游衍。自谓经过旧不迷，安知
峰壑今来变。当时只记入山深，青溪几度到云
林。春来遍是桃花水，不辨仙源何处寻。

其实陶渊明在《桃花源记》后面本来就有一首五
言诗，概括了《记》的内容，但在文字上联系不
多，等于是同题新作。大约王维对之不满意，同
时受其形式的启发，因而用七言进行了重写。从
效果来看，陶诗比较"高古"，王维更贴近《记》
的文字。

到了宋代，同样喜欢陶渊明的苏轼在和了陶的全
部诗作之后，似乎还未过瘾，用词的形式檃括了陶渊
明的《归去来辞》，这就是《哨遍》。词前有长序曰：
"陶渊明赋《归去来》，有其词而无其声。余治东坡，
筑雪堂于上。人俱笑其陋，独鄱阳董毅夫过而悦之，
有卜邻之意。乃取《归去来》词，稍加檃括，使就声
律，以遗毅夫。使家童歌之，时相从于东坡，释耒而
和之，扣牛角而为之节，不亦乐乎?"这大约就是
"檃括"作为一种文体的出处。词曰：

为米折腰，因酒弃家，口体交相累。归去来，谁不遣君归。觉从前皆非今是。露未晞。征夫指予归路，门前笑语喧童稚。嗟旧菊都荒，新松暗老，吾年今已如此。但小窗容膝闭柴扉。策杖看孤云暮鸿飞。云出无心，鸟倦知还，本非有意。　　噫！归去来兮。我今忘我兼忘世。亲戚无浪语，琴书中有真味。步翠麓崎岖，泛溪窈窕，涓涓暗谷流春水。观草木欣荣，幽人自感，吾生行且休矣。念寓形宇内复几时。不自觉皇皇欲何之？委吾心、去留谁计。神仙知在何处？富贵非吾志。但知临水登山啸咏，自引壶觞自醉。此生天命更何疑。且乘流、遇坎还止。

把原文 340 字缩为 203 字。把文檃括成词的还有黄庭坚用《瑞鹤仙》檃括欧阳修《醉翁亭记》、辛弃疾用《哨遍》檃括《庄子·秋水》等。宋代有一位林正大，生卒年无考，是一位檃括爱好者，他留下的近 50 首诗词，几乎全是檃括作品。如用《贺新郎》檃括王羲之《兰亭集序》、欧阳修《醉翁亭记》，用《沁园春》隐括范仲淹《严先生祠堂记》，用《水调歌头》隐括韩愈《送李愿归盘谷序》、范仲淹《岳阳楼记》、欧阳修《相州昼锦堂记》、苏轼《黄冈竹楼记》，用《念奴娇》隐括陶渊明《归去来辞》、李白《暮春江夏送张祖监丞之东都序》、苏轼的前后《赤壁赋》，用《满江红》隐括杜甫《醉时歌》，用《摸鱼儿》隐括王绩《醉乡记》，用《意难忘》隐括李白《蜀道难》，用《木兰花慢》隐括李白《将进酒》等。但总的来看，把文隐括成诗词要作的改编太大，"重写"的味道也更浓。作为"炼篇"练习，我们还是宜从短篇着手。下面是些短篇例子。

例如马致远的著名小令《天净沙》：

　　枯藤老树昏鸦，小桥流水人家，古道西风瘦马。夕阳西下，断肠人在天涯。

有人隐括成七绝：

　　枯藤老树栖昏鸦，小桥流水绕人家。
古道西风伴瘦马，断肠游子在天涯。

有人再省改作五绝：

老树栖昏鸦，流水绕人家。
瘦马卧古道，游子在天涯。

还有人改作另一词牌《忆江南》：

夕阳下，老树栖寒鸦。古道西风卧瘦马，小桥流水绕人家。肠断在天涯。

再如杨慎的《临江仙》：

滚滚长江东逝水，浪花淘尽英雄。是非成败转头空，青山依旧在，几度夕阳红。　　白发渔樵江渚上，惯看秋月春风。一壶浊酒喜相逢，古今多少事，都付笑谈中。

檃括为七律：

长江东逝涤英雄，成败是非转眼空。

莽莽青山依旧在，匆匆夕照几回红。

渔翁樵客江边老，秋月春风醉里逢。

古往今来多少事，对杯且付笑谈中。

檃括为五古：

长江东逝去，浪花淘英雄。是非与成败，转头都是空。青山依旧在，几度夕阳红。渔樵皆白发，江渚喜相逢。对饮举浊酒，休论月和风。古今多少事，都付笑谈中。

五绝：

滚滚长江水，英雄俱是空。

渔樵将浊酒，都付笑谈中。

七绝：

江水东流英业空，青山宛在夕阳红。

渔樵把酒会江渚，千古兴亡谈笑中。

可见这种练习的方法是无止境的。前不久在网络上看到有人把徐志摩的名诗《再别康桥》从新诗分别改写成七律和《鹧鸪天》词，格律颇谨严，这也可算是一种檃括式的练习。

二、译诗

与檃括类似的有译诗，这是二十世纪以来新产生的事物，是古人所未曾梦想到的。说类似，因为这也是内容不变，而形式上是通篇的重写。但与檃括不同者，是原诗的辞藻、句式等不能现成地搬用，而需经过改造。

二十世纪初，外国诗歌译成中文，多采用旧体诗形式，试以英国拜伦（Lord Byron）《哀希腊》（The Isles of Greece）诗的第一节为例，梁启超、苏曼殊、马君武、胡适等曾先后尝过多种诗体。下面是原文及诸家译文：

The isles of Greece，the isles of Greece!

Where burning Sappho loved and sung,

Where grew the arts of war and peace, —

Where Delos rose, and Phoebus sprung!

Eternal summer gilds them yet，

But all，except their sun，is set.

梁启超译成散曲《沈醉东风》:

咳，希腊啊!希腊啊!你本是平和时代的爱娇，你本是战争时代的天骄，"撒芷波"歌声高，女诗人热情好，更有那"德罗士""菲波士"两神名荣光常照。此地是艺文旧垒，技术中潮，即今在否，算除却太阳光线，万般没了。

苏曼殊译成五言古风:

巍巍希腊都，生长奢浮好，
情文何斐亹，荼辐思灵保。
征伐和亲策，陵夷不自葆。
长夏尚滔滔，颓阳照空岛。

马君武译成七言歌行:

希腊岛，希腊岛，诗人沙孚安在哉，爱国之诗传最早。战争和平万千术，其术皆自希腊出。德娄飞布两英雄，溯源皆是希腊族。吁嗟乎！漫说年年夏日长，万般销歌剩斜阳。

胡适则译成《楚辞》体：

嗟汝希腊之群岛兮，实文教武术之所肇始。诗媛沙浮尝咏歌于斯兮，亦羲和素娥之故里。今惟长夏之骄阳兮，纷灿烂其如初。我徘徊以忧伤兮，哀旧烈之无余！

丰华瞻用四言体翻译了华滋华斯（William Wordworth, 1770－1850）的《水仙》 （The Daffodils），如其第一节：

I wander'd lonely as a cloud
That floats on high o'er vales and hills,
When all at once I saw a cloud,
A host of daffodils,

Beside the lake，beneath the trees

Fluttering and dancing in the breeze.

翻成：

山间谷上，白云飘浮。我如白云，独自遨游。

忽见水仙，黄花清幽。湖边树下，摆舞不休。

甚至还有用格律体诗词翻译的。如莎士比亚十四行诗第 18 首：

Shall I compare thee to a summer's day?

Thou art more lovely and more temperate;

Rough winds do shake the darling buds of May,

And summer's lease hath all too short a date;

Sometimes too hot the eye of heaven shines;

And often is his gold complexion dimm'd,

And every fair from fair sometime declines,

By chance or nature's changing course untrimm'd;

But thy eternal summer shall not fade,

Nor lose possession of that fair thou ow'st

Nor shall Death brag thou wand'rest in his shade,

When in eternal lines to time thou grow'est.

So long as men can breathe or eyes can see,

So long lives this, and this gives life to thee.

黄必康译成《念奴娇》词：

> 夏日晴馥，怎堪比，吾友俊秀雍睦。五月娇蕊，疾风过，落英纷纷簌簌。夏景须臾，艳阳似火，忽又云遮路。造化恒变，嗟叹美色不驻。唯君盛夏常青，更红颜天成，雍华容禄。笑问死灵，冥影暗，奈何人间乐福、君生无老，偕同诗同向远，为时久夙。天地不灭，吾诗君生永驻。

只是《念奴娇》传统押入声韵，译者采用普通话标准的《中华新韵》作了变通，通押为去声韵。习惯于传统诗词格律的人读来可能会不习惯（如"路、驻"等字）。但不管怎样，这是个大胆而有趣的尝试。

近年来网上流传的名为莎士比亚实为土耳其诗人 Qyazzirah Syeikh Ariffin 译成英文的哲理诗 *Korkuyorum*（《我怕了》）的多种汉译版，虽然有的带有调侃意味，但有的也反映了用传统形式译诗的积极尝试。试举该诗的英语译文及几首中文格律体译文如下：

I Am Afraid

You say that you love rain，

but you open your umbrella when it rains.

You say that you love the sun，

but you find a shadow spot when the sun shines.

You say that you love the wind，

but you close your windows when wind blows.

This is why I am afraid，

you say that you love me too.

译成七言绝句：

微茫烟雨伞轻移，喜日偏来树底栖。

一任风吹窗紧掩，付君心事总犹疑。

译成七言律诗：

> 江南三月雨微茫，罗伞轻撑细细香。
> 日送微醺如梦寐，身依浓翠趁荫凉。
> 忽闻风籁传朱阁，轻蹙蛾眉锁碧窗。
> 一片相思君莫解，锦池只恐散鸳鸯。

其他的译本还很多，但这两首格律是比较严谨的。

我也曾尝试过把华滋华斯的《水仙》全文译成古体：

The Daffodils   William Wordsworth

I wander'd lonely as a cloud

That floats on high o'er vales and hills,

When all at once I saw a crowd,

A host, of golden daffodils;

Beside the lake, beneath the trees,

Fluttering and dancing in the breeze.

Continuous as the stars that shine

And twinkle on the Milky Way,

They stretch'd in never ending line

Along the margin of a bay:

Ten thousand I saw at a glance,

Tossing their heads in sprightly dance.

The waves beside them danced, but they

Out-did the sparkling waves in glee:

A poet could not but be gay

In such a jocund company!

I gazed—and gazed—but little thought

What wealth the show to me had brought:

For oft, when on my couch I lie

In vacant or in pensive mood,

They flash upon that inward eye

Which is the bliss of solitude;

And then my heart with pleasure fills,

And dances with the daffodils.

我把它译成了五言古风：

> 独游似片云，飘浮峡谷中。忽惊黄金色，灿灿水仙丛。湖畔翠荫下，猎猎笑春风。恰似银河落，点点烁晴空。望中何处断？长堤碧无穷。婆娑齐摇曳，顾盼何从容。绿波欲共舞，风姿总难同。对此销魂客，诗人兴何浓。流连复流连，秀色价千钟。凭几时高卧，悠然入旧梦。每忆婀娜影，幽居添欢容。即此百虑消，天涯随芳踪。

从总的来看，外国诗歌译成中文，以非格律体的古风比较合适。格律体中的绝句还可以，律诗和词受到的限制更多。但是作为练习还是不妨的。特别是日本有很多短诗，译成中文不经加工，有时没有诗味。如日本茶道鼻祖千利休的茶道精神诗：

> 先把水烧开，
> 再加进茶叶，
> 然后用适当的方式喝茶，
> 那就是你所需要知道的一切，

除此之外，茶一无所有。

读来有禅意，但不像诗。试改译如下：

烹泉待水开，投叶莫相催。
但品茶中味，不知归去来。

第五节　合练法

最后谈谈合练法，合练就是几个志同道合的朋友一起练习。合练的来源是古人的唱和，以及文人雅集、诗会诗社等活动。

中国诗从本质上来说是为了"言志"，因此是非常个人的活动，可说与他人都不相干。因此我对现今的"职业诗人"总抱怀疑的态度，"言志"怎么可能成为职业？当然西方式的"史诗"除外，因为史诗就相当于后来的长篇小说，它以"叙事"，而不以"言志"作为宗旨。

但诗又有一个重要功能是"可以群"，群就是交际。因此"以诗会友"是古代文人一个重要活动形式。其表现之一是唱和，即你唱我和，作为互吐衷情的一种手段。有名的有汉代李陵、苏武的赠答诗，唐代元白（元稹与白居易）、刘白（刘禹锡与白居易）的唱和诗等。到宋代，苏轼和了全部的陶渊明诗，更开了在古人中觅知音的先例。表现之二则是诗会和雅集。历史上有过许多著名的文人雅集。如西汉有梁孝王的梁园雅集，参与者包括司马相如、枚乘等。汉末有曹丕、曹植的邺下之游，参与者有王粲等"建安七子"。西晋有石崇的金谷园雅集，参与者有左思、潘岳等"金谷二十四友"，这也是中国历史上诗社之始。东晋有王羲之的兰亭雅集，参与者有谢安、孙绰等，这大概也是古代最有名的文人雅集。南朝齐有萧子良的竟陵八友，包括萧衍、沈约、谢朓、王融等。唐代有白居易的香山九老会，只是其余八老都不太著名。宋代有王诜的西园雅集，苏、黄、米、蔡四大书法家，画家李公麟，以及苏辙、秦观等都是参与者。元末有顾瑛、杨维桢的玉山雅集，参与者有黄公望、倪瓒、王蒙、王冕等名士，最多时近百人。前几年我到太仓乐隐园旧址，写过一首七律：

唐宋元明说太仓，世贞铁笛俱鹰扬。

世贞识宝推东璧，铁笛横吹启魏腔。

雅集玉山诗巨擘，侵轩凉月秋无疆。

谁人会得隐居事，乐水乐山乐庙廊。

诗中"铁笛"即杨维桢。第五句写团溪雅集，这是玉山雅集的前身。玉山雅集是古时文人雅集的高潮，明清以后再没有这样有影响的活动。但文人集社、搞诗会的活动更频繁了。"诗会"实际有点像作诗比赛。通常采用分咏、分题、分韵或限韵的办法。分咏是大家分头写同一个题目；分题是先想好一些题目，届时自选或抽选；分韵是选一句诗文，如"春江花月夜"，各人分别以其中一个字的韵部作诗；限韵是事先规定用某一个韵部。这些都是通过形式限制好让人在内容上争胜。其来源是科举考试的试律诗的命题。清代试律诗通常以《四书》里的句子命题，如乾隆四十三年的会试题是《"春服既成"得"鲜"字》，"春服既成"出自

《论语·先进》。但后来也有出自诗句的，如道光六年会试题是《"莺声细雨中"得"声"字》，"莺声细雨中"即出于唐刘长卿诗《海盐官舍早春》的颈联：

> 小邑沧洲吏，新年白首翁。
> 一官如远客，万事极飘蓬。
> 柳色孤城里，莺声细雨中。
> 羁心早已乱，何事更春风。

当今在复兴中华文化的热潮中，各地都有一些诗社、诗会的组织。他们的活动常采取统一命题大家做的办法。其实还有其他办法。《红楼梦》第三十七回《秋爽斋偶结海棠社，蘅芜院夜拟菊花题》就提到两种命题方法。一种是统一命题、限体、限韵字。题是《咏白海棠》，体是七律，韵限十三元的"门盆魂痕昏"五字。另一种是分题、限体、不限韵。题是关于菊花的十二道题，即"忆菊、访菊、种菊、对菊、供菊、咏菊、画菊、问菊、簪菊、菊影、菊梦、残菊"，体是七律，咏物兼赋事。第一种办法的竞争性更强些，第二种别出心裁，但对命题者是个考验。

诗社的活动限韵尤其是限字，对作诗的限制较大，如薛宝钗所言，她平生最不喜欢。但古人是为了应付科举考试作准备，也无可厚非。今天一般情况下就不必刻意限制了。当然练习时，为了增加难度，也还是可以的。

步韵的难度更大，《咏白海棠》那六首诗都依"门盆魂痕昏"的次序，实际即限韵兼步韵。古时有诗人特别喜好步韵。但我不赞成苏轼、辛弃疾那种三叠四叠步自己韵的做法。有两种情况的步韵是可以接受的。一种是步古人韵，如苏轼的和陶诗，那是对古人古诗的一种认同。还有一种就是朋友间的交往，步韵体现彼此对同一个题材的兴趣与理解，是一种交流"言志"，也是"群"的一种好方式。2010年，我结识了印度尼西亚华族诗人、儒雅诗社社长戴俊德，彼此通过步韵，有过一次愉快的交往。先是他读到了我前一年出版的一本书《危机下的中文》，深有同感，来信向我致意。我回信时附了一首前几年作的《沁园春》词，因为这首词记录了我从事学术研究三十年的心路历程，等于解释了我写那本书的背景。词云：

> 卅载徜徉，弄语玩文，叠句累章。乃欧西负笈，穷探哲理；古今求索，频下雌黄。说让洪君，信尊严子，以字为魂膺赵王。人易老，算几番柳色，几度残阳。　迤来世事堪伤。多少孽、争教仓圣扛？笑老儒饱学，不知有汉；童生骛远，唯晓崇洋。其论弥高，其文弥下，谁信诗邦属大唐？夏风起，看接天莲叶，别样风光。

自注："洪"指德国哲学语言学家洪堡特，"严"指翻译家严复，"赵、王"指中国语言学家赵元任和王力。戴先生收到我的信后，迅即回信，并寄来了他的一首近作：

> 破旧失魂悲自彰，立新文化效西洋。
> 当年争气不争利，今日笑贫不笑娼。
> 贵妇销声成女仆，官家变相学营商。

红旗招展怅寥廓，泪洒清明在异乡。

自注：西方学者言中华传统文化犹如高雅的贵妇，中国现代汉语好比适用的女仆。

收信后我于第二天作和诗一首，还寄戴先生。诗前有小序："印尼戴俊德先生惠赠大作，酷爱中华文化之心，拳拳可鉴。敬步原韵以和之。"诗云：

心事浩茫难自彰，隔空遥应向南洋。
黄钟委地鸣瓦釜，贵妇胁肩效贱娼。
百载风云空落寞，万年圣业共谁商？
青山尽掩楼层里，不识何方是故乡！

戴先生收信后又寄来一信附和我的《沁园春》词作。词前有序云："潘文国先生乃余文墨知交，近惠示丁亥年于西湖抒怀大作《沁园春》一词。读后感触良深，故不揣肤浅，步韵奉和。庚寅大暑于椰京蜗居。"词云：

谁使中华，百载无颜，意气立章。看今时

文化，惟余莽莽；西风席卷，不见炎黄。舍却衣冠，六神无主，步履踉跄随霸王。堪怜处，叹江山失色，败柳残阳。　　沉吟不觉心伤。教育界、中兴谁可扛？问当今学者，可知有汉；奈何媚外，一味崇洋。源远流长，诗魂不绝，尚有潘师念盛唐。期明日，待春回大地，还我容光。

　　我复信表示敬佩："和词比和诗难得多，先生轻轻拈来，竟如宿构。佩服佩服。"并表示："此番文字之交，甚是有缘，日后有暇，当再与先生唱和。"后来，我把这次交往写成了《中印尼文字之交》一文。

附录一：诗韵常用字表

本表转引自王力《古代汉语》（1961年初版、1981年第二版）第四册1661—1675页，收入了该教材所选诗词的全部入韵字，常用词部分的全部常用词，以及杜诗所用的全部字，此外还酌收了杜诗以外的若干常用字。一字收入两韵以上时，在不同韵中注明其不同意义；如果意义相同时，则注明"某韵同"。通用字和异体字也择要加括号注明。诗韵一韵的字在词韵分属两部者，或一字在词韵兼属两部者，均加＊标识，并附注说明。各韵所收的字排列次序根据《诗韵合璧》。《诗韵合璧》未收的字，则根据《广韵》《集韵》等推定它们在《诗韵》中的韵部，排在该韵的最后。（原表用繁体，因部分字繁简体意义、韵部有别，故仍其旧）

（一）上平聲

【一東】東同銅桐筒童僮中（中間）衷忠蟲沖終戎崇嵩（崧）弓躬宮融雄熊穹窮馮風楓豐充隆空（空虛）公功工攻蒙濛籠（名詞，董韻同，又動詞，獨用）聾瓏洪紅鴻虹叢翁蔥聰驄通蓬篷朧怱（匆）峒狨幪忡鄸椶朦曨蘢

【二冬】冬農宗鍾鐘龍舂松衝容蓉庸封胸雍（和也）濃重（重複，層）從（順從，隨從）逢縫（縫紉）蹤茸峰蜂鋒烽笻傭恭供（供給）鬆凶溶邛縱（縱橫）匈兇洶丰彤

【三江】江釭（燈也）窗邦缸降（降伏）瀧雙龐腔撞（絳韻同）舡

【四支】支枝移爲（施爲）垂吹（吹噓）陂碑奇宜儀皮兒離施知馳池規危夷師姿遲龜眉悲之芝時詩棋旗辭詞期祠基疑姬絲司葵醫帷思（動詞）滋持隨癡維厄螭麾墀彌慈遺（遺失）肌脂雌披嬉尸貍炊湄籬茲差（參差）疲茨卑虧葹陲騎（跨馬）歧岐誰斯私窺熙欺疵貲羈彝髭頤資縻飢衰錐姨楣夔祗涯（佳麻韻同）伊追緇箕椎羆簁萎匙澌治（治理，動詞）驪驪

426

屍怡尼而鷗推（灰韻同）糜璃祁綏絺義羸騏獅嗤咨
其漓睢鼇（瓠勺，齊韻同）迤淇淄氂麻痍貔貽鸝瓷
鶿羆嵋虫罹裨丕惟猗庳栀錘劇椅（音漪，木名）郿
雖麒崎隋緦透跔琵枇仳唯

【五微】微薇暉輝徽揮韋圍幃闈違霏菲（芳菲）妃飛
非扉肥威祈旂畿機幾（微也，如見幾）譏磯饑稀希
衣（衣服）依歸郗

【六魚】魚漁初書舒居裾車（麻韻同）渠蕖余予（我
也）譽（動詞）輿餘胥狙鋤疏（疏密）疎（同疏）
蔬梳虛噓徐豬閭廬驢諸除儲如墟菹（葅）璵畬苴檺
攄於茹（茅茹）沮蜍椐淤妤鷗蹰歟鋤据（拮据）
齬泃

【七虞】虞愚娛隅芻無蕪巫于衢儒濡襦須鬚株誅蛛殊
銖瑜榆諛愉腴區驅軀朱珠趨扶符梟雛敷夫膚紆輸樞
廚俱駒模謨蒲胡湖瑚乎壺狐弧孤辜姑菰徒途塗荼圖
屠奴呼吾梧吳租盧鱸爐蘆蘇酥烏汙（汙穢）枯粗都
鋪禺誣竽雩吁瞿敷繻需殳逾（踰）揄萸臾渝嶇苻桴
俘迂姝躕拘酺糊醐酤鴣沽菟齟鴽連艫徂罕瀘毋芙幮
轤瓠鸕侏鸛茱酃匍淳鳴洿匍蝴葷晡

【八齊】齊臍黎犁藜梨蠡（支韻同）鼉妻（夫妻）萋

淒悽隄（堤）低題提蹄啼綈鵜篦雞稽兮奚嵇蹊倪霓（蜺）醯西栖（棲）犀嘶梯鼙批（屑韻同）躋齏齎迷泥（泥土）溪圭（珪）閨攜畦睽鸂

【九佳】佳*街鞋牌柴釵差（差使）崖涯*（支麻韻同）階偕諧骸排乖懷淮豺儕埋霾齋媧*蝸*皆娃*槐（灰韻同）

（有＊號的字，詞韻屬第十部；其餘屬第五部。）

【十灰】灰恢魁隈回徊（音回）槐（音回，佳韻同）枚梅媒煤瑰雷罍隤（穨）催摧堆陪杯醅嵬（賄韻同）推（支韻同）開*哀*埃*臺*苔*該*才*材*財*裁*來*萊*栽*哉*災*猜*胎*台*顋*（腮）孩*虺虺洄崔裴培騋*詼迴徘（音裴）

（有＊號的字，詞韻屬第五部；其餘屬第三部。）

【十一真】真因茵辛新薪晨辰臣人仁神親申伸紳身賓濱鄰鱗麟珍瞋塵陳春津秦頻蘋顰嚬銀垠筠巾囷緡民貧蒓（蓴）淳醇純脣倫綸輪淪勻旬巡馴鈞均臻榛姻宸寅嬪旻彬鶉皴遵循甄岷諄（震韻同）椿詢恂峋湑呻磷轔闉豳逡泯（軫韻同）詵駪湮驎燐夤荀郇蓁紉嶙氤

【十二文】文聞紋蚊雲氛分（分離）紛芬焚墳羣裙君

軍勤斤筋勳薰曛醺菫耘云芸汾濆雰氳欣芹殷（眾也）沄紜

【十三元】元*原*源*黿*園*猿*轅*垣*煩*繁*蕃*樊*翻*幡*（旛）暄*萱*喧*宛*言*軒*藩*魂渾溫孫門尊樽（罇）存蹲敦墩暾屯豚村盆奔論（動詞）坤昏婚痕根恩吞沅*湲*援*蹯*番*璠*壎*（塤）騫*鴛*掀*昆鯤捫蓀飧崙跟袁*鵷*蜿*崑臀（有 * 號的字，詞韻屬第七部；其餘屬第六部。）

【十四寒】寒韓翰（羽翮）丹單安鞍難（艱難）餐壇灘檀彈殘干肝竿乾（乾濕）闌欄瀾蘭看（翰韻同）刊丸桓紈端湍酸團摶攢官觀（觀看）冠（衣冠）鸞鑾巒歡（驩）寬盤蟠漫（大水貌）鄲歎（翰韻同）攤姍珊玕奸（奸犯）棺磐潘攔完般磻狻邯

【十五刪】刪潸（潸韻同）關彎灣還環鬟寰班斑頒蠻顏姦（奸）攀頑山鰥間（中間）艱閑閒（安閒）嫻慳孱（先韻同）潺（先韻同）殷（朱殷）患（諫韻同）

（二）下平聲

【一先】先前千阡箋韉天堅肩賢絃弦煙燕（國名）蓮憐田填鈿（霰韻同）年顛巔牽妍淵涓蠲邊編玄懸泉

遷仙鮮（新鮮）錢煎然燃延筵氈旃鱣羶襌（參襌，
逃禪）蟬纏躔連聯漣篇偏便（安也）縣全宣鐫穿川
緣鳶鉛捐旋（迴旋）娟船涎鞭銓筌專磚（甎）圓員
乾（乾坤）虔愆權拳椽傳（傳授）焉躔濺（濺濺，
疾流貌）舷闐駢鵑遭翩扁（扁舟）沿詮痊悛韉畋滇
汧蜓漹（刪韻同）羼（刪韻同）嬋梗顓褰搴癲單
（單于）鸇璇棉臁

【二蕭】蕭簫挑（挑擔）貂刁凋雕鵰迢條髫跳蜩苕調
（調和）梟澆聊遼寥撩寮僚堯么宵消霄綃銷超朝潮
嚻樵驕嬌焦蕉椒燋饒橈燒（焚燒）遙徭姚搖謠瑤韶
昭招飆標鑣瓢苗描貓要（要求，要盟）腰邀鴞喬橋
僑妖夭（夭夭）漂（漂浮）飄翹翛祧佻徼（徼幸，
徼福）鷯飇瀟驍獠鷯嘹逍憔（顦）剽嫖

【三肴】肴巢交郊茅嘲鈔抄包膠爻苞梢蛟庖匏坳敲胞
拋鮫崤鐃哮捎撓殽啁教（使也）咆鞘抓鵁姣（蟲名）

【四豪】豪毫操（操持）絛髦刀萄猱襃桃糟漕旄袍撓
（巧韻同）蒿濤皋號（呼號）陶螯翱鼇敖曹遭糕篙
羔高嘈搔毛滔騷韜繅膏牢醪逃槽濠勞（勞苦）洮叨
舠饕熬臊淘咷嗷壕遨

【五歌】歌多羅河戈阿和（平和）波科柯陀娥蛾鵝蘿

430

荷（荷花）何過（經過，箇韻同）磨（琢磨，磨
滅）螺禾窠哥娑駝沱黿峨佗（他）苛訶珂軻（孟
軻）痾莎蓑梭婆摩魔訛贏（驘）鞾（靴）坡頗（偏
頗）俄扡（拖）呵麼渦窩迦磋跎蹉鍋鑼

【六麻】麻花霞家茶華沙（砂）車（魚韻同）牙蛇瓜
斜芽嘉瑕紗鴉遮叉葩奢槎琶衙睚涯（支佳韻同）誇
巴加耶嗟遐笆差（差錯）蟆蕐蝦葭呀杷蝸爺芭枒驊
丫裟杈樝袈邪

【七陽】陽楊揚香鄉光昌堂章張王（帝王）房芳長
（長短）塘妝常涼霜藏（收藏）場央泱鴦秧狼牀方
漿觴梁（樑）娘莊黃倉皇裝殃襄驤相（互相）湘廂
箱創（創傷）忘芒望（觀望，漾韻同）嘗償檣槍坊
囊郎唐狂強（剛強）腸康岡蒼匡荒遑行（行列）妨
棠翔良航颺倡羌姜僵薑繮（韁）疆糧穰將（送也，
持也）墻桑剛祥詳洋徉粱量（衡量，動詞）羊傷湯
魴彰漳璋猖商防筐煌篁隍凰徨蝗惶璜廊浪（滄浪）
滄綱亢鋼喪（喪葬）肓簧忙茫傍（側也）旁汪臧琅
螂（螂）當（應當）璫裳昂糖鏘尫杭邙滂驦攘鸧螿
瀼搶（突也）螳閶蔣（菰蔣）亡殃嫜薔敭孀瘡閬
（漾韻同）

【八庚】庚更（更改）羹秔坑（阬）盲橫（縱橫）觥
彭棚亨鎗（鼎類）英烹平評枰京驚荊明盟鳴榮瑩
（徑韻同）兵兄卿生甥笙牲擎鯨迎行（行走）衡耕
萌氓甍宏莖罌鸎櫻泓橙爭箏清情晴精睛菁晶旌盈楹
瀛嬴贏營嬰纓貞成盛（盛受）城誠呈程聲征正（正
月）鉦輕名令（使令）并（交并）傾縈瓊鶊賡撐瞠
崢勍鏗嶸鸚轟蜻（青韻同）鶄（青韻同）塍偵

【九青】青經涇形刑硎型陘亭庭廷霆蜓停寧丁釘仃馨
星腥醒（迥韻同）俜靈櫺齡鈴苓伶零娉舲翎鴒瓴聆
聽（聆也，徑韻同）廳汀冥溟蓂銘瓶屏萍熒螢扃
坰瞑暝婷鵑（庚韻同）蜻（庚韻同）

【十蒸】蒸烝承丞懲澄（澂）陵凌綾菱冰膺鷹應（應
當）蠅繩澠（音繩，水名）乘（駕乘，動詞）塍昇
升勝（勝任）興（興起）繒憑仍兢矜徵（徵求）凝
稱（稱贊）登燈（鐙）僧崩增曾憎罾矰層嶒能棱
（稜）朋鵬肱薨騰滕藤縢恒崚凭（徑韻同）姮

【十一尤】尤郵優憂流旒留榴騮劉由油游遊猷悠攸牛
修脩羞秋楸周州洲舟酬讎柔儔疇籌稠邱抽瘳遒收鳩
搜（蒐）騶愁休囚求裘毬（球）仇浮謀牟眸侔矛侯
猴喉謳鷗樓嫂陬偷頭投鈎溝韝幽虯疣綢鞦鶖猶啾酋

賙售（宥韻同）蹂揉鄒泅裯餱兜勾惆呦樛琉（瑠）
蚯疇丘

【十二侵】侵尋潯林霖臨針（鍼）箴斟沈砧（碪）深
淫心琴禽擒欽衾吟今襟（衿）金音陰岑簪（覃韻
同）駸琳琛忱壬任（負荷）霪黔（鹽韻同）嶔歆禁
（力能勝任）森參（參差；又音森，星名）涔淋裸

【十三覃】覃潭譚曇參（參拜，參考）驂南枏男諳庵
含涵函（包函）嵐蠶簪（侵韻同）探貪耽龕堪談甘
三（數名）酣籃柑憨藍擔（動詞）痰攔

【十四鹽】鹽檐（簷）廉簾嫌嚴占（占卜）髯匲纖籤
瞻蟾炎添兼縑霑（沾）尖潛閻鐮幨黏淹箝甜恬拈砭
銛詹殲黔（侵韻同）鈐兼漸（入也，又浸潤）

【十五咸】咸鹹函（書函）緘讒銜（啣）巖帆衫杉監
（監察）凡饞巉鑱芟嵌（山深貌）攙

（三）上聲

（注意：許多上聲字現在都讀成去聲。）

【一董】董動孔總籠（名詞，東韻同）澒汞桶洞
（澒洞）

【二腫】腫種（種子）踵寵隴（壟）擁壅宂重（輕

433

重）冢奉捧勇涌（湧）踊（踴）甬蛹恐拱栱鞏竦
悚聳

【三講】講港棒蚌項

【四紙】紙只咫是枳砥氏靡彼毀燬委詭髓累（積累）
妓綺觜此蕊徙屣爾邇弭婢侈弛豕紫企指視美否
（臧否，否泰）兕几姊匕比（比較）妣軌水止市恃
徵（角徵）喜己紀跪技蟻（螘）鄙麂篚晷子梓矢雉
死履壘誄癸沘趾芷時以已苡似耜姒巳祀史使（使
令）駛耳里理裏李鯉起杞跂士仕俟圮始峙齒矣擬恥
滓璽跱址倚被（寢衣）痏你伎

【五尾】尾鬼葦卉（未韻同）幾（幾多）偉篚斐菲
（菲薄）豈匪

【六語】語（言語）圄禦齬呂侶旅苧抒宁杼仵與（給
予）予（賜予）渚煮汝茹（食也）暑鼠黍杵處（居
住，處理）貯褚女許拒距炬鉅苣所楚礎阻俎沮舉敔
序緒嶼墅籔巨詎櫸潊去（除也）粔

【七麌】麌雨羽禹宇舞父府鼓虎古股賈（商賈）蠱土
吐（遇韻同）譜圃庾戶樹（種植，動詞）煦努罟肚
輔組乳弩補魯櫓覩豎腐鹵數（動詞）簿姥普侮五廡
斧聚午伍釜縷部柱矩武脯苦取撫浦主杜塢（塢）祖

434

堵愈扈虜甫腑俯（俛）怙怒（遇韻同）詡拄鵡賭僂
莽（養韻同）

【八薺】薺禮體米啓醴陛洗邸底詆抵牴柢坻弟悌遞
（霽韻同）涕（霽韻同）濟（水名）蠡（范蠡）澧
棨禰眯醍

【九蟹】蟹解駭買灑楷獬澥擺拐矮

【十賄】賄悔改*采*彩*綵*海在*（存在）罪宰*
醢載*（年也）餒（餧）鎧*愷*待*怠*殆*倍猥
嵬（灰韻同）蕾儡蓓每亥*乃*

（有＊號的字，詞韻屬第五部；其餘屬第三部。）

【十一軫】軫敏允引尹盡忍準隼筍盾（阮韻同）閔憫
泯（真韻同）菌螾診眕腎胗牝窘隕殞蠢緊慇朕
（朕兆）矧

【十二吻】吻粉蘊憤隱謹近（遠近）忿（問韻同）
槿刎

【十三阮】阮*遠*（遠近）本晚*苑*（願韻同）
返*反*阪*損飯*（動詞）偃*衮遁（遯，願韻同）
穩蹇*（銑韻同）巘*（銑韻同）婉*琬*閫很懇墾
畚盾（軫韻同）綣*混沌

（有＊號的字，詞韻屬第七部；其餘屬第六部。）

【十四旱】旱暖管琯滿短館（翰韻同）緩盥（翰韻同）盌（碗）款（欵）懶傘卵（哿韻同）散（散布）伴誕罕瀚（浣）斷（斷絕）侃算（動詞）纘但坦袒悍（翰韻同）纂

【十五潸】潸（删韻同）眼簡版板盞（琖）產限撰棧（諫韻同）綰（諫韻同）柬揀

【十六銑】銑善（善惡）遣淺典轉（自轉，不及物動詞）衍犬選冕輦免展繭辯辨篆勉翦（剪）卷（同捲）顯餞（霰韻同）踐昡（霰韻同）喘蘚軟齴（阮韻同）蹇（阮韻同）演舛扁（不正圓，又扁額）闡兗跣腆鮮（少也）辮件撚單（音善，姓也，又單父，縣名）畎褊珍峴緬沔湎鍵湎（音湎，湎池）繾

【十七篠】篠小表鳥了曉少（多少）擾繞遶紹杪秒沼眇矯蓼皎皎瞭朓杳窅窈嫋裊（裹）窕挑（挑引）掉（嘯韻同）肇旐縹渺緲藐森殍悄繚夭（夭折）趙兆繳（繳納，又纏也）蔦（嘯韻同）

【十八巧】巧飽卯昴狡爪鮑撓（豪韻同）攪絞拗咬炒

【十九皓】皓寶藻早棗老好（好醜）道稻造（造作）腦惱島倒（仆也）禱（號韻同）擣（搗）抱討考燥掃（號韻同）嫂槁潦保葆堡鴇稿草昊浩顥鎬皁襖蚤

澡杲縞磽

【二十哿】哿火舸鞞柁（舵）我娜荷（負荷）可坷左果裹朵鎖（鏁）瑣墮垛惰妥坐（坐立）裸跛頗（稍也）叵禍夥顆卵（旱韻同）

【二十一馬】馬下（上下）者野雅瓦寡社寫瀉（禡韻同）夏（華夏）冶也把賈（姓也）假（真假）捨（舍）赭厦椵惹踝且

【二十二養】養痒鞅像象橡仰朗獎槳敞氅枉顈强（勉强）盪惘倣（仿）兩讜儻曩杖響掌黨想榜爽廣享丈仗（漾韻同）幌晃莽（麌韻同）漭紡蔣（姓也）魍長（長幼）上（升也）網蕩壤賞往罔蟒魎廠慷

【二十三梗】梗影景井嶺領境警請餅永騁逞穎穎頃整靜省幸頸郢猛炳杏丙打哽秉鯁耿皿礦冷靖

【二十四迥】迥炯茗挺梃艇鋌酊醒（青韻同）並等鼎頂泂肯拯酩

【二十五有】有酒首手口母＊後柳友婦＊斗走狗久負＊厚叟守綬右否＊（是否）醜受牖偶耦阜＊九后咎藪吼帚（箒）垢畝＊舅紐朽臼肘韭剖誘牡＊缶＊酉扣（叩）笱莠丑苟糗某＊玖塿壽（宥韻同）

（有＊號的字，在詞韻中兼入麌韻。）

【二十六寢】寢飲（飲食）錦品枕（衾枕）審甚（沁韻同）廩袵（袵）稔稟沈（姓也）凛懍噤瀋朕（我也）荏孀

【二十七感】感覽攬膽澹（淡，勘韻同）噉（啖）坎慘憯敢頷糝撼毿黲轗

【二十八儉】儉琰歛斂（豔韻同）險檢臉染掩點篹貶冉苒陝諂奄漸（徐進）玷忝（豔韻同）崦剡芡閃歉儼嶄

【二十九豏】豏檻範減艦犯湛斬黯范

(四) 去聲

【一送】送夢鳳洞（巖洞）眾甕弄貢凍痛棟仲中（射中，擊中）糉諷慟鞚空（空缺）控

【二宋】宋重（再也）用頌誦統縱（放縱）訟種（種植）綜俸共供（供設，名詞）從（僕從）縫（隙也）雍（州名）

【三絳】絳降（升降）巷撞（江韻同）

【四寘】寘置事地意志治（治安，太平）思（名詞）淚吏賜字義利器位戲至次累（連累）偽寺瑞智記異致備肆翠騎（車騎，名詞）使（使者）試類棄餌媚

鼻易（容易）鼻墜醉議翅避笫幟粹侍誼帥（將帥）
厕寄睡忌貳萃穗二臂嗣吹（鼓吹，名詞）遂恣四驥
季刺駟泗識（音志，記也，又標識）誌寐魅燧隧悴
謚熾飼食（音寺，以食與人也）積被（覆也）芰懿
悸覬冀曁（及也）洎概愧（愧）匱饋（餽）簣比
（近也）庇閟秘鷙贄躓稘祟致珥示伺自痢緻輊譬肆
啻企爲（因爲）膩遺（餽遺）值塈櫃薏（職韻同）

【五未】未味氣貴費沸尉畏慰蔚魏緯胃渭彙謂諱卉
（尾韻同）毅既衣（著衣）翡蜚曁（諸曁，地名）

【六御】御處（處所）去（來去）慮譽（名詞）署據
馭曙助絮著（顯著）豫箸恕與（參與）遽疏（書
疏）庶預語（告也）踞鋸飫蓲覰

【七遇】遇路輅賂露鷺樹（樹木）度（制度）渡賦布
步固素具數（數量）怒（麌韻同）務霧騖鶩附兔故
顧句墓暮慕募注駐祚裕誤悟寤晤住戍（戍守）庫護
屨訴蠹妒懼趣娶鑄綯（袴）傅付諭喻嫗芋捕汙（動
詞）竚措醋赴惡（憎惡）互孺怖寓洳吐（麌韻同）
屢塑婺愬

【八霽】霽制計勢世麗歲衛濟（渡也）第藝惠慧幣砌
滯際厲涕（薺韻同）契（契約）弊斃帝蔽敝髻銳戾

裔衸繫係祭隸閉逝綴翳製替細桂稅壻例誓筮蕙詣礪勵瘵噬繼脆諦系叡（睿）毳曳蒂睇憩彗睆沴逮芮薊妻（以女妻人）睥篲遞穱壁棣毳荔泥（拘泥）儷唳薜捩羿謎蚋嘒繐

【九泰】泰*會帶*外*蓋大*（箇韻同）旆瀨*賴*籟*蔡害*最貝靄*藹*沛艾*兌丐*柰*奈*繪檜膾（鱠）儈薈太汰霈酹（隊韻同）狽薆
（有*號的字，詞韻屬第十部；其餘屬第五部。）

【十卦】卦*掛*懈廨隘賣畫*（圖畫）派債怪壞誡戒界介芥械薤拜快邁話*敗稗曬瘵屆疥玠湃薑
（有*號的字，詞韻屬第十部；其餘屬第五部。）

【十一隊】隊內塞*（邊塞）愛*輩佩代*退載*（載運）碎態*背穢菜*對廢誨晦昧礙*戴*貸*配妹喙潰黛*吠概*岱*肺溉*耒慨*塊乂碓賽刈耐*曖在*（所在）再*酹（泰韻同）瑇*（玳）蛺*珮
（有*號的字，詞韻屬第十部；其餘屬第三部。）

【十二震】震信印進潤陣鎮刃順慎鬢晉駿閏峻釁（鈊）振俊（雋）舜吝燼訊仞軔迅瞬櫬諄（真韻同）饉覲僅認瑾趁浚搢徇

【十三問】問聞（名譽）運暈韻訓糞奮忿（吻韻同）

醞郡分（名分）紊汶慍近（動詞）

【十四願】願*論（名詞）怨*恨萬*飯*（名詞）獻*健*寸困頓遜（阮韻同）建*憲*勸*蔓*券*鈍悶遜嫩販*溷遠*（動詞）巽艮苑*（阮韻同）

（有 * 號的字，詞韻屬第七部；其餘屬第六部。）

【十五翰】翰（翰墨）岸漢難（災難）斷（決斷）亂歎（寒韻同）幹觀（樓觀）散（解散）畔旦算（名詞）玩（翫）爛貫半案按炭汗贊讚漫（寒韻同，又副詞獨用）冠（冠軍）灌爨竄幔粲燦換煥喚悍彈（名詞）憚段看（寒韻同）判叛腕渙絆惋鸛縵鍛瀚衍榦館（旱韻同）盥（旱韻同）

【十六諫】諫雁患（刪韻同）澗間（間隔）宦晏慢辦盼奼棧（潸韻同）慣串莧綻幻卝綰（潸韻同）瓣扮

【十七霰】霰殿面縣變箭戰扇膳傳（傳記）見硯院練鍊譴燕宴賤電饌薦絹彥掾甸便（便利）眷麵線倦羨奠徧（遍）戀囀眩釧倩卞汴嚥片禪（封禪）譴絢諺顫擅鈿（先韻同）澱繕旋（已而，副詞）喭茜濺善（動詞）眄（銑韻同）轉（以力轉動，及物動詞）餞（銑韻同）卷（書卷）

【十八嘯】嘯笑照廟竅妙詔召邵要（重要）曜耀

（燿）調（音調）釣弔叫嶠少（老少）徼（邊徼）
眺峭誚料肖掉（筱韻同）爝燒（野火）療醮蔦（筱
韻同）

【十九效】效（効）教（教訓）貌校孝鬧豹爆罩窖樂
（喜愛）較礉（砲）櫂（棹）覺（寤也）稍

【二十號】號（號令，名號）帽報導盜操（所守也）
譟竈奧告（告訴）暴（強暴）好（喜好）到蹈勞
（慰勞）傲耗躁造（造就）冒悼倒（顛倒）犒掃
（皓韻同）禱（皓韻同）

【二十一箇】箇個（个）賀佐做軻（轗軻）大（泰韻
同）餓過（經過，歌韻同；又過失，獨用）和（唱
和）挫課唾播簸磨（石磑也）座坐（行之反，又同
座）破臥貨涴

【二十二禡】禡駕夜下（降也）謝榭罷夏（春夏）暇
霸灞嫁赦借藉（憑藉）炙（音蔗，炮肉，名詞）蔗
假（借也，又休假）化舍（廬舍）價射罵稼架詐亞
跨麝怕帕卸瀉（馬韻同）乍

【二十三漾】漾上（上下）望（觀望，陽韻同；又名
望，獨用）相（卿相）將（將帥）狀帳浪（波浪）
唱讓曠壯放向仗（養韻同）暢量（度量，數量，名

詞）葬匠障謗尚漲餉樣藏（庫藏）航訪睨醬嶂抗當
（適當）釀亢（高亢，又星名）況臟瘴王（王天下，
霸王）諒亮妄愴羢喪（喪失）悵宕傍（依傍）恙創
（開創）旺

【二十四敬】敬命正（正直）令（命令）政性鏡盛
（多也）行（品行）聖詠姓慶映病柄鄭勁競净竟孟迸
聘穽靜泳硬獍更（更加）橫（橫逆）夐併（合併）

【二十五徑】徑定聽（聆也，青韻同；又聽從，獨
用）勝（勝敗）罄應（答應）乘（車乘，名詞）媵
贈佞稱（相稱）馨鄧甑瑩（庚韻同）證孕興（興
趣）甯（姓也）剩（賸）凭（蒸韻同）凳迸

【二十六宥】宥候堠就授售（尤韻同）壽（有韻同）
秀繡宿（星宿）奏富*獸鬥漏陋狩晝寇茂舊胄宙袖
（褒）岫柚覆（蓋也）救厩臭嗅幼佑（祐）囿豆竇
逗溜搆（搆）遘購透瘦漱呪鏤貿副*詬究謬疚驟皺
縐又逅讀（句讀）復（又也）

（有*號的字，在詞韻中兼入遇韻。）

【二十七沁】沁飲（使飲）禁（禁令，宮禁）任（負
擔）蔭讖浸譖鴆枕（動詞）噤甚（寢韻同）

【二十八勘】勘暗（闇）濫啗（啖）擔（名詞）憾纜

443

瞰紺三（再三）暫澹（感韻同）憨淡

【二十九豔】豔（艷）劍念驗瞻壣店占（佔據）斂
（聚斂，儉韻同）厭灔焰潋墊欠僭醶忝（儉韻同）

【三十陷】陷鑑監（同鑑，又中書監）汎梵懺賺蘸嵌
（嵌入）站

（五）入聲

【一屋】屋木竹目服福禄穀熟谷肉族鹿腹菊陸軸逐牧
伏宿（住宿）讀（讀書）牘瀆犢櫝黷縠復粥肅育六
縮哭幅斛戮僕畜蓄叔淑菽獨卜馥沐速祝麓鏃蹙築穆
睦啄麴禿穀覆（翻也）撲（扑）鸞輻瀑漉忸（忸）
鵬竺簇曝（暴）掬郁複簏蓿塾蹴碌踘舳蝠轆夙蝮俶
倏苜茯髑孰驌

【二沃】沃俗玉足曲粟燭屬録辱獄綠毒局欲束鵠蜀促
觸續浴酷縟矚躅褥旭蓐慾頊梏篤督贖劚跼勗淥騄鵒
告（音梏，忠告）

【三覺】覺（知覺）角桷榷榷搉嶽（岳）樂（禮樂）捉
朔數（頻數）斲卓涿啄（啅）琢剝駁（駮）雹璞樸
（朴）殼確濁擢濯幄喔握渥犖學

【四質】質（性質）日筆出室實疾術一乙壹吉秩密率

律逸（佚）失漆栗畢恤（卹）蜜橘溢瑟膝匹述慄黜躃弼七叱卒（終也）蟁悉詰戌（地支名）橞暉窒必姪秩蟀嫉篥篳（蓽）怵帥（動詞）潚聿溧蕨蟋窸宓颶

【五物】物佛拂屈鬱乞掘（月韻同）訖吃（口吃）絀黻緋弗髴袚詘勿迄不

【六月】月骨髮闕越謁没伐罰卒（士卒）竭窟笏鉞歇發突忽襪勃蹶鶻（黠韻同）揭（屑韻同）筏厥蕨掘（物韻同）閥歿粵兀碣（屑韻同）樂羯渤齕（屑韻同）蠍字紇暍搰榾曰

【七曷】曷達末闊活鉢脱奪褐割沫拔（拔起）葛闥渴撥豁括聒抹秣遏撻薩掇（屑韻同）跋魃獺（黠韻同）撮怛剌栝鈸潑斡捋妲

【八黠】黠札猾拔（拔擢）鶻（月韻同）八察殺軋轄戛瞎獺（曷韻同）刮帕刷鎩滑

【九屑】屑節雪絶列烈結穴説血舌潔別缺裂熱決鐵滅折拙切悦轍訣泄咽噎傑徹哲齧設齧劣碣（月韻同）掣譎玦截竊纈闋瞥撇梟媟抉挈洌鷩褻呾襭巀齕涅頡擷撤跌蔑浙篾澈揭（月韻同）孑孽糵薛緤渫啜桀輟爇迭蛭冽掇（曷韻同）拮捏桔拽（拙）

【十藥】藥薄惡（善惡）略作樂（哀樂）落閣鶴爵弱約腳雀幕洛壑索郭錯躍若縛酌託削鐸灼鑿卻（却）絡鵲度（測度）諾蕚橐漠鑰著（着）虐掠穫泊搏籲鍔藿嚼勺博酪謔廓綽霍爍鑊莫籜鑠繳（弓繳）諤鄂恪箔攫駱膜粕拓鰐昨柝酢貉愕寞膊葯噩各芍濩

【十一陌】陌石客白澤伯迹（跡）宅席策碧籍（典籍）格役帛戟璧驛麥額柏魄積（積聚）脈（脉）夕液冊尺隙逆畫（同劃）百闢赤易（變易）革脊獲翮屐適幘劇厄（厄）磧隔益柵窄核覈烏擲賾坼惜癖僻辟掖腋釋舶拍擇輅摘繹懌斥奕弈帟迫疫譯昔瘠赫炙（動詞）謫虢碩頤冞鬲骼隻珀躑場蜴躇嶧綌蓆貊擘蹠（跖）汐搣嚇郤鶺

【十二錫】錫壁歷櫪擊績笛敵滴鏑檄激寂翟覿逖糴析晳溺覓狄荻幂鷁戚感滌的喫甓霹瀝靂惕踢剔礫嫡迪淅蜥倜

【十三職】職國德食（飲食）蝕色力翼墨極息直得北黑側飾賊刻則塞（閉塞）式軾域殖植敕（勅）飭棘惑默織匿億臆憶特勒劾仄昃稷識（知識）逼（偪）克剋蜮即拭弋陟測翊抑惻肋亟殛忒鶒（鸂）嶷洫穡嗇鯽或薏

【十四緝】緝輯戢立集邑急入泣溼習給十拾什襲及級澀粒揖汁笈（葉韻同）蟄笠執隰汲吸縶葺岌翕裛浥熠悒挹檝（楫，葉韻同）

【十五合】合塔答納榻閤雜臘蠟匝闔蛤衲沓榼鴿踏颯拉遝盍塌咂

【十六葉】葉帖貼牒接獵妾蝶疊篋涉鬣捷頰楫（檝，緝韻同）攝躡諜堞協俠莢愜氎睫浹笈（緝韻同）懾慴蹀挾鋏屧燮鑷靨讋摺饁魘怗躐輒袷婕聶蛺

【十七洽】洽狹（陿）峽硤法甲業鄴匣壓鴨乏怯劫脅插鍤歃押狎祫掐鄴夾恰眨呷

附录二：常用词谱 20 例

前人留下来的词谱收得较多的有两部，清初万树（1630—1688）的《词律》收词 660 调，1180 余体；王奕清等奉旨纂修、康熙五十四年（1715）御定的《钦定词谱》收词 826 调，2306 体。实际上一般人根本用不到这么多调。另有清人舒梦兰（1759—1835）编选的《白香词谱》，选录了由唐至清的词作 100 调共 100 首，多为历来名作，每调还详注平仄韵读，极便初学，近 200 年来流传不息。我们在此书基础上选择最常用的词调 20 例，适当调整若干词例，标出平仄，□为平，▲为仄，◇为应平可仄，◆为应仄可平。○指押平声韵，●指押仄声韵。

1. 忆江南 27字 单调

□◇▲，◆▲▲□○。◆▲◇□□▲▲，◇□◆

江南好，风景旧曾谙。日出江花红胜火，春来江

▲▲□○。◆▲▲□○。

水绿如蓝。能不忆江南？（白居易）

2. 如梦令 33字 单调

◆▲◆□□●，◆▲◆□□●。◆▲▲□□，◆

昨夜雨疏风骤，浓睡不消残酒。试问卷帘人，却

▲◆□□●。□●，□●。　　　◆▲◆□□

道海棠依旧。知否，知否（叠句）？应是绿肥红

●。

瘦。（李清照）

3. 浣溪沙 42字 双调（下阕首两句习惯对仗）

◆▲□□▲▲○，◇□◆▲▲□○。◇□◆▲▲

一曲新词酒一杯，去年天气旧亭台。夕阳西下几

□○。　　　◆▲◇□□▲▲，◇□◆▲▲□○。

时回？　　　无可奈何花落去，似曾相识燕归来。

◇□◆▲▲□○。

小园香径独徘徊。（晏殊）

4. 菩萨蛮 44字 双调

◇□◆▲□□●，◇□◆▲□□●。◆▲▲□○，

平林漠漠烟如织，寒山一带伤心碧。暝色入高楼，

◇□◆▲○。　　　◆□□▲●，◆▲□□●。◆

有人楼上愁。　　　玉阶空伫立，宿鸟归飞急。何

▲▲□○，◇□◆▲○。

处是归程？长亭更短亭。（李白）

5. 卜算子 44字 双调

◆▲▲□□，◆▲□□●。◆▲◇□▲▲□，◆

水是眼波横，山是眉峰聚。欲问行人去那边？眉

▲□□●。　　　◆▲▲□□，◆▲□□●。◆▲

眼盈盈处。　　　才始送春归，又送君归去。若到

◇□▲▲□，◆▲□□●。

江南赶上春，千万和春住。 （王观《送鲍浩然之

浙东》）

6. 忆秦娥 46字 双调（常用入声韵）

□◇●，◇□◆▲□□●。□□●。

箫声咽，秦娥梦断秦楼月。秦楼月（三字叠），

◇□◆▲，▲□□●。　　　◇□◆▲□□●，

年年柳色，灞陵伤别。　　　乐游原上清秋节，

450

◇□◆▲□□●。□□●。　　　◇□◆▲，
咸阳古道音尘绝。音尘绝（三字叠），西风残照，
▲□□●。
汉家陵阙。（李白）

7. 清平乐 46字 双调

◇□◆●，◆▲□□●。◆▲◇□□◆●，◆▲
春归何处？寂寞无行路。若有人知春去处，唤取
◇□◆●。　◇□◆▲□○，◇□◆▲□○。
归来同住。　春无踪迹谁知？除非问取黄鹂。
◆▲◇□◆▲，◇□◆▲□○。
百啭无人能解，因风飞过蔷薇。（黄庭坚）

8. 西江月 50字 双调

◆▲◇□◆▲，◇□◆▲□○。◇□◆▲▲□
明月别枝惊鹊，清风半夜鸣蝉。稻花香里说丰
○，◆▲◇□◆●。　◆▲◇□◆▲，◇□◆▲
年，听取蛙声一片。　七八个星天外，两三点雨
□○。◇□◆▲▲□○，◆▲◇□◆●。
山前。旧时茅店社林边，路转溪桥忽见。（辛弃疾《夜行黄沙道中》）

9. 浪淘沙 54 字 双调

◆▲▲□○，◆▲□○。◇□◆▲▲□○。◆▲
帘外雨潺潺，春意阑珊。罗衾不耐五更寒。梦里
◇□□▲▲，◆▲□○。　　◆▲▲□○，◆▲
不知身是客，一晌贪欢。　　独自莫凭栏，无限
□○。◇□◆▲▲□○。◆▲◇□□▲▲，◆▲
江山。别时容易见时难。流水落花春去也，天上
□○。

人间。（李煜）

10. 鹧鸪天 55 字 双调（3—4句、5—6句习惯对仗）

◆▲□□◆▲○，◇□◆▲▲□○。◇□◆▲
壮岁旌旗拥万夫，锦襜突骑渡江初。燕兵夜娖
□□▲，◆▲□□◆▲○。　　□▲▲，▲□○。
银胡䩾，汉箭朝飞金仆姑。　　追往事，叹今吾，
◇□◆▲▲□○。◇□◆▲□□▲，◆▲□□
春风不染白髭须。却将万字平戎策，换得东家
◆▲○。

种树书。（辛弃疾《有客慨然谈功名因追念少年
时事戏作》）

11. 鹊桥仙 56 字 双调（上下阕天头两个四字句习

452

惯对仗)

◇□◆▲，◇□◆▲，◆▲◇□◆●。◇□◆

纤云弄巧，飞星传恨，银汉迢迢暗度。金风玉

▲▲□□，▲◆▲、□□◆●。　　◇□◆▲，

露一相逢，便胜却、人间无数。　　柔情似水，

◇□◆▲，◆▲◇□◆●。◇□◆▲▲□□，

佳期如梦，忍顾鹊桥归路。两情若是久长时，

▲◆▲、□□◆●。

又岂在、朝朝暮暮。（秦观）

12. 虞美人 56字 双调（九字句结构多为2＋7或6
＋3）

◇□◆▲□□●，◆▲□□●。◇□◆▲▲□

春花秋月何时了，往事知多少？小楼昨夜又东

○，◇▲◇□◆▲▲□○。　　◇□◆▲□□

风，故国不堪回首月明中！　　雕栏玉砌应犹

●，◆▲□□●。◇□◆▲▲□○，◇▲◇□

在，只是朱颜改。问君能有几多愁？恰似一江

◆▲▲□○。

春水向东流。（李煜）

13. 临江仙 60字 双调

◆▲◇□□▲▲，◇□◆▲□○。◇□◆▲▲

忆昔午桥桥上饮，坐中多是豪英。长沟流月去

□○。◇□□▲▲，◆▲▲□○。　　◆▲◇

无声。杏花疏影里，吹笛到天明。　　二十余

□□▲▲，◇□◆▲□○。◇□◆▲▲□○。

年如一梦，此身虽在堪惊。闲登小阁看新晴。

◇□□□▲▲，◆▲▲□○。

古今多少事，渔唱起三更。（陈与义《夜登小阁

忆洛中旧游》）

14. 蝶恋花 60字 双调

◆▲◇□□▲●。◆▲◇□，◆▲□□●。◆

花褪残红青杏小。燕子飞时，绿水人家绕。枝

▲◇□□▲●，◇□◆▲□□●。　　◆▲◇

上柳绵吹又少，天涯何处无芳草！　　墙里秋

□□▲●。◆▲◇□，◆▲□□●。◆▲◇□

千墙外道。墙外行人，墙里佳人笑。笑渐不闻

□▲●，◇□◆▲□□●。

声渐悄，多情却被无情恼。（苏轼）

454

15. 渔家傲 62字 双调

◆▲◇□□▲●，◇□◆▲□□●。◆▲◇□

塞下秋来风景异，衡阳雁去无留意。四面边声

□▲●。□◆●，◇□□▲□□●。　　◆▲

连角起。千嶂里，长烟落日孤城闭。　　浊酒

◇□□▲●，◇□◆▲□□●。◆▲◇□□▲

一杯家万里，燕然未勒归无计。羌管悠悠霜满

●。□◆●，◇□◆▲□□●。

地。人不寐，将军白发征夫泪。（范仲淹《秋思》）

16. 青玉案 67字 双调

◇□◆▲□□●，▲◆▲、□□●。◆▲◇□

凌波不过横塘路，但目送、芳尘去。锦瑟华年

□▲●。◆□□▲，◆□□●，◆▲□□●。

谁与度？月台花榭，琐窗朱户，只有春知处。

◇□◆▲□□●，◆▲◇□▲□●。◆▲◇□

碧云冉冉蘅皋暮，彩笔新题断肠句。试问闲愁

□▲●，◆□□▲，◆□□●，◆▲□□●。

都几许？一川烟草，满城风絮，梅子黄时雨。

（贺铸）

455

17. 满江红 93字 双调（常用入声韵，两七字句用对仗）

◆▲□□，◇◇▲、◇□▲●。◇◆▲，◆□
怒发冲冠，凭阑处、潇潇雨歇。抬望眼，仰天
◇▲，◆□□●。◆▲◇□□▲▲，◇□◆▲
长啸，壮怀激烈。三十功名尘与土，八千里路
□□●。▲◆□，◆▲▲□□，□□●。
云和月。莫等闲、白了少年头，空悲切。

◆◇▲，□◆●。◇◆▲，□□●。▲□□▲
靖康耻，犹未雪。臣子恨，何时灭。驾长车踏
▲，▲□□●。◆▲◇□□▲▲，◇□◆▲□
破，贺兰山缺。壮志饥餐胡虏肉，笑谈渴饮匈
□●。▲◇□，◆▲▲□□，□□●。
奴血。待从头、收拾旧山河，朝天阙。（岳飞）

18. 水调歌头 95字 双调（上下阕十一字句，结构6+5或4+7均可）

◆▲◇□▲，◆▲▲□○。◇□◆▲□▲，
明月几时有？把酒问青天。不知天上宫阙，
◆▲▲□○。◆▲◇□◆▲，◆▲◇□◆▲，
今夕是何年。我欲乘风归去，又恐琼楼玉宇，

456

◆▲▲□○。◆▲◇□▲，◆▲▲□○。

高处不胜寒。起舞弄清影，何似在人间。

◇□▲，□◇▲，▲□○。◇□◆▲，□▲◆

转朱阁，低绮户，照无眠。不应有恨，何事长

▲▲□○。◆▲◇◆▲，◆▲◇□◆▲，

向别时圆？人有悲欢离合，月有阴晴圆缺，

◆▲▲□○。◆▲◇□▲，◆▲▲□○。

此事古难全。但愿人长久，千里共婵娟。（苏轼《丙辰中秋，欢饮达旦，大醉，作此篇，兼怀子由》）

19. **念奴娇** 又名百字令 100字 双调（一般用入声韵）

◇□◆▲，▲□◇，◆▲◇□□●。◆▲◇□，

大江东去，浪淘尽，千古风流人物。故垒西边，

□▲▲、◆▲◇□□●。◆▲□□，◇□◆▲，

人道是、三国周郎赤壁。乱石穿空，惊涛拍岸，

▲▲□□●。◇□◇▲，◇□□▲□●。　　◇

卷起千堆雪。江山如画，一时多少豪杰。　　遥

▲◇▲□□，◇□□▲◆，◆□□□●。◆▲◇

想公瑾当年，小乔初嫁了，雄姿英发。羽扇纶

□，□▲▲、◆▲◇□□●。◆▲□□，◇□

巾，谈笑间、樯橹灰飞烟灭。故国神游，多情

□▲◆，◇□□●。◇□□▲，◆□□▲□●。
应笑我，早生华发。人生如梦，一樽还酹江月。
（苏轼《赤壁怀古》）

20. 沁园春 114字 双调（上阕第 4 句起、下阕第 3
    句起的四句用扇面对）

    ◆▲□□，◆▲□□，▲▲▲○。▲□□▲▲，
    北国风光，千里冰封，万里雪飘。望长城内外，

    ◇□◆▲；◇□◆▲，◆▲□□。◆▲□□，
    惟余莽莽；大河上下，顿失滔滔。山舞银蛇，

    ◇□◆▲，◆▲□□◆▲○。□◇▲，▲◇□
    原驰蜡象，欲与天公试比高。须晴日，看红装

    ◆▲，◆▲□○。　◇□◆▲□○，▲◆▲□
    素裹，分外妖娆。　江山如此多娇，引无数英

    □◆▲○。▲□□▲▲，◇□◆▲；◇□◆▲，
    雄竞折腰。惜秦皇汉武，略输文采；唐宗宋祖，

    ◆▲□□。◆▲□□，◇□□▲，◆▲□□◆
    稍逊风骚。一代天骄，成吉思汗，只识弯弓射

    ▲○。□◇▲，▲◇□◆▲，◆▲□○。
    大雕。俱往矣，数风流人物，还看今朝。（毛泽

    东《雪》）

后　记

这本书断断续续写了三年有余，以无意始，以有心结。开始是因为数十年来，不断有朋友和学生向我请教作诗之法，正好当时开设微信公众号是个热门，我想到传统"诗话"方式与这个形式颇契合，可以不用事先准备，一段一段，随写随发，有话则长，无话则短。有大致规划，无严格安排，信笔写去，止所当止。于是从 2017 年 11 月起，开设了个"卧霞诗话"公众号。不料刚写完"平仄"部分，待写"对仗"时，接到了一个海外讲学邀请，到国外开设一门"汉学英语"课程。不得已停下公众号，专心备课。回国后又花了不少时间将讲义内容扩充成一本完整教材。待此事告就，方有心重新回到这个题目，但已没有了继续上公众号的兴趣，思量干脆写成一本书。

因为要写成书，总得要形成个体系，于是在原先漫话的基础上，重新研读了历来诗话之作，结合当前需要，草成了个明诗、品诗、作诗、练诗的"四合一"体系。并在本人以前读诗、作诗、教诗、译诗基础上提出了一些"理论性"的意见。例如在格律部分提出了中国文体四要素论，并对"韵、对、言、声"四要素逐一进行了详尽的讨论。在品诗部分总结了从《尚书》到唐代的诗论，提出了"志、情、绮、性、味"的五字鉴赏论。在诗词写作方面提出了"三有五择"之说，并作适当铺陈，以使初学者有途可循。练诗部分则有意借助古代蒙学和文字游戏的经验，此可能是本书的新尝试。

经过这样的安排，本书实际形成了一个诗词学习与教学的体系，可以用作诗词写作课或老年大学、诗词学会等进行培训的教材。考以前的相关著作，王力《汉语诗律学》等讲格律而无实践；各种《鉴赏辞典》讲具体作品的赏析而不论总的鉴赏方法；民国时出版的《学诗百法》《学词百法》等又嫌琐碎；当代诗词大家的作品倒有两部与本书相近，一是张中行先生的《诗词读写丛话》，一是周汝昌先生的《诗词赏会》，但后者实际是个论文集，内容过散，前者内容精彩，但没有形成体系。至于学诗者的各种练习方法，大约事涉文字游戏，难入大家法眼。看来合学诗、品诗、作诗、练诗四者合一而兼具学术性、趣味性、实践性的著作，本书还属尝螃蟹之作。

本书承上海古籍出版社青睐，得以问世。付梓之际，老友周圣伟兄应允作序，为本书增色不少。圣伟兄年轻时即以才高思捷著称，后又为全国高校中文系为数不多的开设"诗词习作"课程的名师。同心之言，切中肯綮，铭感不已。

本书写作过程中参考前贤之作甚多。重要的有：

《历代诗话》何文焕辑，中华书局，1981 年

《清诗话》王夫之等撰，上海古籍出版社，1978 年新一版

《诗人玉屑》魏庆之编，中华书局上海编辑所，1959 年

《随园诗话》袁枚著，人民文学出版社，1960 年

《试律丛话》梁章钜著，上海书店出版社，2001年

《诗法通微》徐英著，黄山书社，2011年

《汉语诗律学》王力著，上海教育出版社，1962年

《全唐五代诗格汇考》张伯伟撰，凤凰出版社，2002年

《趣味诗三百首》徐元选注，上海古籍出版社，1993年

各种诗词选本、诗词纪事等难以列举，在此一并致谢。